I want to heal, I want to feel what I thought was never real
(Je veux guérir, je veux sentir ce que je ne pensais pas être réel)
I want to let go of the pain I've held so long
(Je veux laisser s'échapper la douleur que j'ai gardée si longtemps)
Erase all the pain 'til it's gone
(Effacer toute la douleur jusqu'à qu'elle ne soit plus là)
I want to heal, I want to feel like I'm close to something real
(Je veux guérir, je veux avoir la sensation d'être proche de quelque chose de réel)
I want to find something I've wanted all along, somewhere I belong
(Je veux trouver ce que j'ai toujours voulu, un endroit où j'ai ma place)

LINKIN PARK, SOMEWHERE I BELONG

Chapitre 1

Hope

Les garçons se retrouvaient à grand renfort de *high five* ou de tapes viriles dans le dos, mais ils n'étaient pas les plus dérangeants. Non, ce qui m'agaçait par-dessus tout, c'étaient les cris d'orfraie des filles qui se sautaient dans les bras et gesticulaient comme si elles découvraient qu'elles n'avaient pas clamsé pendant les vacances. Tant d'hypocrisie et de sens de la théâtralité, cela me dépassait, moi qui essayais depuis toujours de me fondre dans la masse.

L'une d'elles, une grande blonde élancée qui semblait tout droit sortie d'un défilé Gucci, glapissait à m'en percer les tympans. Ses deux copines gloussaient comme des oies, et j'en aurais bien pris une pour taper sur l'autre.

Étais-je jalouse de leur peau dorée et de leur mine radieuse ? Probablement. Est-ce que j'aurais tué ma mère pour avoir l'air aussi sexy ? Probablement. Et ce n'est pas qu'une façon de parler.

Mais cela n'entachait en rien mon jugement. J'avais toujours été allergique à ce type de comportement débile. Et, oui, j'avais regardé *Gossip Girl*. Je ne confondais juste pas fiction et réalité.

Ma réalité à moi était tout ce qu'il y avait d'ordinaire. J'allais au lycée, je m'occupais de Trixie et je bossais comme une dingue. Je ne parlais pas seulement d'étudier, hein, si ce n'était que ça, cela aurait été le pied intégral. Non, mais d'un vrai job, avec un vrai salaire. Enfin, vu le taux horaire qu'on me proposait (comprenez qu'on m'imposait), il fallait en cumuler, des heures, pour avoir une somme décente.

Mais c'était ma vie, et je n'avais pas le choix. Je n'étais pas chouchoutée comme la plupart de mes camarades, personne ne s'occupait de savoir si j'allais bien, si j'avais de bonnes notes et si je ne me défonçais pas tous les soirs. Ça, c'était pour les autres. Ceux et celles qui avaient de véritables parents. Une famille, un foyer.

Mon père ? Je ne l'avais jamais vu. Il avait tiré sa révérence après avoir appris mon existence. On ne pouvait même pas dire que j'avais été désagréable ou insupportable, je faisais encore la taille d'un pois chiche à l'époque. Il s'était tiré, il avait bien fait. Imaginez si mon paternel avait été à l'image de sa douce et tendre, notre mère à Trixie et moi.

Adossée au mur du couloir, je continuais de passer en revue les petits chanceux qui me tiendraient compagnie cette année. Je ne connaissais personne.

Évidemment, nous avions déménagé en quatrième vitesse et quitté Seattle pour les plages dorées de la Californie. Cela aurait dû me réjouir. Quelle adolescente de seize ans ne rêve pas de profiter du sable chaud, des parties de volley et des hordes de types sexy qui exhibent leurs abdos ?

C'est que j'avais d'autres préoccupations et, surtout, pas le temps d'enfiler un bikini et d'aller me faire frire au soleil.

Donc pour moi, ce déménagement ne changeait pas grand-chose, si ce n'est que je devrais me trouver de nouveaux jobs, puisque j'avais tout laissé tomber en partant quasiment comme une voleuse. Ma mère claironnait que c'était « l'opportunité d'une vie ». Comme toutes les fois où elle s'était emballée, je ne la croyais pas.

Sa copine Shirley avait mis le grappin sur un magnat de l'immobilier, de vingt ans son aîné. La bonne nouvelle, c'est qu'il était très riche et qu'elle n'aurait plus jamais à danser à poil de toute sa vie. Car elle avait réussi l'exploit de se faire passer la bague au doigt, et sans contrat de mariage. N'importe quel Américain doté de bon sens serait horrifié ; ici le *prenup* n'était pas une option. Certains l'inscrivaient même sur la plaque d'immatriculation de leur super voiture de luxe, histoire de mettre les intéressées dans le bain.

Bref, ce qui importait, c'était que, dans le temps, ma mère avait quasiment sauvé la vie de Shirley et que celle-ci ne l'avait pas oublié.

À peine la cérémonie terminée, elle l'avait appelée en lui demandant de ramener ses fesses. Et les nôtres. Nous aurions un *condo* à loyer modéré, une place dans un lycée coté, et ma mère continuerait sa carrière d'effeuilleuse dans l'un des clubs de M. Shirley.

Et moi, dès que la nouvelle se serait répandue (et cela ne tarderait pas), je deviendrais la risée de mon établissement. Rien de neuf, finalement.

C'est donc d'un air placide que j'observais mes futurs tortionnaires.

Je vis soudain la grande blonde se figer et les deux autres se tourner aussitôt dans la direction qu'empruntait son regard.

Trois garçons s'avançaient tranquillement. Peu à peu, les cris se transformèrent en glapissements et murmures ; la foule se fendit fascinée, comme l'eau devant Moïse. J'en aurais ricané si, moi-même, je n'avais pas eu la tête à l'envers.

Dire qu'ils étaient canon ne leur aurait pas rendu justice. J'avais l'impression d'évoluer dans une pub pour après-rasage : regards de feu, pommettes saillantes, mâchoires carrées… Toutes les filles du couloir laissaient apparaître un petit filet de bave disgracieux au coin des lèvres, et je ne m'en étonnais pas.

En revanche, moi, il m'en fallait beaucoup pour me pâmer devant un mec. Non que je ne fusse pas intéressée par le sexe opposé, mais je n'avais pas le temps de me préoccuper de ce genre de choses. Et je ne m'en plaignais pas spécialement. La plupart des filles changeaient au contact d'un garçon, persuadées de devoir être plus comme ci et moins comme ça, bref, elles en devenaient stupides et troquaient leur personnalité pour une autre beaucoup moins engageante.

Amère, moi ? Pff, certainement pas.

Chacun avait son vécu et, avec le mien, envisager une relation sérieuse avec un homme me semblait aussi probable que faire le tour du monde à trottinette.

Malgré tout, et il m'en coûtait de l'avouer, tandis que les trois beaux gosses poursuivaient leur défilé avec une nonchalance qui en disait long sur le fait que cette scène était une réplique de millions d'autres déjà vécues, eh bien… je ne pouvais détacher mes yeux de celui du milieu.

Celui-là était particulier. Il émanait de lui un charisme propre à enflammer un stade, mais pas seulement. Il dégageait… quelque chose d'inquiétant, comme si un panneau « Danger » clignotait au-dessus de sa tête. Il était diaboliquement sexy, envoûtant.

J'avais l'impression qu'il observait tout le monde et personne en même temps, ce qui était plutôt perturbant.

Quelques mèches soyeuses d'un noir intense bouclaient sur son front. Il était semblable à la lumière, celle qui attire les papillons avec frénésie, leur ôtant toute volonté et toute conscience du danger qu'il y a à se brûler les ailes.

Cette réflexion me tira de ma transe ridicule, malheureusement une seconde trop tard.

Deux grands yeux en amande (un peu comme ceux de Twinky,

le chat de ma voisine à Seattle) me détaillaient, une lueur intriguée les traversa brièvement.

Je me détournai aussitôt, mortifiée, et dans un accès de panique je vérifiai que les coins de ma bouche étaient secs.

Ouf, Seigneur Jésus ! J'avais évité l'humiliation totale. Totale étant le mot important, puisqu'il n'avait pu manquer le regard de merlan frit que j'avais posé sur lui.

Je n'avais plus qu'à espérer qu'il n'était pas doté de l'audition d'un vampire, car mon cœur battait à tout rompre. J'essuyai maladroitement mes mains moites sur mon jean et je fis mine de me concentrer sur mon téléphone, l'air débordé par tous ces messages dont Insta, Twitter ou Facebook m'assaillaient.

Évidemment, il n'en était rien. J'avais un vieux compte Facebook que je n'avais pas ouvert depuis au moins un an et rien de tout ce dont les ados de mon âge raffolaient. Je n'avais ni le temps à y consacrer ni la motivation. Mais, dans le cas présent, faire semblant me permit de donner le change pendant que je me fustigeais en repensant à la tête d'adoratrice de secte que j'avais dû offrir.

Chapitre 2

Hope

— Allez, Bambi, on se dépêche ! Tu vas nous mettre en retard toutes les deux, patate !

Ma petite sœur émit un grognement plaintif.

— Je n'ai pas fini de me coiffer, Hope ! Y a plein de nœuds ! Tu peux venir m'aider ?

Un long soupir m'échappa. Trixie était ce qui m'était arrivé de mieux dans la vie, et je l'aimais, mais elle pouvait se montrer aussi adorable qu'insupportable. Je lui avais bien dit la veille de ne pas se faire des tresses dans tous les sens, parce que je savais, moi, ce qui en résulterait.

Je la rejoignis dans la salle de bains et restai un instant bouche bée devant le véritable nid qui s'était installé dans sa longue chevelure dorée, la même que la mienne. Jamais je n'aurais le temps de démêler tout ça si je voulais être à l'heure. Je ne pouvais pas non plus la faire aller à l'école ainsi ; j'étais bien placée pour savoir qu'il valait mieux éviter de tendre le bâton pour se faire battre. Les enfants ne sont pas tendres entre eux à cet âge-là. Les ados non plus d'ailleurs, songeai-je amèrement.

Ni une ni deux, j'entortillai sa queue-de-cheval en un chignon un peu lâche et m'appliquai à mettre des épingles pour faire tenir le tout. Je dégageai quelques mèches sur les côtés et la tournai vers le miroir.

— Alors, pérorai-je, on ne dirait pas Blake Lively, comme ça ?

Son regard s'illumina, et elle me sauta dans les bras à grand renfort de bisous. Je les acceptai avec reconnaissance, j'adorais sentir son petit corps contre le mien. Trixie, c'était ma bulle de bonheur.

Je profitai de la pause déjeuner pour faire une sorte d'introspection. Comme tous les premiers jours d'école, la journée de la veille m'avait rétamée. J'avais récupéré mon emploi du temps et mes bouquins, essayé de me repérer dans le lycée, assisté à la réunion de rentrée et pris pas mal de notes. J'étais consciencieuse par nature.

Tant bien que mal, j'avais évité les regards qu'on m'avait lancés. Évidemment, j'étais blanche comme un cachet d'aspirine et j'étais pratiquement sûre que les filles d'ici n'allaient pas faire leur shopping au même endroit que moi. Dire que je détonnais aurait été un bel euphémisme.

Puis, ma mère m'avait laissé un message m'expliquant qu'elle ne pourrait pas aller chercher Trixie. Mon cœur avait fait un bond dans ma poitrine : il était hors de question que ma sœur endosse dès le premier jour d'école le rôle de la pauvre petite fille délaissée.

Déjà, parce que l'étiquette lui resterait collée sur le front, ensuite, eh bien, parce que, moi, je me souciais d'elle. J'étais donc partie en trombe, toujours tourneboulée par ma rencontre de l'après-midi, mais sans pouvoir vraiment y réfléchir.

Et, le soir, j'étais tellement vannée qu'après le dîner, et les jeux et câlins avec Trixie, je m'étais effondrée comme une masse.

C'est alors que je picorais ma salade de maïs à la cantine que mes pensées me rattrapèrent. Je n'avais pas revu mon beau brun ténébreux ni ses apôtres, et je ne savais pas trop si j'en avais envie ou pas. Sûrement les deux.

Cela serait agréable pour le plaisir des yeux, et j'étais curieuse de constater s'il me ferait le même effet. Pour la première fois, mon corps s'était emballé, je veux dire vraiment emballé, j'avais eu la bouche sèche, le souffle court et les papillons dans le ventre.

En même temps je redoutais de le croiser à nouveau. Son arrogance ne m'avait pas échappé. Elle lui collait à la peau comme une tique sur un chien. Il était évident qu'il avait conscience de son magnétisme et que cela lui plaisait.

Je détestais ce genre de comportement, ça me donnait des envies de meurtre. Alors pourquoi je n'étais pas plus tentée que cela par l'idée de lui crever les yeux ?

— Je peux m'installer à ta table ?

Surprise, je relevai la tête et avisai la fille qui patientait, son plateau à la main. Si elle s'aperçut de mon instant d'hésitation, elle ne le montra pas.

— Désolée, j'étais ailleurs, dis-je maladroitement.

Après tout, j'étais toute seule, et personne d'autre ne s'était proposé de tenir compagnie à la petite nouvelle.

— Toi aussi, tu es nouvelle ? demandai-je, histoire d'engager la conversation.

— Quoi ? Non ! répondit-elle en secouant la tête. Je vis ici depuis toujours et j'ai fait toute ma scolarité dans le coin.

Elle sourit devant mon air interrogateur.

— J'ai dû aller voir l'administration, et du coup je n'ai pas pu manger avec mes amis. J'ai remarqué que tu étais seule et je me suis dit que c'était l'occasion de faire connaissance. Moi, c'est Aubrey, déclara-t-elle avant d'aspirer son soda avec sa paille.

— Hope.

Elle paraissait sincère et chaleureuse ; j'étais contente qu'elle se soit incrustée.

Aubrey était en terminale elle aussi. Elle avait dix-sept ans, ce qui n'était pas mon cas : j'avais sauté une classe quand j'étais petite. Encore une chose qui n'avait pas toujours été facile à vivre. Voilà pourquoi j'évitais de donner mon âge.

En comparant nos emplois du temps, nous avions noté quelques cours communs, physique et histoire.

Pour les maths, j'étais impatiente de voir le prof. J'étais assez douée dans cette matière, même si, afin de ne pas me faire remarquer, je flirtais avec le convenable. Et, depuis que je travaillais et cumulais les petits jobs, je n'avais pas trop à me forcer pour avoir de moins bonnes notes ; le temps me manquait, mes résultats étaient corrects, mais bien en dessous de ce dont j'étais réellement capable. Tant pis. Sans cela, Trixie aurait mangé des patates tous les jours, vu que notre mère dilapidait tout ce qu'elle gagnait en fringues et en drogues en tout genre. La dernière fois que j'avais inspecté le placard de ma sœur, j'avais failli faire une attaque. Presque tous ses vêtements étaient élimés, certains même trop petits. Cela s'était arrangé après une virée à Walmart.

Le Pr Stuttgart en imposait. Il n'était pas spécialement corpulent, mais son air autoritaire, surtout lorsqu'il triturait sa moustache sur les côtés, annonçait clairement qu'il valait mieux ne pas l'échauffer. Ses cheveux grisonnants commençaient à se faire rares et ajoutaient à l'austérité du personnage.

Il venait de débuter son cours sur les logarithmes quand la porte s'ouvrit à la volée ; à peine avait-on eu le temps d'entendre frapper.

Tandis que je finissais de prendre une note, je plaignis le nouveau venu. Avec une entrée pareille, il allait douiller.

J'avais tout faux.

Stuttgart pinça les lèvres, imprimant un mouvement comique à sa moustache.

— Monsieur Wentworth, veuillez vous installer, je vous prie.

Je m'empressai de tourner la tête vers le petit chanceux.

Regrettable initiative.

Il se tenait devant tout le monde avec la même désinvolture qui m'avait fascinée. Vêtu d'un jean et d'un T-shirt moulants qui mettaient en valeur sa musculature fine mais non moins puissante, il avait l'air d'un conquérant et pas du tout d'un élève entré de façon cavalière dans un cours.

Comme la dernière fois, l'air semblait s'être épaissi autour de nous ; mais au moins j'étais en total contrôle de mes émotions. Jusqu'à ce que ses yeux de chat se posent sur moi et qu'il s'avance tranquillement vers ma table.

Mon sang se figea. Envisageait-il de s'asseoir à côté de moi ? Il restait deux autres places libres, et ses voisines potentielles semblaient réciter une prière pour qu'il vienne les réchauffer. S'il ne se décidait pas rapidement, elles allaient nous faire une crise d'apoplexie.

Mes mains se crispèrent sur le rebord de ma table, il y avait encore une chance pour qu'il bifurque à gauche.

— Je peux ?

Les yeux écarquillés, je demeurai silencieuse, mais il s'assit sans plus attendre, un petit sourire au coin des lèvres.

Le hoquet de stupeur qui échappa à la brune devant moi m'apprit que les ennuis commençaient.

Je tentai vainement de me concentrer sur les explications du professeur, mais rien à faire. Maintenant qu'il était si proche de moi, que l'odeur de son gel douche à la pomme me chatouillait les narines, mon cerveau était réduit à l'état de bouillie pour chats.

Évidemment, j'essayai de ne rien montrer, mais je me sentais tellement raide qu'il était impossible que mon attitude semble naturelle. Les coups d'œil que me jetaient les autres élèves n'aidaient pas.

— Excuse-moi.

Je tressaillis si fort que j'en lâchai mon stylo. Ce cours se transformait en véritable torture. Je lui lançai mon regard le plus noir, mais cette voix, grave et légèrement éraillée même quand il chuchotait, m'avait achevée.

— Je voulais te demander de me prêter un stylo, mais tu pouvais garder le tien.

Son rictus amusé m'apprit qu'il n'avait rien perdu de ma réaction quelque peu nerveuse.

Sans l'observer, je pris un autre stylo dans ma trousse et le lui tendis.

Sa main m'effleura à peine, mais les papillons qui volaient déjà dans mon ventre s'initièrent à une chorégraphie endiablée qui provoqua un déferlement de frissons sur ma peau.

Nom d'une sardine desséchée, qu'est-ce qui ne tournait pas rond chez moi ?

Le poids de son regard menaçait de m'étouffer. Je le sentais m'étudier avec attention, comme s'il cherchait à prendre en compte les moindres détails avant de faire tomber son verdict.

Ce matin, j'avais enfilé un short à la va-vite – rien d'extraordinaire, ici toutes les filles montraient leurs jambes –, mais là, à quelques centimètres de lui, j'avais la sensation d'être nue. Je n'avais aucune confiance en moi à ce propos ; malgré les regards appuyés des garçons dans la rue, l'estime que je me portais côté physique volait très bas. En revanche, d'habitude, je m'en moquais comme de ma première culotte.

Pas aujourd'hui.

Aujourd'hui, j'avais juste envie de me cacher. La comparaison avec les top-fusées atomiques qui étaient dans ma classe m'était trop défavorable, et pour je ne sais quelle raison absurde cela m'ennuyait prodigieusement.

Je quittai enfin la salle et pus respirer normalement. Ou presque.

Bilan de ce cours : il s'appelait Wentworth, et je n'avais strictement rien compris aux logarithmes.

Chapitre 3

Hope

Cela faisait maintenant quinze jours que j'avais repris le lycée.

Quinze jours que je l'avais rencontré.

Quinze jours qu'il s'asseyait à côté de moi en maths.

Quinze jours que je tentais de ne plus penser à lui.

Il ne m'avait plus adressé la parole, et c'était tant mieux. Son timbre était bien trop sexy pour ma santé mentale.

Muet, il était déjà bien assez dangereux. Avec ses cheveux noir de jais qui lui tombaient sur le front et sa posture qui lui donnait l'assurance et la désinvolture impitoyable d'un *bad boy*, il dégageait un magnétisme qui aurait dû être interdit par la loi.

Sans chercher, j'en avais appris un peu plus sur lui. Son nom déjà : Jace. Jace Wentworth.

Avec ses deux meilleurs potes, Rafael et Mike, ils étaient baptisés les Dark Angels. Ils menaient la danse dans l'établissement. Et possiblement ailleurs, si mon intuition était bonne.

Rien ne se passait sans leur approbation, l'Archer's High School était leur chasse gardée. Pas très compliqué quand on est aussi populaire qu'ils l'étaient.

Pour ne rien gâcher et faire dans le cliché, Jace était *quarterback* et vedette incontestée de l'équipe. Mike et Raf n'étaient pas en reste, mais j'avais visé juste, le leader, c'était Jace Wentworth, et il le savait.

Les malheureux qui avaient tenté de le défier ces dernières années avaient appris leur leçon et personne n'osait désormais s'opposer au trio infernal.

Tout cela, c'était Aubrey, la reine du potin, qui me l'avait confié. Quand on parlait du loup !

— Hope !

À l'autre bout du couloir, elle me faisait de grands signes.

— Salut, Aubrey. Tu m'as l'air bien agitée.

— Tu peux le dire, j'ai une foule de choses à faire. Samedi, j'organise une fête, il y aura tout le monde, ça va être la folie. Évidemment, tu viens.

Son ton ne souffrait aucune discussion. Sauf que j'allais quand même discuter.

— Aubrey, impossible, je travaille samedi, tu as déjà oublié ?

J'avais trouvé un job de serveuse au Taco Rita. La patronne venait de se faire planter ; une vraie aubaine pour moi.

Elle ouvrit de grands yeux révoltés.

— Pas question ! C'est LA soirée de l'année, débrouille-toi comme tu veux, mais tu viens.

Et elle tourna les talons avant de partir, l'affaire étant résolue de son point de vue.

Je poussai un soupir de frustration.

Je ne connaissais personne (à part Aubrey, je ne m'étais liée avec aucune autre âme charitable).

Je DÉTESTAIS ce type de soirées où boire plus que de raison était le mot d'ordre. Sans compter que c'était le terrain de jeu de toutes les nanas qui tenaient à briller plus que les copines (à qui elles auraient bien taillé un scalp soit dit en passant).

Enfin, eh bien, je bossais. Ce dernier argument bouclait l'affaire selon moi.

Mais ce n'était pas aussi simple. Aubrey était la seule personne qui avait fait l'effort de discuter avec moi, et je ne voulais pas la vexer.

Un espoir déraisonnable s'installa en moi. Et si, cette fois, je pouvais m'intégrer ? Et si, cette fois, je pouvais être heureuse ? Mener la vie d'une adolescente normale avec soirées pyjama, rires entre copines, confidences et insouciance.

La petite voix insidieuse au fond de moi me soufflait que je prenais le service de 18 heures samedi, mais que celui-ci se terminait à 22 heures…

Quand mon téléphone vibra, mon instant d'égarement vola en éclats. Non, cette vie-là n'était définitivement pas pour moi.

Comme si j'avais le diable à mes trousses, je me précipitai vers le parking, ouvris mon vieux pick-up rouillé et enclenchai rapidement la marche arrière.

L'énorme « POP » qui retentit me fit faire un bond malgré la ceinture, et me plongea dans le désespoir le plus total.

Tremblante, je sortis constater ce que j'avais déjà deviné. Mon pneu arrière droit était complètement à plat. Le coupable, un tesson de verre gisant juste à côté. J'en aurais pleuré.

Trixie allait devoir attendre. Un long soupir m'échappa.

— Tu sembles avoir un problème.

Cette voix… même dans mon état d'abattement, elle ne me laissait pas indifférente. De petits frissons remontèrent le long de ma colonne, et je finis par me retourner.

Adossé au muret du parking, les mains dans les poches, il me détaillait avec une indolence qui me fit perdre mes moyens. Ses amis étaient là, eux aussi, mais je ne voyais que lui.

Il était moulé dans un jean brut, et ses bras croisés mettaient en valeur des biceps dorés dans lesquels j'avais envie de planter les dents.

Je secouai la tête pour reprendre mes esprits et, surtout, j'évitai son regard. Sinon, j'étais cuite.

Je répondis instinctivement, comme un animal flairant le danger :

— Juste un contretemps.

La vérité, c'était que je savais changer une roue. Toutes ces choses-là, j'avais bien été obligée de les apprendre par moi-même, vu que je ne pouvais compter sur personne. Mais voilà, pendant que je le ferais, Trixie allait attendre comme une malheureuse dans le bureau de la directrice.

— Tu avais l'air pressée.

Je relevai vivement la tête. Il n'était plus qu'à vingt centimètres de moi, et je pouvais désormais sentir son odeur familière, un mélange de pomme, de menthe fraîche et de danger. Elle s'insinuait chaque fois en moi, réveillant tout ce qui était en sommeil dans mon corps d'adolescente. Ma poitrine se soulevait et s'abaissait au rythme de ma respiration soudain erratique. Mes yeux se posèrent sur ses lèvres pleines, sa mâchoire déterminée ombrée d'une barbe naissante dont on avait envie de suivre le contour du doigt. Sans m'en rendre compte, je finis par plonger le regard dans ses iris d'un bleu envoûtant. Grave erreur.

Il me sondait comme s'il pelait tranquillement une pêche bien mûre, enlevant les couches de protection qui m'étaient indispensables depuis tant d'années. Comme s'il cherchait mes secrets les plus profonds, ceux qui me définissaient et que je m'évertuais à cacher.

Jamais je ne m'étais sentie aussi vulnérable, et pourtant…

La simple vision d'une Trixie en pleurs me sortit bien heureusement de ma transe. Et je répondis sans m'en rendre compte :

— Je le suis.

Il me fixait toujours, avec une intensité qui me clouait au sol.

— Un peu… un peu d'aide serait la bienvenue.

Je fis semblant d'ignorer la lueur de triomphe qui venait d'illuminer son regard de félin.

— Tu m'en dois une, petite nouvelle, souviens-toi, parce que moi je ne l'oublierai pas.

Cette phrase tournait en boucle dans ma tête depuis que je m'étais allongée avec l'espoir de dormir. Avais-je eu tort de faire appel à Jace et ses deux copains ?

En cinq minutes, ma roue avait été changée, quand j'aurais mis au moins une demi-heure si j'avais été seule. Trixie n'avait pas eu à attendre trop longtemps et, même si la directrice m'avait gratifiée d'un sermon sur l'éducation et la ponctualité, cela ne s'était pas trop mal passé. En tout cas, sûrement mieux que si j'étais arrivée trente minutes plus tard.

« Tu m'en dois une, petite nouvelle, souviens-toi, parce que moi je ne l'oublierai pas. »

La menace sous-jacente ne pouvait m'échapper. Pourtant, il avait prononcé cette phrase d'une voix de velours, de celles qui pénètrent les moindres fibres de votre corps et vous mettent complètement à l'envers.

Jace Wentworth m'attirait dangereusement. Chaque fois que je me trouvais près de lui, j'avais l'impression de me laisser aspirer dans un trou sans fin, fait de ténèbres et de désir, où ma volonté fondait comme neige au soleil.

J'allais devoir lutter pour gagner.

Sauf que je venais de lui donner l'avantage.

Chapitre 4

Hope

Le cours de sport avait été particulièrement éprouvant aujourd'hui. J'aimais courir, mais j'étais plutôt quelqu'un d'endurant. Les sprints, très peu pour moi. J'avais les jambes en compote et le souffle encore court. Au moins, j'avais éliminé des toxines.

Comme les autres, je me changeai et rangeai mes affaires. Soudain, j'entendis une sorte de claquement et je vis toutes les filles détaler, tête baissée. Perplexe, je me tournai, cherchant à découvrir l'origine de cette débandade.

La grande blonde que j'avais remarquée le premier jour se tenait devant moi, accompagnée de ses deux fidèles servantes.

Ils ont quelque chose avec les trios dans cette école ? bougonnai-je intérieurement.

Elle était aussi belle que d'habitude (je l'avais évidemment croisée à plusieurs reprises depuis) et affichait son sempiternel air blasé. Une vraie tête à claques, mais qu'il valait mieux ne pas se mettre à dos.

— Je peux faire quelque chose pour toi ?

Elle me jaugea un long moment, telle la reine qui va décider du sort de la pauvre paysanne.

— Tu es nouvelle ici, Hope.

Je me raidis de façon perceptible. Comment connaissait-elle mon prénom ? Je rasais les murs et, même si je savais qu'Aubrey et elle s'entendaient bien, je ne voyais pas pourquoi elles auraient parlé de ma petite personne. Ses deux amies me regardaient avec un sourire en coin qui ne me disait rien qui vaille.

J'acquiesçai légèrement, prudente.

— Et c'est la raison pour laquelle je te pardonne.

OK, elle était folle. Me pardonner de quoi ?

Les mains sur ses hanches étroites, elle me toisa avec condescendance. Son allure de Queen B commençait à m'agacer prodigieusement, mais je n'en montrai rien.

— Il y a des règles à Archer's. Et c'est moi qui les édicte, du moins, pour les petites choses comme toi.

Tête penchée, elle s'interrompit le temps de mesurer l'effet que ses paroles avaient sur moi. Stoïque, je ne bougeai pas d'un cil.

— Jace Wentworth est à moi. Pigé ?

Ah… C'était donc ça !

J'aurais dû m'en douter. Le fait qu'il s'assoie à côté de moi en maths avait fait grincer des dents, c'était forcément remonté aux oreilles de cette garce.

Elle me donna une pichenette sur la tête, comme si j'étais un enfant qui venait de commettre une bêtise et dont on attend l'obéissance inconditionnelle par la suite.

— Hum, Sheila peut être une vraie peste quand elle veut. Et cette année, elle s'est juré de récupérer Jace. Si j'étais toi, je me tiendrais à l'écart.

— « Récupérer » ?

Entre deux bouchées de sandwich, Aubrey opina.

— Ils sont sortis ensemble l'an dernier. Pendant l'été, il n'a donné aucune nouvelle. Elle pensait qu'ils allaient reprendre à la rentrée ; elle était prête à passer sur l'affront, c'est dire, soupira-t-elle théâtralement. Mais non, il la regarde à peine et lui répond par monosyllabes. Dur à encaisser pour la reine de l'école, conclut-elle sur une grimace.

Ainsi, Wentworth était sorti avec cette pimbêche. Tout compte fait, je n'étais pas étonnée. Arrogants tous les deux, ils devaient parfaitement s'assortir. Et, sans surprise, il aimait les grandes blondes au teint doré affublées de sacs Gucci et autres tenues de créateurs. Une pointe de déception me traversa la poitrine, mais je l'écartai aussitôt.

En revanche, je n'avais rien fait pour attirer l'attention de Jace, et je n'avais pas l'intention de sécher les maths ou de changer de place. De toute façon, Stuttgart avait été clair, chacun restait là où il était, sauf instruction contraire de sa part. Nous partagions aussi le cours de littérature, mais j'avais pris garde de m'asseoir à côté de quelqu'un, au cas où il lui serait venu à l'idée de me coller là également.

Bref, cela ne pouvait signifier qu'une chose : les galères pointaient le bout de leur nez. Et, tout ça, sans les rumeurs habituelles qui me pourrissaient inévitablement la vie.

Vive l'Archer's High School.

Chapitre 5

Hope

— Mademoiselle, un autre mojito, s'il vous plaît !

Je pris le temps d'afficher mon plus beau sourire et d'acquiescer tout en slalomant entre les tables.

— Ah, et je pourrais avoir plus de ketchup aussi, s'il vous plaît. C'est un peu sec.

Sourire toujours vissé. Celui-ci était plutôt sympa, tout compte fait, tous ne s'encombraient pas de formules de politesse. Et j'avais l'habitude. À Seattle, j'étais serveuse au Chop Chop, et ça devait dépoter. Pas une seconde pour respirer. C'est là que l'endurance était précieuse. Bon, et l'agilité aussi (j'avais déjà assisté aux déboires d'une collègue qui avait renversé tous ses plats), la patience, et l'amabilité (traduction : être faux cul). Bref, être serveuse requérait une certaine discipline, et qui ne la respectait pas ne faisait pas de vieux os.

Je me dépêchai donc de passer sa commande et allai accueillir de nouveaux arrivants ; du coin de l'œil dans ma folle traversée, je les avais vus s'installer.

Me munissant de cartes, je ne tardai pas à rejoindre leur table et à les leur tendre.

— Bienvenue au Taco Rita, énonçai-je de ma voix la plus enjouée. Souhaiteriez-vous un apéritif ?

Je relevai enfin les yeux, prête à noter leurs réponses.

Mon corps tout entier se figea. Je n'étais pas préparée à cela, même si, soyons honnête, j'aurais dû l'envisager. Après tout, le Taco Rita était dans le quartier du lycée.

— Eh bien, eh bien, si ce n'est pas notre demoiselle en détresse…

C'était Rafael qui avait parlé. Je n'étais pas certaine d'apprécier son air goguenard. Rafael était canon. L'avais-je déjà mentionné ? Au moins un mètre quatre-vingt-cinq, des cheveux blond cendré et un torse de malade.

Seule la couleur de ses yeux le différenciait de Mike ; ce dernier les avait bleus tandis que les siens étaient verts. De loin, on aurait pu les confondre ; deux surfeurs sûrs d'eux qui regardaient le monde de haut.

Était-ce pour cette raison que Jace détonnait autant ? Avec ses cheveux sombres comme la nuit, on ne voyait que lui alors qu'il était entouré de deux anges dans le genre « plus sexy tu meurs ».

J'évitai de l'observer et, comme j'avais deux de tension et que je n'avais pas encore trouvé de réplique spirituelle, Mike enchaîna :

— Qu'est-ce que tu fous là, Sanders ? Tu t'ennuies tant que ça ?

Son sourire devint carnassier.

— J'ai plein d'idées pour t'occuper si tu veux.

On aurait dit deux requins affamés ; vu leur réputation, je commençais à flipper. Tâchant de cacher ma nervosité, je reposai ma question :

— Souhaiteriez-vous un apéritif ?

— Un sex on the beach, lâcha Raf.

Eh merde ! Ils avaient décidé de me faire suer jusqu'au bout.

— Désolée, le sex on the beach contient de l'alcool, et je suis presque sûre que si je vous demande votre pièce d'identité ça ne va pas le faire.

Il me répondit avec un petit sourire en coin :

— Ah, mais je ne parlais pas forcément du cocktail, jolie Hope.

Le rouge me monta aux joues.

— La ferme, Raf !

Son ton sec me prit au dépourvu. Qui eût cru que Jace Wentworth serait mon sauveur ? Je le regardai et constatai avec surprise qu'il avait l'air passablement agacé. J'en profitai pour admirer son visage parfait : un nez droit, des pommettes hautes et saillantes, une peau bronzée sans défaut. Peut-être n'était-il pas humain après tout ?

Les deux autres levèrent les yeux au ciel, mais ne bronchèrent pas.

— On prendra trois Coca et trois *burritos* poulet, comme d'habitude.

Je tournai les talons sans me faire prier et passai la commande avant de repartir en mode tornade, avec le cœur qui battait à cent à l'heure.

Arghhh, c'était bien ma veine, j'avais trouvé un job dans le repaire des trois mecs que j'avais le moins envie de croiser. Ou pas ?

— Hope, je ne te paye pas pour être dans la lune, ma belle. Ça, tout le monde sait le faire.

Je sursautai, honteuse, et fis face à Rita, ma patronne.

— Désolée, un moment d'absence, cela ne se reproduira plus.

Il ne manquerait plus que je perde mon job ! Le visage bienveillant de Rita me rassura néanmoins. Elle n'était pas femme à se mettre en rogne sur un coup de tête et, jusqu'à maintenant, je ne lui avais pas donné matière à se plaindre, au contraire.

Je regardai discrètement ma montre. 21 h 30. Plus qu'une demi-heure à tenir. Compliqué de me concentrer alors que tout ce que je voyais, c'étaient les yeux de Jace qui me transperçaient.

Je n'avais qu'une hâte, rentrer et me rouler en boule sous la couette. On était samedi et normalement, demain, je pourrais faire un peu la grasse mat'. Vers 8 heures, Trixie débarquerait forcément dans mon lit pour faire du trampoline. Ô joie. Finalement, le footing matinal était une bonne option.

Vingt minutes plus tard, je leur apportai la note.

— Vous payerez par carte ou en espèces ?

— Qui a dit qu'on devait payer ?

Sous le coup de la surprise, j'écarquillai les yeux. Certainement une blague moisie pour me mettre mal à l'aise. Encore.

J'adoptai ma voix la plus innocente, surtout ne pas rentrer dans leur jeu.

— Eh bien, j'imagine que c'est la patronne.

Tous trois observaient ma réaction. Cela sentait le nid à emmerdes. Le petit sourire en coin de Jace ne m'échappa pas et me conforta dans cette idée.

Ils se levèrent à l'unisson et, sous mon regard ébahi, tournèrent les talons.

— Tu nous es redevable, Sanders, tu l'as déjà oublié ?

Si son timbre me retournait habituellement, là, je n'avais qu'une envie, lui crever ses putains d'yeux. Quelle enflure !

Cet argent, j'en avais besoin. Le frigo était vide, je devais d'ailleurs acheter du lait et de la viande pour Trixie le lendemain.

Je bossais comme une dingue pour m'en sortir. Parfois jusqu'à 1 heure du mat', alors que j'avais cours le jour suivant. Tout ça pour claquer le fric dans leur petit dîner d'amoureux ?!

Mes yeux me piquèrent, et je sentis un élan de rage me traverser.

Et qu'est-ce que je peux bien faire ? Leur rentrer dedans ? Les dénoncer ?

Si je n'étais pas aussi anéantie, j'en aurais ri. Je venais à peine de commencer ce job. Rita devait les connaître. Sans compter qu'ils étaient les rois du lycée (le terme de « despotes » leur conviendrait d'ailleurs bien mieux), j'allais me retrouver persona non grata en moins de temps qu'il ne faut pour le dire. Déjà que Sheila et sa bande m'avaient dans le collimateur…

Non, je n'avais pas le choix. Je déposai quelques billets sur le plateau, repris un semblant de contenance et me sauvai après m'être changée, saluant tout le monde du bout des lèvres. J'avais une énorme envie de pleurer.

Je passais à peine la porte que je la sentis. Cette odeur de pomme et de menthe fraîche qui me rendait dingue.

Je tournai la tête à droite. Il était là, adossé au mur, une cigarette à la main, qu'il portait négligemment à sa bouche, ses yeux étrécis comme les deux fentes d'un reptile. Un long frisson me parcourut la colonne.

La peur, cette sensation sournoise… Ce n'était pas la première fois, mais je ne la domptais toujours pas.

Je pris une brusque inspiration dans le but de me calmer.

— Quoi encore ? Si tu veux me racketter, je te préviens, je n'ai plus rien.

— Ce n'est pas tout à fait vrai, dit-il en lâchant une bouffée de fumée.

Son regard erra paresseusement sur mon corps.

Ses paroles me glacèrent, et mon cerveau se mit à tourner à cent à l'heure. Aubrey m'avait parlé de leur réputation. Ils étaient inquiétants et dangereux. Comment faisaient-ils régner la loi ? Par du harcèlement, des humiliations ? Quelques bagarres par-ci, par-là ?

Voilà ce à quoi j'avais pensé. Cela suffisait pour qu'ils soient craints. Mais peut-être avais-je eu tort ? Peut-être étaient-ils de vrais criminels ?

Instinctivement, je resserrai ma veste et mis les bras autour de moi.

Mon geste ne lui échappa pas et une lueur amusée fit briller ses yeux dans la pénombre, alors que nous étions simplement éclairés par l'enseigne du Taco Rita.

Il se redressa et écrasa tranquillement son mégot, puis sortit quelques billets de sa poche. Avait-il des regrets ?

Méfiante, je ne bougeai pas d'un pouce. Dans les quelques documentaires animaliers que j'avais pu regarder, il était mentionné que, face au prédateur, la proie ne devait jamais s'enfuir ou faire un mouvement brusque. Sans quoi, la chasse était lancée. Eh bien, j'allais me conformer à ces recommandations, même si tout en moi me sommait de courir à toutes jambes.

Il finit par répondre à ma question muette :

— Ça couvre la note.

— Et ? dis-je, car je me doutais bien qu'il y aurait une contrepartie.

— Et je te le rends…

Pause.

— … si tu viens à la soirée d'Aubrey.

Alors ça !! Nom d'une tortue toute nue ! J'en restai comme deux ronds de flan.

Ce type était une énigme. D'abord, il m'aidait à changer ma roue. Après il tentait de m'arnaquer, et maintenant il voulait que j'aille à une soirée avec lui ?

C'était officiel, il se foutait de ma gueule, et la moutarde me montait au nez maintenant que j'avais compris que je ne me ferais pas violer contre un mur.

Je le gratifiai de mon regard le plus méprisant et tournai les talons.

— Attends.

Sa main sur mon épaule…

Même à travers le tissu de mon blouson en jean, j'en sentis la chaleur. Un courant électrique me traversa, et je crus que mes jambes allaient me lâcher. Heureusement, il n'en fut rien. J'aurais eu l'air bien tarte.

Malgré moi, je m'étais arrêtée. Je ne fis cependant pas l'effort de lui faire face.

— Tu as besoin de fric.

Je rougis. Cela se voyait-il tant que ça ?

Connard. Décidément, il était maître dans l'art de l'humiliation.

Je ricanai.

— Et je vais me faire payer pour sortir avec toi ? Tu en es réduit à ça ? Tu as frappé à la mauvaise porte, Wentworth.

Mes paroles et surtout mon ton transpiraient l'amertume. Il dut comprendre qu'il était allé trop loin.

— Techniquement, je ne te paye pas. Je te propose juste de récupérer ce qui est à toi.

Je pivotai brusquement vers lui.

— Et pourquoi devrais-je aller à cette soirée ?

Il me fixa tranquillement, tête légèrement inclinée.

— Parce que j'en ai envie ?

Waouh.

Son regard ne me lâchait pas et, si sa main n'était plus sur moi, j'en sentais toujours l'empreinte sur mon épaule, comme chauffée à blanc. L'atmosphère était lourde, j'avais l'impression que l'air entre nous crépitait.

Pourquoi s'intéressait-il à moi ? Et pourquoi ces trucs tordus ?

J'avais besoin d'argent, c'était indéniable. Tout à l'heure, j'étais effondrée, parce que je savais que le lendemain Trixie allait manger des tomates et des chips.

Était-ce si cher payé de se rendre à cette soirée ? Après tout, Aubrey m'avait invitée… et ce serait l'occasion de lui faire plaisir. Je n'étais pas obligée de rester longtemps.

J'avais préparé à manger à Trixie avant de partir, et elle m'avait promis d'aller dormir à 21 heures. En théorie, que je fasse un saut à cette fête était possible.

Soudain, une idée me frappa. N'étais-je pas en train de me laisser embobiner ? De me trouver des excuses pour passer du temps avec lui ? Car je devais l'avouer, malgré son comportement odieux, il me faisait un effet dingue. Tout mon être se tendait vers lui. Jamais je n'avais ressenti une telle attirance pour un garçon. Je ne me reconnaissais pas.

— Je conduis, lui lançai-je abruptement. Et ce n'est pas négociable.

Cela ne l'avait effectivement pas été ; il n'avait eu aucun mal à me piquer les clés.

Dignité : 0. Désir : 1.

Chapitre 6

Hope

Aubrey n'habitait qu'à une vingtaine de minutes en voiture ; la tension dans l'habitacle menaçait cependant de m'étouffer. Aucun de nous deux ne parlait, mais je ne me gênais pas pour l'épier au travers de mes cheveux lâchés.

Son profil offrait autant d'attrait que le reste de sa personne, j'avais limite envie d'en suivre le contour avec mon doigt. Il avait jeté son blouson en cuir à l'arrière, et j'avais une vue parfaite sur ses avant-bras dorés, dont les muscles se contractaient au gré des tours de volant. Ce mec sentait le sexe à plein nez et, à ma plus grande honte, mon corps réagissait. Putains d'hormones au timing pourri !

— … État ?

Hum… Il m'avait parlé là ?

Je clignai des yeux, reprenant mes esprits.

Un sourire narquois étirait ses lèvres.

— Si tu veux regarder un peu mieux, je peux me désaper, tu sais…

Misère, depuis combien de temps je le contemplais ?! Décidément, la palme du ridicule me revenait sans conteste ce soir.

Je me renfrognai (ça me donnait une contenance).

— Ça t'arrive de jouer l'humilité ?

Sa réponse fusa.

— Non, petite nouvelle, ce serait hypocrite.

— Arrête de m'appeler comme ça !

Il s'esclaffa.

— C'est pourtant la vérité, je ne vois pas pourquoi ça te hérisse autant.

— J'ai un prénom.

— Et je n'ai pas envie de l'utiliser.

— Pourquoi ça ?

Il se passa une main sur le menton tout en affermissant sa prise sur le volant de l'autre.

— Tu ne m'as toujours pas dit de quel État tu venais.

— Et qu'est-ce qui te dit que je ne viens pas d'ici ?

Il ricana bêtement, et je m'imaginai en train de lui mettre mon poing dans la figure.

— Tu es blanche comme un cul. On est en Californie, tu te rappelles ?

OK, là j'allais me le faire. Il me prit au dépourvu quand il ajouta :

— Non pas que je n'aime pas ça, au contraire, ce teint de porcelaine accentue ton petit côté nymphe des bois.

« Nymphe des bois » ?

Les yeux devaient me sortir de la tête, et il parut surpris.

— Pour ta gouverne, c'était un compliment, alors range tes dents et dis merci.

La mâchoire m'en tomba presque. Impossible d'avoir le dernier mot, il était bien trop imbu de sa personne. Je choisis d'esquiver.

— Je viens de Seattle.

Il opina comme si c'était logique. En même temps, vu les

tonnes de flotte que je m'étais prises sur la tête là-bas, je n'avais pas pu y bronzer beaucoup.

— Tes parents ont été mutés ? Ça fait un gros changement quand même.

Aïe. Nous arrivions dans la zone dangereuse, celle que je ne souhaitais pas aborder.

Nerveuse, je me renfonçai dans mon siège, mais la question était anodine et ne pas répondre aurait paru suspect.

— C'est ça, lâchai-je, évasive. Et comme tu l'as souligné avec finesse, la météo est plus clémente ici.

— Beaucoup plus chaude, c'est sûr, ajouta-t-il, un petit sourire moqueur aux lèvres. J'ai hâte de te voir un peu plus… légère.

Son ton indolent œuvra comme une caresse obscène sur toute la surface de ma peau. Je frissonnai.

— C'est ton père qui a été muté ? Il fait quoi ?

Waouh, virage à cent quatre-vingts degrés. Ce type me transformait en girouette.

— C'est la Gestapo ?

Surpris par mon ton revêche, il se contenta de hausser un sourcil.

Et voilà, rien de mieux pour qu'il se pose des questions. Hope, ce que tu peux être débile !

— Je n'ai pas de père, répondis-je finalement sans savoir pourquoi, tout en regardant droit devant moi.

Ce n'était pas un sujet que j'abordais avec le premier venu et, si l'on m'avait dit que Jace Wentworth serait l'exception, je ne l'aurais jamais cru.

Je sentis ses yeux peser sur moi de longues secondes et, alors que je m'attendais à une réflexion ironique de son cru, il n'en fut rien. Tant mieux, j'étais à fleur de peau et ma gorge s'était désagréablement nouée.

Nous n'échangeâmes plus un mot jusqu'à notre arrivée chez Aubrey.

— Hope Sanders ! Tu es venue !

La façon dont Aubrey me sauta dans les bras m'indiqua qu'elle avait passé le stade de l'apéritif. Elle remarqua cependant l'essentiel dès qu'elle m'eut relâchée.

— Jace ? s'exclama-t-elle en regardant derrière moi. Vous êtes venus ensemble ?

Ses yeux entamaient un ping-pong endiablé entre nous deux. L'étonnement rendait sa voix suraiguë et, malgré la musique, plusieurs têtes se tournèrent vers nous.

Et devinez lesquelles en faisaient partie ? Ah, le karma et moi…

Je ne pus retenir une grimace. Si j'avais voulu me mettre Sheila à dos, je n'aurais pu trouver mieux. De son point de vue, c'était une déclaration de guerre en bonne et due forme, et son regard venimeux me promit mille supplices. Je me maudis de ne pas y avoir pensé avant.

Aubrey passa enfin à autre chose et me conduisit devant le bar improvisé. Son devoir accompli, elle se volatilisa, probablement pour batifoler à droite à gauche.

Comment lui en vouloir ? C'était sa soirée après tout, et elle avait autre chose à faire que de jouer les baby-sitters.

Aubrey vivait dans l'une de ces villas modernes avec un jardin verdoyant et bien entretenu. Sans tomber dans l'opulence, sa famille semblait aisée, et l'intérieur était aménagé avec goût : de belles tentures taupe et rouge, un ensemble buffet en laqué crème et un parquet ciré d'un doré lumineux.

Quand je vis un mégot atterrir sur le canapé en cuir beige, une grimace m'échappa. Pas sûr que toute la déco s'en sorte indemne.

Je me servis un verre de sangria et tentai de repérer Jace, sans succès. Quel enfoiré ! C'était bien la peine de faire tout ce cinéma pour me planter à notre arrivée.

Chapitre 7

Hope

La fête battait son plein, et je devais être la seule personne à ne pas être imbibée d'alcool. N'ayant rien de mieux à faire, je partis en exploration. Je reconnus Eva – nous étions ensemble en sport –, qu'un grand blond semblait décidé à encastrer dans le mur tellement il la collait avec fougue. Mon petit doigt me disait que ces deux-là finiraient en position horizontale sous peu. En prenant l'escalier qui montait à l'étage, je m'aperçus qu'ils n'étaient pas les seuls.

Pas besoin de renifler pour sentir l'odeur des hormones au galop. C'était à croire que, puisqu'il y avait une soirée, il fallait forcément s'envoyer en l'air.

Un sentiment de malaise s'empara soudain de moi. Que faisais-je ici ? Ces gens étaient censés me ressembler, mais le fait que nous ayons le même âge et que nous fréquentions le même lycée n'effaçait pas le gouffre nous séparant. Je les voyais se frotter l'un à l'autre, onduler des hanches au son des gémissements qu'ils laissaient échapper, et je compris à quel point je n'étais pas à ma place. Deux prunelles sauvages s'invitèrent pourtant dans mon esprit l'espace d'une seconde. Je les chassai aussitôt.

Cela n'avait aucun intérêt. Aucun.

— Tu t'es perdue ?

Un instant décontenancée, je mis du temps à réaliser qu'un beau gosse aux yeux vert d'eau me dévisageait. Il me disait vaguement quelque chose.

— Un peu, avouai-je. On se connaît ?

Il eut un petit sourire en coin, qui le rendit craquant.

— Je ne sais pas comment le prendre… On est ensemble en bio.

Ouch.

— Désolée, je ne suis pas très physionomiste.

Enfin, ça dépend pour qui…

En tout cas, William Kensington n'était pas désagréable et constituait une distraction plus que bienvenue.

Nous discutâmes un moment, et j'appris que, comme moi, il était nouveau à Encinitas. Cela me fit un bien fou. Voilà une personne qui ramerait aussi pour s'intégrer !

Quoique, à l'entendre parler, je me dis qu'il ne devait avoir aucun mal à se faire des connaissances. Il était sexy, il avait la tchatche, et en prime de l'humour ! Je me surpris à rire de bon cœur.

Au bout d'un moment, l'appel de ma vessie fut le plus fort.

— Sais-tu où sont les toilettes ?

Il hésita un instant.

— Deuxième porte à droite, il me semble, répondit-il en me montrant la direction de son index.

Je le remerciai, lui confiai mon verre et m'éclipsai, priant pour qu'elles soient inoccupées.

La porte s'ouvrit sans effort sauf que William s'était trompé. Il ne s'agissait pas des toilettes, mais d'une chambre.

Je ne pus détourner les yeux du spectacle qui s'offrait à moi. Jean sur les hanches, un garçon au dos large et musclé s'activait frénétiquement sur une plantureuse brune à quatre pattes sur le lit. Il allait et venait en elle sans relâche, une main sur sa fesse pour mieux la maintenir, l'autre sur sa nuque pour clouer sa tête sur le matelas.

Les halètements qui s'échappaient de la gorge de la fille composaient une étrange symphonie avec le claquement de leurs peaux ; une musique qui semblait m'hypnotiser comme le fakir avec son serpent.

Il finit par enrouler ses cheveux dans son poing, la faisant s'arquer au maximum. Les battements de mon cœur s'accélérèrent, et j'eus du mal à respirer. Mon œil dévia sur sa main dans la chair du bassin de la fille tandis qu'il augmentait la cadence, son fessier ferme et absolument parfait avançant et reculant avec force, presque avec rage.

C'était de la baise sale et sauvage, sans amour, sans tendresse, mais j'étais figée, incapable de faire demi-tour discrètement comme la bienséance l'aurait voulu.

Une vague de chaleur s'était propagée dans mon bas-ventre, ma bouche était sèche, et je tremblais comme une feuille.

Le garçon rejeta brusquement la tête en arrière, et je sursautai. Le cri rauque qu'il poussa tandis que ses mouvements devenaient erratiques me transperça telle une flèche embrasée, me laissant chancelante et vidée sur le pas de la porte.

Je battis en retraite comme si j'avais le diable à mes trousses. Une inexplicable envie de pleurer me souleva la poitrine, et je me détestai.

Chapitre 8

Jace

— Tu passes me prendre demain avant la plage ?

Je reboutonnai calmement mon jean pendant qu'elle se rhabillait.

— Non.

— Mais je croyais…

— Je ne t'ai jamais rien promis, Janett, ni à toi ni aux autres. Tu vas tranquillement te resaper et sortir de cette piaule.

Avec un petit sourire cruel, j'ajoutai :

— Dis-toi que tu as déjà de la chance que je t'aie sautée. La queue est longue, et tu vas faire des jalouses.

Je m'épargnai son air faussement outré – l'hypocrisie m'horripilait – et tournai les talons sans plus lui accorder un regard.

Certes, je me comportais comme un enfoiré, mais un enfoiré honnête. Je baisais tout un tas de filles, mais elles savaient où elles mettaient les pieds. Un coup, peut-être deux, et c'était fini. Qu'y avait-il de compliqué à comprendre ?

Pourtant, chaque fois, c'était le même refrain. La nana s'imaginait qu'elle était exceptionnelle, spéciale, celle qui allait me changer et obtenir un vrai rencard, avec resto, ciné ou n'importe quel autre truc débile à faire en couple.

Bon courage ! ricanai-je intérieurement.

Si elles étaient assez connes pour se faire des films, tant pis.

Janett s'était trouvée au bon moment au bon endroit, ce soir. C'était tout.

Je n'avais pas de vues sur elle et je ne m'étais même jamais posé la question. Simplement, j'étais arrivé avec une trique d'enfer. Avec son petit cul moulé dans une microjupe et son sourire aguicheur, elle m'avait tout de suite collé.

J'avais besoin de me vider les couilles, et elle avait parfaitement rempli son office. Fin de l'histoire. Qu'elle ne s'avise pas de venir m'emmerder. Quoique, avec ma sortie de tout à l'heure, j'eusse dû l'énerver pour un bon bout de temps.

Place au business maintenant. Je devais retrouver Pete et Nico. Peut-être même qu'ils m'attendaient déjà. Tant mieux, je savais me faire désirer. C'était la clé du pouvoir. Les gens doivent sentir qu'ils ont besoin de vous et pas l'inverse. J'étais devenu un virtuose en la matière.

Tout le monde me respectait à Archer's, et tout le monde était au courant de ce qu'il en coûtait de ne pas le faire.

Avec Raf et Mike, on faisait tourner le bahut, et ça nous allait très bien. Il y avait peu de chose que nous ne pouvions obtenir. D'ailleurs, j'aurais été incapable d'en citer une là, comme ça.

Une bonne note en histoire ?

Aucun problème : nous avions découvert que le prof entretenait une liaison avec sa voisine. Une petite explication entre quatre yeux – ou plutôt huit –, et l'affaire était dans le sac.

Tout était question de pouvoir et à ce jeu nous étions très forts, dégottant les secrets inavoués de tout un chacun pour en faire un levier.

Bien entendu, certaines personnes étaient clean, vraiment clean, je veux dire, et dans ce cas c'était plus compliqué. Mais c'était aussi plus excitant. Rien ne nous arrêtait. Les limites, c'étaient nous qui les fixions.

Je descendis l'escalier, à la recherche des deux imbéciles. Je les aperçus devant la porte-fenêtre du salon, mais mes yeux continuèrent à errer. Elle n'était nulle part.

Le pincement désagréable dans ma poitrine m'agaça, et je me dirigeai droit vers mes gars.

Celle-là, je ne la touche pas.

C'est ce que je m'étais dit tout à l'heure dans la voiture. Quand je conduisais et que j'avais la gaule rien qu'à la regarder faire la moue dans son débardeur qui découvrait pourtant à peine son décolleté.

Dès le début, elle m'avait attiré. Vêtue d'un simple jean et d'un T-shirt, elle était adossée au mur, comme si elle avait envie de s'y fondre, spectatrice des simagrées ordinaires de la rentrée.

Plus petite que la moyenne – elle devait faire dans les un mètre soixante –, elle se démarquait comme la lune en plein ciel de minuit. De longs cheveux blonds ondulaient dans son dos, un corps de sirène, menu et gracile, une réserve proche de l'humilité…

Cependant, c'étaient ses yeux qui m'avaient mis à l'envers. De grands yeux de biche qui lui prenaient tout le visage, si expressifs qu'il m'avait semblé toucher son âme du bout des doigts. Cela avait été très bref. Car elle aussi m'observait, figée (sans discrétion), et quand elle s'en était aperçue elle s'était aussitôt détournée (mortifiée ?).

Cela avait été suffisant, cependant, pour que j'aie envie d'en savoir davantage.

Cette fois, je n'avais pas utilisé les canaux habituels, je ne souhaitais pas forcément faire de bruit. Toujours est-il que j'avais décidé de creuser le mystère tout seul, sans mon réseau d'information.

Mais voilà. Sa confidence dans la voiture m'avait fait changer d'avis. C'était stupide, et j'étais moi-même le premier étonné (je ne m'embarrassais jamais de ce genre de scrupules, partant du principe que nous étions libres de nos choix et que s'ils étaient mauvais, eh bien, il était juste d'en subir les conséquences), mais elle avait remué quelque chose en moi.

Cette impression tenace qu'on se ressemblait ne me lâchait pas. Deux êtres qui n'avaient pas été épargnés. Deux êtres qui se battaient pour survivre.

Mon instinct me disait qu'elle n'était pas comme les autres.

Elle en bavait déjà suffisamment. Un mec comme moi dans les parages, c'était tout ce dont elle n'avait pas besoin.

Cela m'avait laissé un goût amer dans la bouche mais, ma décision étant prise, je l'avais plantée dès notre arrivée. Et, pour me la sortir de la tête, Janett avait été la cible parfaite.

Enfin, aurait dû être. J'avais l'impression d'avoir baisé une poupée gonflable sous LSD.

Visiblement, mon obsession pour Hope Sanders était tenace.

Chapitre 9

Hope

Mon réveil sonna à 5 h 30. Nous étions dimanche, mais j'avais besoin de ce temps à moi, pour décompresser, me défouler, oublier, rêver.

Rêver que j'étais une ado normale, avec une famille normale.

Rêver que ma mère prenait soin de moi, de nous, nous cuisinant un super plat de lasagnes à la bolognaise par exemple.

Rêver que mon père me prenait dans ses bras, apaisant mes frayeurs et me promettant que tout irait bien.

Que Trixie et moi ne manquions de rien, ni d'amour, ni d'attention, ni de toutes ces choses que les parents offrent à leurs enfants de façon inconditionnelle.

Rêver…

J'allai jeter un œil à Trixie, qui dormait comme un bébé, son doudou collé contre elle. Je m'attendris un instant devant ce spectacle dont je ne me lassais pas. Mon cœur était sec, sauf pour elle. Elle était si petite et avait tellement besoin de moi.

Une bouteille d'Old James vide par terre dans le salon m'apprit que ma mère était rentrée.

Les vieilles habitudes ont la vie dure. Et, de toute façon, j'avais perdu tout espoir qu'elle change.

J'enfilai mes baskets, je préparai ma playlist et je m'échappai.

Le *condo* n'était pas très loin du front de mer ; j'y fus en quelques minutes, sans pour autant adopter une cadence effrénée.

Courir m'apportait un bien-être salvateur. Et, comme je manquais de temps, je me levais tous les jours de bonne heure pour savourer ce moment de solitude, car ce n'était qu'un peu plus tard que les surfeurs faisaient leur apparition.

Entre mon boulot chez Rita et le lycée, mes nuits étaient très courtes. Cela ne me dérangeait pas. Ma sale tête le matin, oui, en revanche.

Je m'arrêtai un instant pour contempler le lever du soleil. Tout s'éveillait, auréolé d'or et de feu, le monde avait l'air parfait. Un paradis dans lequel on ne demanderait qu'à s'épanouir. Les reflets scintillants que renvoyait l'océan ajoutaient à la magie du moment.

Je descendis le sentier aménagé menant à la plage, enlevai mes baskets et plongeai les pieds dans le sable, marchant jusqu'au bord de l'eau.

Je fermai les yeux, laissant la brise encore fraîche me caresser la peau. Le clapotis des vagues me berçait, je me sentais libre, vivante, pleine d'espoir et capable de gravir des montagnes. J'inspirai longuement l'air chargé d'embruns, les bras en croix comme Leo dans *Titanic* lorsqu'il crie : « *I am the king of the world*[1]. »

Pas besoin d'accéder à la proue du célèbre navire pour avoir l'impression d'être toute-puissante. Seule, face à l'océan, j'étais une autre personne. Une Hope 2.0, pétrie d'espoirs fous et d'envies déraisonnables.

Cela durait chaque fois quelques secondes, mais c'était déjà ça. De précieux instants pour me regonfler à bloc avant que je retourne à la réalité.

1. « Je suis le roi du monde. »

Où tout n'était qu'efforts, rebuffades, souffrances et hypocrisie.

Soudain, le visage parfait de Jace Wentworth se superposa à l'immensité bleue qui s'étendait à perte de vue, et fit voler en éclats ce moment de plénitude.

La colère m'envahit quand je me remémorai à nouveau la façon dont il s'était comporté la veille. C'était absurde, mais pendant un instant, dans la voiture, j'avais eu cette sensation qu'il me comprenait, que nous étions liés par l'adversité, que je pouvais compter sur lui. Un moment fugace et irréel, qui témoignait de ma folie ou de ma stupidité. Je me serais donné des claques.

Franchement, Jace Wentworth était un *bad boy* patenté et enfoiré de renom… Comment cette idée avait-elle pu me traverser l'esprit ?

Hier, sous les yeux ébahis de William, je m'étais littéralement enfuie. La brûlure de la trahison ne m'avait pas quittée jusqu'à ce que, épuisée d'avoir pleuré, je m'écroule dans mon lit.

C'était n'importe quoi. Comment avais-je pu accorder mon attention à ce salaud ou simplement penser qu'il était différent des autres ?

Aujourd'hui, j'en avais également honte. Terriblement honte.

Il n'y avait aucune raison pour que j'aie abaissé mes barrières face à ce type. Au contraire, tout me hurlait de me méfier et de le fuir à toutes jambes.

Cette carapace que j'avais mis des années à créer s'épaississait sans cesse, au gré des coups durs. Alors comment avait-il réussi l'exploit de la briser en quelques battements de cils ?

Une belle gueule ne faisait pas tout. J'avais tendance à adopter le mode super-détestable-inabordable quand je tombais sur un play-boy. Ils étalaient tous une arrogance confinant à la connerie et ils s'aimaient tellement que c'en était écœurant.

Je les évitais comme la peste, mais pas lui. Pourquoi ?

J'avais déposé une Trixie encore ensommeillée et toute grognon à l'école et arrivai quelques minutes avant le début des cours.

Une impression désagréable m'envahit tandis que je déambulais dans les couloirs, comme si tout le monde m'observait et riait en douce. Ce sentiment s'accentua au fur et à mesure que j'avançais.

Décidant d'ignorer ces signaux, j'ouvris tranquillement mon casier, l'air de rien.

Un flot d'ordures se déversa sur moi et atterrit à mes pieds. Peaux de banane, mouchoirs usagés, chewing-gums…

Les ricanements s'amplifièrent, et je sentis tous les regards posés sur moi.

D'abord interdite, je restai figée. Mes yeux me piquèrent, et j'eus soudain envie de tout plaquer. De hurler la rage que j'éprouvais, pour ça et pour tout ce que j'avais accumulé depuis des années.

Je n'en fis rien, et cela me pesa un peu plus. Je me baissai lentement pour ramasser le tas hétéroclite à mes pieds – ou du moins une partie –, faisant abstraction du fumet malodorant qui s'en échappait.

Les gens me regardaient, un sourire goguenard aux lèvres et sans la moindre compassion.

Franchement, la planète n'était-elle peuplée que de sombres connards qui prenaient leur pied en humiliant les autres ?

Je n'étais pas faite de ce bois-là et ne le serais jamais. Je ne comprenais pas. Ou peut-être était-ce seulement moi qui ne rentrais pas dans le moule ?

Le résultat était que je ne me sentais jamais à ma place.

Qu'il est difficile de vivre seule au milieu des autres…

Arrivée devant une corbeille, je m'apprêtais à déverser mon

premier chargement quand j'aperçus Sheila qui m'observait avec un sourire vicieux, les mains sur les hanches. Un air de « Je t'avais prévenue ». Ses deux amies qui la suivaient sans arrêt comme un toutou me toisaient.

L'envie irrépressible de les coller au mur façon ventouse me démangea. Au lieu de ça, je pinçai les lèvres et jetai les ordures.

Une colère sourde montait en moi. Les tentatives d'humiliation, je connaissais. Face à une meute, je savais que je n'aurais pas le dernier mot, donc je m'écrasais. Leur attitude était méprisable.

J'allais ramasser ce qui restait quand quelqu'un me devança. Une fille avec qui j'avais quelques cours en commun. Jolie sans être remarquable, avec une queue-de-cheval châtain et des yeux de la même couleur, qui fusillait l'assistance du regard.

Elle se tourna vers Sheila.

— Frrrrranchement, tu n'as rien de mieux à faire de ta vie ? Tu fais pit… pppitié ! cracha-t-elle à son intention. Et vous, les grrrros blaireaux, circulez, la fête est ffffinie !

Je fus si surprise que j'en restai muette. Évidemment, ce ne fut pas le cas de Sheila-la-garce.

— Mêle-toi de tes affaires, la handicapée de service ! Ah, et pas la peine de répéter, je crois que tout le monde a entendu.

Un concert de rires suivit sa pitoyable déclaration. Les gens finirent par se disperser pour aller en cours. Au risque d'arriver en retard, je rattrapai ma « sauveuse ».

— Hé, attends, ne pars pas ! Jenny… c'est ça ?

Son prénom m'était revenu entre-temps.

Elle acquiesça sans ralentir. Je posai la main sur son épaule.

— Jenny, attends !

Elle pivota vers moi.

— In… inutile de me remmmercier. Ce n'est qu'une bande de

déb… biles, de temps en temps, il faut bien que quelqu'un les rrremette à leur place.

— Si. Je tiens à te remercier. Vraiment.

Nous nous observâmes un moment, puis elle opina en silence avant de s'en aller.

Chapitre 10

Hope

Je terminais mon plat – une sorte de *chili* gluant – tout en lisant un livre, *La Princesse de Clèves*, de Mme de Lafayette. Un post sur un forum m'avait donné envie de m'y coller. On y parlait d'amour, de cet amour si pur qu'il n'était qu'abnégation. Un chef-d'œuvre incontournable selon la chroniqueuse.

Inutile de préciser que je ne croyais pas en toutes ces fadaises. Avec un père qui s'était barré quand j'avais la taille d'une lentille et une mère aux abonnés absents, aucune chance pour que je nage dans les petits cœurs roses.

Je tournai une page quand j'entrevis une silhouette qui s'installait en face de moi. Intriguée, je relevai les yeux. J'étais persona non grata depuis que Sheila m'avait ouvertement déclaré la guerre, et seule Aubrey s'aventurait à me fréquenter. Jenny étant du genre invisible, elle rasait les murs.

— J'imagine que c'est libre ?

— Quelle perspicacité, dis-je en retournant à ma lecture. Tu n'as pas peur qu'on te bannisse, toi aussi ?

— Nan. Mes fréquentations ont toujours été douteuses, je fais avec.

Un sourire aux lèvres, je gratifiai William d'un doigt d'honneur pour toute réponse. Son sourire à lui s'élargit et, encore une fois, je remarquai qu'il était vraiment beau mec. Le genre gendre parfait, propre sur lui, qui faisait du golf et n'oubliait pas la messe du dimanche.

Plus tard, je l'imaginais bien dans une villa cossue, avec un magnifique jardin tout vert, un golden retriever et cinq marmots. Il deviendrait avocat ou médecin.

Je me demandais comment ce serait de mener une telle vie… de ne jamais compter les pièces quand on fait ses courses, de pouvoir aller chez le médecin en cas de besoin, de rire au coin du feu, de préparer des gâteaux pour les enfants, qui, heureux, vous sautent dans les bras.

Cela existait-il vraiment ? Les familles parfaites que j'avais pu rencontrer avaient parfois de sombres secrets. Il suffisait de gratter le vernis, de voir au-delà des sourires un peu forcés.

Et, d'abord, pourquoi je pensais à ça maintenant ?

Pff, arrête de te ramollir, Hope, ça ne te va pas.

— T'inquiète, ça lui passera. J'ai entendu dire qu'elle était très impulsive. Dès qu'une nénette décidera de porter la même robe qu'elle, elle changera de cible.

— C'est gentil de vouloir me remonter le moral, mais il va falloir travailler ton jeu d'acteur, mon vieux, car c'est évident que tu n'y crois pas.

Sa petite moue gênée parla pour lui.

— Ouais, poursuivit-il après un instant, pensif. Cette fille a l'air d'une vraie garce, j'imagine que quand elle plante les crocs elle ne lâche que si tu rampes.

Je ricanai.

— Ah, ben voilà, un peu de franchise ne fait jamais de mal.

Et, t'inquiète, j'ai parfaitement cerné qui est Sheila, je sais à quoi m'attendre. Elle, en revanche, risque d'être surprise.

— Hum… Un combat de boue en prévision ? Je réserve le premier rang !

Nous rîmes de concert. Décidément, ce garçon me plaisait.

— Cela dit, ajouta-t-il avec sérieux, fait-elle sa crise pour un motif valable au moins ?

Je le regardai. Ses yeux céladon accrochèrent les miens, dans l'attente d'une réponse.

Il savait pourquoi Sheila me pourrissait la vie. Et il ne cherchait pas spécialement à cacher sa curiosité.

— Je n'ai rien à voir avec Jace Wentworth. Je l'ai déposé chez Aubrey, fin de l'histoire.

Les images du *quarterback* en pleine action resurgirent sans prévenir dans mon esprit. Comme chaque fois, mes joues s'échauffèrent instantanément. Désir, haine, dégoût et fascination faisaient rage en moi et s'adonnaient à une guerre sans pitié qui me vidait de mon énergie.

— Ça va, Hope ?

La tête inclinée, William m'observait, semblant à la fois inquiet et perplexe.

Du calme, Hope, il ne sait pas ce qui te remue autant.

J'étais la seule petite chanceuse à avoir assisté à la représentation torride de Wentworth, aux premières loges.

Il fallait considérer le côté positif : même s'il avait gardé son T-shirt, jamais je ne reverrais d'aussi près un corps si… nu, si parfaitement dessiné, tout en muscles déliés et en courbes bronzées.

Aaaaaaaaah, saletés d'hormones !

Je déteste Jace Wentworth. Je hais Jace Wentworth.

C'était ma nouvelle litanie.

— Hum ?

— Ça va ? Tu n'as pas l'air dans ton assiette.

Je lui servis ma plus belle grimace.

— Wentworth n'est pas mon sujet de conversation préféré.

Une lueur d'assentiment traversa ses iris. Visiblement, il ne le portait pas non plus dans son cœur.

— Hey, j'ai entendu dire que tu étais un vrai champion ! Tout le monde raconte que tu vas faire un malheur.

William avait intégré l'équipe de base-ball, les Archer's Knights. Tous les gens parlaient de sa dernière performance et imaginaient déjà que lui et ses coéquipiers se hisseraient en haut du podium.

— Je me débrouille… J'espère que tu viendras aux prochains matchs, faire des trucs de pom-pom girls à moitié nues et tout.

— Oui et absolument pas, répondis-je en riant de bon cœur.

— On vous dérange, peut-être ?

Instinctivement, je sursautai. Rafael. Sa voix délicieusement sucrée chargée de menace.

Comment ne les avais-je pas vus s'approcher ? En leur présence, le temps semblait comme suspendu.

— Dégage, Kensington.

Ça, c'était Jace.

Je me renfrognai, agacée qu'il intervienne encore dans ma vie.

Le visage de William se ferma et, durant un instant, je pus voir qu'il n'était pas si docile qu'il le laissait paraître. Cette lueur meurtrière dans ses yeux ne trompait pas. Il allait riposter. Bien qu'il soit baraqué, je n'étais pas sûre qu'il parvienne à battre Wentworth. Alors affronter les trois, même pas en rêve !

La panique m'envahit, et je décidai d'agir.

— Qu'est-ce que tu veux, Wentworth ? Au cas où tu ne l'aurais pas remarqué, je suis là, et tout à fait apte à choisir avec qui je passe mon temps.

Ses yeux couleur glacier étaient à présent rivés sur moi. Presque aussi engageants que mon ton.

Très bien, c'était exactement ce que je voulais. Pas question que William se transforme en pâtée pour chiens par ma faute.

Tout un tas de sensations indécentes m'envahirent au point de me faire tourner la tête, mais je tins bon. Ce mec était un nuisible, et je devais m'en débarrasser. Point barre.

Un petit sourire flotta sur ses lèvres.

— Parler. Tu pourras retrouver Superman après.

William grinça des dents, mais je lui coupai l'herbe sous le pied.

— Parfois, dis-je à William sur le ton de la confidence, il faut savoir s'acquitter des tâches ingrates avant les autres. On se voit plus tard, Will. S'il te plaît.

C'était la première fois que je l'appelais ainsi, et de manière tout à fait consciente.

D'une part, je cherchais à l'apaiser et lui permettre de partir sans que son honneur soit trop malmené.

D'autre part, je signifiais à M. Tête de Nœud et ses deux copains qu'ils interrompaient un moment sympathique avec une personne que j'appréciais bien plus qu'eux. Je savais que cela les agacerait.

Mike parla le premier, après qu'ils se furent installés à ma table sans aucune gêne.

— Ne me dis pas que tu traînes avec ce branleur de Kensington !

— Et en quoi ça vous regarde ?

— Tout ce qui se passe ici nous regarde, Papillon.

Hein ? C'était quoi la blague ? Il ne manquait plus que Sa Majesté Jace Wentworth m'attribue un surnom débile concocté spécialement pour moi.

N'importe quoi.

Je plissai les yeux, vraiment énervée.

— Ne m'appelle pas comme ça.

— On t'appelle comme on veut, ma belle. Ou alors tu n'as pas compris comment ça marchait ?

Ce connard de Rafael… Ses boucles blondes lui tombant sur le front lui donnaient un air d'ange. Jusqu'à ce qu'il ouvre la bouche.

— Hoooope.

Jace fit rouler mon nom sur sa langue, et cela me fit un effet fou.

— Désolé, Papillon, l'espoir, c'est juste un ramassis de conneries pour les faibles. Ceux qui n'ont pas encore compris de quoi est faite la vie, la vraie.

Je fus un instant surprise par l'accent de sincérité qui transpirait de ses paroles, mais bien vite la colère prit le dessus.

La vie, du haut de mes seize années, je la connaissais. Les souffrances, les douleurs, le manque, j'aurais pu écrire une thèse sur le sujet.

La vie, elle te ballottait comme bon lui semblait, peu importe où tu atterrissais, dans un caniveau plein de merde ou sur un *roof-top* à LA.

La vie, elle ne te demandait pas ton avis, elle te donnait des cartes, et si elles étaient merdiques c'était tant pis pour toi.

À toi de te battre pour les changer. Et cette idée d'y parvenir, quels que soient les efforts à fournir, cette lueur au bout du tunnel, c'est elle qui me faisait tenir.

Je me battais pour Trixie, mais aussi pour moi. Et, ça, personne ne me l'enlèverait, surtout pas un mec égocentrique et bouffi d'orgueil à qui la vie semblait avoir tout accordé. Ses cartes, il en faisait de la merde, et c'était son problème.

— Ne parle pas de ce que tu ignores, Wentworth, répondis-je

férocement. Et maintenant dis-moi pourquoi vous êtes là, qu'on en finisse.

Cette discussion commençait à me taper sur le système, sans compter que nous étions le centre d'attention de toute la salle.

Penché en avant, il me fixait. Bien que cela soit difficile, je soutins son regard, sans rien lâcher.

Rafael interrompit ce duel en ricanant.

— Une vraie dure à cuire. Arrête, chérie, tu me fais bander.

Encore focalisée sur Jace, je me contentai de lui montrer mon majeur, ce qui redoubla son hilarité.

Brusquement, Wentworth se détendit et sourit.

— J'ai entendu raconter que tu en bavais pas mal avec Sheila.

Évidemment. Salaud un jour, salaud toujours.

— Et ?

— Et on s'est dit qu'on allait te filer un coup de main.

À mon tour de ricaner bêtement.

— Où avais-je la tête ? Et comment n'ai-je pas pensé plus tôt à votre légendaire bonté d'âme ?

— Grave erreur, en effet, ironisa-t-il. Surtout que je me sens un peu responsable. Après tout, si ta vie est un enfer, c'est parce que tu as eu l'incroyable chance de passer du temps en ma compagnie. J'ai bien conscience que ça en vaut le coup, mais je suis d'humeur magnanime en ce moment.

— Rhoooo, c'est que tu sais causer en plus ? « Ma-gna-ni-me ». Tu l'as appris par cœur avant de venir ?

Il mordilla sa lèvre charnue. Pas de doute, je commençais à l'agacer. C'était la bonne nouvelle.

La mauvaise, c'était l'effet que ce simple geste avait sur moi.

Comme toute sa personne, sa bouche, pleine, délicieusement ourlée, était un appel à la tentation. Je me demandais comment ce serait d'échanger un baiser avec un type comme lui. Sauvage, passionné, torride, sans concession.

Un lent sourire se dessina sur son visage sculpté.

— T'inquiète, Papillon, tu auras peut-être le droit d'y goûter un de ces jours.

Prise en flag.

Je relevai vivement les yeux, les posant partout où il n'était pas, et essayai de faire baisser ma pression artérielle, sans quoi j'allais probablement fumer des oreilles. J'étais une crétine d'idiote de débile interplanétaire !

Le plus futé dans ce cas, c'était de changer de sujet.

— Je ne veux pas de votre aide.

— Trop tard.

Surprise, je me tournai vers Rafael.

— Le simple fait qu'on soit à ta table te réhabilite aux yeux des autres. Sheila continuera peut-être de te pourrir, mais eux ne s'y risqueront pas.

Un petit sourire narquois et tout à fait irritant flottait sur ses lèvres.

— Pas de quoi, renchérit Mike sur le même ton.

— Je ne vous ai rien demandé. Je ne vous dois rien.

Jace se leva gracieusement et, une main sur mon épaule, approcha sa bouche de mon oreille.

— Au contraire, Papillon, tu nous dois tout.

Chapitre 11

Hope

Après un sourire à Rita, j'allai enfiler mon uniforme, qui consistait en fait en un T-shirt noir avec en son centre un énorme taco (pas) appétissant. Pour le bas, un short de la même couleur faisait l'affaire. Elle n'était pas exigeante, Rita, il fallait juste que ce soit propre et correct.

Machinalement, je jetai un œil au miroir dans les vestiaires, ce qui n'échappa pas à Steffy, ma collègue du soir.

— T'as la tête d'un zombie souffrant de la tuberculose.

— Merci pour tes encouragements, Steffy, ça fait du bien.

En riant, elle opéra un petit salut militaire.

— Je suis toujours là pour toi, ma belle.

Elle pivota et s'engouffra dans la salle pour une longue soirée de labeur.

J'aimais bien Steffy. Le sourire aux lèvres en permanence, elle avait sans cesse une blague pour détendre l'atmosphère. Même quand cela n'allait vraiment pas.

D'ailleurs, surtout quand ça n'allait pas. Elle préférait tout tourner en dérision, pas question de s'apitoyer sur son sort. La vie semblait ne pas l'avoir épargnée, elle non plus ; elle ne se confiait pas beaucoup, mais j'avais lu entre les lignes.

Ce regard torturé qu'elle affichait parfois quand elle pensait que personne ne l'observait, je le connaissais par cœur.

Cela dit, elle avait foutrement raison. Mes cernes noirs faisaient pitié. La vérité, c'est que je commençais à fatiguer.

En plus de mon job chez Rita, j'avais décroché quelques heures chez GiantCream, un glacier en bordure de la plage. J'étais payée *peanuts*, mais c'était déjà ça, jusqu'à ce que je trouve mieux. Avec les cours et Trixie, dont je devais m'occuper la plupart du temps, c'était lourd. J'avais la peau dure, j'aurais donc pu m'en sortir. Sauf qu'à cause de lui mes nuits étaient agitées.

Son regard me hantait, impossible d'y échapper. J'étais prisonnière, de ses yeux, de sa voix, de son souffle, de son parfum que j'inhalais discrètement chaque fois qu'il s'asseyait à côté de moi en maths, faisant exprès de me frôler, à peine, juste de quoi m'électriser et se satisfaire des frémissements qu'il déclenchait chez moi.

« Un jour, Papillon, ma langue sillonnera toute cette délicieuse ligne de frissons sur ton corps. Je m'en gaverai, j'absorberai tout jusqu'à ce que tu sois vidée. »

Il m'avait chuchoté ces paroles en plein cours de suites géométriques, son odeur de pomme m'enveloppant comme s'il me maintenait captive.

Mon souffle s'était bloqué dans ma gorge, et j'avais juste eu la force de ne pas m'affaisser comme la chiffe molle que j'étais devenue.

Qu'y avait-il chez lui qui me donnait ce vertige ? Cette impression d'être au bord d'un précipice sans fin avec l'envie folle de m'y jeter et de m'oublier, moi, et tout le reste.

Ce parfum d'interdit m'attirait inexorablement. Plus que tout, je souhaitais retrouver cette connivence qui nous avait liés un moment lors de cette fameuse soirée, avant qu'il s'envoie en l'air avec la première venue.

Comment avais-je pu penser un instant que nous nous ressemblions ? qu'il me comprenait ? Je le connaissais à peine !

Le problème, c'est que j'y avais goûté, et qu'à présent je ne songeais qu'à recommencer, alors qu'il me montrait la face la plus odieuse de sa personnalité.

L'affligeante vérité était que tout en lui m'excitait. Sa façon d'avancer sa mâchoire carrée et mal rasée lorsqu'il me provoquait. Sa décontraction absolue en toutes circonstances, comme si le monde était à ses pieds. Son petit sourire en coin quand il attendait ma réaction. Son regard, comme si j'étais un fabuleux dessert qu'il se réservait pour plus tard.

Mon corps était en apnée,

mon cœur s'essoufflait à force de courir,

mon âme se délitait, cherchant contre mon gré le chemin qui menait à la sienne.

En avait-il seulement une ?

Je les avais surpris tous les trois, l'autre jour, à l'arrière du bâtiment, encerclant un pauvre malheureux affolé. Son menton tremblant et les fines gouttes de sueur qui dévalaient son front m'avaient fait pitié. Qu'avait-il fait pour mériter leur colère ?

Je ne le saurais probablement jamais, car lâchement, je m'étais éclipsée.

Il ne portait aucune marque de coups, Hope, tu n'aurais de toute façon rien pu faire.

Voilà ce qui m'avait aussitôt traversé l'esprit. Piètre façon de me déculpabiliser. De jour en jour, je me dégoûtais de plus en plus.

Avant que je le rencontre, jamais aucun mec ne m'avait autant retourné la tête, jamais je n'avais agi de telle sorte que j'aurais eu honte de moi. Et jamais je n'avais pensé le faire.

Au fond, j'étais peut-être comme *elle*. Impossible d'échapper aux gènes.

Chapitre 12

Jace

Franchement, je ne savais pas par quel miracle cette garce de Sheila m'avait convaincu de les suivre. Mike et Raf en étaient restés bouche bée, conscients que depuis l'été dernier je faisais tout pour l'éviter.

Peut-être était-ce parce qu'elle avait proposé d'aller au Taco Rita ?

Évidemment, gros blaireau, qui tu veux tromper !

Du coup, je les accompagnais. Et cette idiote avait cru que c'était pour elle. Si seulement elle savait combien elle m'insupportait. Je l'avais sautée dans un instant d'égarement, fortement alcoolisé, juste avant les vacances. Grave erreur.

Oui, elle était canon : super jambes, taille de guêpe, nichons au top. Mais qu'est-ce qu'elle était conne ! Ah, et une vraie glu.

En temps normal, je ne faisais pas le difficile : dès qu'une fille était bien gaulée, je m'arrangeais pour qu'elle écarte les cuisses. Sans trop d'efforts et tous ces trucs de séduction à deux balles.

Avec moi, c'était simple. « T'as envie de passer la nuit de ta vie ou pas ? »

Bref, j'en avais vu défiler un rayon, des Californiennes bronzées.

Mais Sheila présentait un énorme défaut : c'était une grande gueule et elle se prenait pour quelqu'un d'important. Ça marchait avec ses esclaves, mais son truc à la Queen B… Aucun effet sur nous. Elle le savait, et ça l'agaçait prodigieusement, pour mon plus grand bonheur.

Donc ce soir je me coltinerais cette idiote de Sheila juste pour croiser ma nymphe préférée, si elle était de service. Si ce n'était pas le cas, évidemment, je me casserais illico, et ce ne serait pas Raf et Mike qui chouineraient. Déjà qu'ils paraissaient aller à l'abattoir.

Dans un élan de compassion, j'avais décidé de garder mes distances avec ma petite Cosette. Oui, mais voilà, la compassion et moi, ça faisait deux.

OK, elle n'avait pas eu de père. OK, elle avait l'air d'être dans la dèche. Et après ?

Ce n'était ni la première ni la dernière. Et, même, je lui rendais service, s'endurcir n'était pas un luxe de nos jours. Autant que ce soit avec moi ?

Car je devais bien avouer qu'elle m'intriguait. Et, ça, c'était aussi rare que Sheila disant quelque chose d'intelligent.

Elle était différente. Pas sûre d'elle et en même temps affirmée lorsque cela semblait compter pour elle. La façon dont elle nous avait tenu tête quand elle était à table avec Kensington…

Kensington. Mon humeur s'assombrit rien qu'à son nom.

Ce mec, je ne pouvais pas l'encadrer, je sentais qu'il causerait des problèmes. Son père était un politicien en vogue et il venait de s'établir dans la région. Probablement pour bourrer le crâne de nos chers concitoyens de toutes ces inepties que les gens de son genre dégueulaient sans arrêt.

Bien qu'il affiche un costume super classe et aille à la messe tous les dimanches, c'était forcément un pourri avec les mains sales. Aucune chance que son fils ne lui ressemble pas.

Comme sa cote de popularité venait d'exploser après la victoire des Archer's Knights, j'étais persuadé qu'il sortirait du droit chemin.

D'ailleurs, si Sanders n'était pas intervenue à la cantine, la suite n'aurait pas été jolie à voir. Je le regrettais presque. Enfin, étant donné le gars et son ego, ce n'était que partie remise.

Le fait est que quand je l'avais remarqué avec elle, décontractée et en train de rire, mon sang n'avait fait qu'un tour.

Pourquoi ? Aucune putain d'idée. Elle n'était pas à moi. Sauf que je venais de décider que si, finalement, et qu'il allait dégager fissa.

Voilà précisément le moment où j'avais choisi d'entrer de façon active dans la vie de Hope Sanders.

Avec certaines personnes, on sent qu'il y a quelque chose à apprendre, à prendre et à voler. Et j'avais bien l'intention de tout lui subtiliser, de sa fraîcheur innocente à son âme pure et lumineuse, son essence singulière, sa force et ses faiblesses. Tout. Comme un putain de vampire assoiffé de sang.

Toute cette rage que j'avais accumulée… J'avais enfin un vrai centre d'intérêt pour faire diversion.

Encore une fois, le monde est dur et sans concession. Elle ne savait juste pas à quel point.

Nous étions à peine installés que je la vis sortir des quartiers privés. Elle n'avait pas bonne mine. Bien que toujours aussi jolie, elle avait l'air épuisée, ses yeux noisette semblaient encore plus grands que d'habitude dans son visage fin et délicat. Sa queue-de-cheval se balançait au rythme de ses pas, dynamiques et décidés, et un sourire radieux – qui ne manquerait pas de s'évanouir dès qu'elle nous aurait remarqués – éclairait ses traits mutins. Un vrai bonbon acidulé, dont il me tardait de déchirer l'emballage.

Fidèle à elle-même, Sheila la somma de venir comme si elle avait appelé son chien au pied.

Sans se départir de son air aimable, Hope se dépêcha de rejoindre notre table. Je sus le moment exact où elle se rendit compte de l'identité de ses nouveaux clients. Son regard s'attarda sur moi un peu plus que nécessaire, un mélange d'angoisse et d'intérêt qui ne fit que me motiver, et passa ensuite à Sheila, s'assombrissant de façon notable.

Dire qu'elle aurait souhaité être partout ailleurs qu'ici était un euphémisme.

Sheila et moi avions tous les deux envie de la bouffer, quoique pas pour les mêmes raisons.

— Hope Sanders ! brailla Sheila, un sourire mauvais aux lèvres. Si j'avais su que tu me servirais comme un gentil toutou, je serais venue avant. Besoin d'argent, petite fille ? Ooooh, mais vu tes fringues, ce ne serait pas du luxe, en effet. C'est de l'occasion ? Rassure-moi.

Le fiel dégoulinait de sa bouche aussi charmante que celle d'un piranha affamé. Elle semblait très fière d'elle, sentiment renforcé par les gloussements moqueurs des autres filles de la table.

Durant une toute petite seconde, je ressentis un désagréable pincement au cœur, le truc improbable pour quelqu'un comme moi.

Cela ne dura pas ; j'étais bien trop curieux d'observer sa réaction, un peu comme un scientifique devant sa nouvelle expérience.

— Sheila.

Hope afficha un autre sourire sur sa bouche appétissante.

— Désolée, je n'ai pas de quoi te servir aujourd'hui, on vient de sortir les poubelles.

Silence.

Jusqu'à ce que, Mike, Raf et moi, on se torde de rire. Sheila écumait de rage, et la voir se faire remettre à sa place nous faisait plaisir. Je décelai une certaine admiration dans le regard de mes potes, et elle était méritée.

Il ne devait pas être facile de se trouver en position d'infériorité devant une dizaine de personnes qui, jusque-là, n'avaient fait que l'écraser sous leur talon.

Comme je l'espérais, Sanders n'avait de fragile que son apparence. Je n'avais qu'une envie, la balancer sur mon épaule pour l'emporter et la dévorer. Mais pas que. Il y avait autre chose, d'indéfinissable.

C'était étrange qu'une si petite créature me fasse cet effet, c'était bien la première fois. Mes rapports avec les filles étaient plus qu'agréables, mais se résumaient à « tu me fais bander, on baise, ciao ». Tout un concentré d'émotions dans un endroit bien précis de mon anatomie.

Avec elle, c'était différent ; j'avais une furieuse envie de prendre possession de son joli petit corps, mais pas que. Je la voulais elle, tout entière, en train de me supplier. Mais pas que.

Sanders avait lancé la commande et, pendant ce temps, Sheila faisait son intéressante, comme d'habitude. En même temps, elle avait un public, pourquoi se remettre en question ? Ses copines semblaient vouloir lécher la semelle de ses sandales à talons compensés vertigineux rien que pour lui plaire.

C'était à gerber. Au moins avais-je la satisfaction de constater qu'elle n'avait pas digéré la repartie de Hope.

Cette dernière revint cinq minutes après, chargée du plateau de notre commande.

Sheila étant en bout de table, elle fut servie en premier – je dois le préciser, avec toute la déférence due à un client.

— Et un virgin colada !

La garce s'en empara, une lueur mauvaise dans les yeux. Hope ne pouvait la manquer, mais garda un visage impassible pour continuer sa distribution.

Et c'est là que tout dérapa. Moins de deux secondes plus tard, Sanders gisait sur le sol, au milieu des autres consommations, qui s'étaient échouées avec le plateau dans un fracas épouvantable et des bris de verre.

Le silence se fit, et tous les yeux se braquèrent sur la catastrophe.

En l'occurrence, nous. Ou, plus exactement, la pauvre petite chose étalée par terre qui, à genoux, se relevait péniblement, les bras et mains entaillés de coupures sanglantes. Tête baissée, cherchant à se soustraire aux regards des autres, menton tremblant.

C'est au moment où j'aperçus ses yeux humides que je réalisai qu'une rage sourde m'étreignait la poitrine.

Lentement, je pivotai vers Sheila. Son rictus de satisfaction me confirma ce dont je me doutais déjà. L'envie de la frapper devint brusquement irrépressible, et je m'apprêtais à me lever quand deux mains fermes me retinrent.

D'un regard impérieux, Mike et Raf m'enjoignirent de ne pas bouger. L'idée de les emplafonner eux aussi me traversa un instant, mais finalement je ne fis rien. S'ils avaient tous deux réagi de la même façon, il devait y avoir une raison.

Rita venait d'arriver et observait le désastre d'un œil noir. Consommations perdues, mauvaise image, gâchis… La totale.

La pouffe de service jugea bon d'en remettre une couche.

— Vraiment, Rita, depuis le temps, je pensais que vous connaissiez votre métier. Embaucher des bras cassés, ce n'est pas du meilleur effet !

Totalement relevée à présent, Hope s'enfuit dans l'arrière-boutique d'un pas saccadé, épaules affaissées et tête basse.

Sheila n'en avait pas fini pour autant. Encouragée par les

murmures et ricanements gerbants autour d'elle, elle poursuivit sa représentation. Remporter les suffrages, ça l'excitait, Queen B.

— Où l'avez-vous trouvée celle-là ? Elle est aussi grande que Tyrion Lannister et ne sait même pas se servir de ses jambes !

Nouvelle salve de rires.

— C'est sûr, Sheila, me moquai-je sans pouvoir me retenir, en matière de jambes, tu t'y connais. Dommage, c'est seulement pour les écarter, et on n'en redemande pas.

Les « oh », les « ah » et les rires furent bien plus doux à mes oreilles. Celles de Sheila fumaient en revanche, et je ne l'avais probablement jamais vue si gênée et sur le point d'exploser.

Bien que n'intervenant pas directement, Mike et Raf affichaient un petit sourire satisfait. Je leur donnai à chacun une tape dans le dos, signal du départ, et m'arrêtai devant Rita, qui s'apprêtait à aller nettoyer les dégâts avec l'autre serveuse.

— Aucun problème avec tes serveuses, Rita, dis-je en mettant une main sur son épaule. Assure-toi juste que tes clients ne les taclent pas.

Son visage se décomposa et la fureur dans son regard quand celui-ci se posa sur Sheila me réjouit au plus haut point.

Chapitre 13

Hope

Les semaines se succédaient, et la hargne de Sheila me poursuivait toujours. On aurait pu croire qu'elle avait obtenu sa vengeance en m'humiliant chez Rita, mais non. Bien au contraire, ce n'était que le début.

J'avais été particulièrement éprouvée par cet épisode. Mon boulot m'était indispensable, car, sans argent, il m'était impossible de m'occuper correctement de Trixie. Et je n'étais aucunement assurée d'en trouver un autre rapidement si je perdais celui-ci.

La panique s'était emparée de moi dans les vestiaires. J'étais convaincue que j'allais me faire virer. J'avais eu du mal à respirer, ma vue s'était brouillée. J'étais habituée à ce genre de situation et je savais que faire pour reprendre le contrôle. Assise, les mains à plat sur les cuisses, j'avais commencé à compter à l'envers par tranche de dix :

Dix, neuf, huit, sept, six, cinq…

Inspirer, expirer.

Et si je suis virée ?

Inspirer, expirer.

Rita doit m'en vouloir à mort.

Inspirer, expirer.

Putain de Sheila ! Je vais…

« Hope ? »

J'avais brusquement ouvert les yeux. Rita.

Pas du tout calmée, le souffle toujours erratique, j'avais tout de même réussi à articuler :

« Rita, je suis déso…

— Ne t'inquiète pas, ma fille. »

Tranquillement, elle était venue s'asseoir à côté de moi. J'étais persuadée que j'allais être mise dehors avec un coup de pied aux fesses. La restauration était un monde difficile, les patrons ne pouvaient pas s'encombrer de bras cassés. Alors, quand Rita m'avait parlé, j'avais cru avoir mal entendu sur le coup. Tout dans son attitude cependant, de son air bienveillant à ses gestes doux, criait la compréhension. J'avais même décelé ce que jamais je n'aurais osé espérer voir un jour : une inquiétude toute maternelle, une envie de me protéger qui m'avaient complètement déstabilisée. Mon menton s'était mis à trembler à nouveau, et Rita avait été parfaite, se contentant de me tapoter le dos, juste pour me montrer qu'elle était là pour moi.

La chaleur de ce geste m'avait réchauffée jusque dans les os, une vague de reconnaissance teintée de regrets m'avait traversée comme une lame et ce ne fut plus finalement qu'une immense tristesse.

Pour tous ces moments où j'avais rêvé de me cacher dans le giron réconfortant de ma mère.

Pour tous ces moments que j'avais passés seule, en silence, alors que je voulais me noyer dans des bras protecteurs, où j'avais inhalé le parfum de mon désespoir au lieu de cette odeur familière qui était censée réparer tous les maux d'un enfant.

Où je m'étais perdue à force de me vider.

Un autre élément me tordait les boyaux, même si je refusais de me l'avouer.

Il était là. Il n'avait pas bougé le petit doigt, m'observant seulement comme un insecte curieux, son beau visage impénétrable. Allait-elle flancher ? S'effondrer ? Comme ce serait drôle de voir Hope Sanders rendre les armes !

Peut-être même était-ce ce qu'il attendait, après tout. Lui et ses deux copains affichaient un côté malsain qu'ils ne cherchaient pas à dissimuler, il n'y aurait rien d'étonnant à cela.

Qui sait, peut-être Jace avait-il encouragé Sheila à me faire tomber ? J'étais humiliée, en colère, paniquée, vulnérable… et un peu plus brisée que la veille. Une main tendue aurait pu faire la différence.

Encinitas était mon enfer. Je les détestais. Je le détestais. Je me détestais.

— Allez, Hope, viens, ça te changera les idées. Tu ne travailles même pas ce soir, profite !

« Profite », Aubrey n'avait pas compris que ce mot n'avait aucune signification pour moi. Il n'en avait jamais eu et n'en aurait jamais.

C'était pourtant simple. Ma vie était vouée à ma survie. Faire ce qu'il fallait, des efforts, des sacrifices, des heures de sommeil à rattraper, des larmes et des regrets.

— Aubrey, j'en ai très envie, crois-moi (menteuse !), mais je dois passer un peu de temps avec Trixie (ça, c'était vrai).

— Mais elle fait quoi ta mère à la fin ? bougonna-t-elle. Si t'avais quelques années de plus, j'aurais juré que, Trixie, c'était ta fille, pas ta sœur !

Comme d'habitude, j'éludai la question par un silence assourdissant. Pas question de m'étendre sur ma mère, je m'étais contentée de dire qu'elle travaillait dans l'événementiel et, de ce fait, était très peu disponible.

Je n'en voulais pas à mon amie, cependant. Dans le fond, aller boire un verre avec ses copines Pat et Chloe aurait été une excellente idée pour toute autre personne que moi.

Cela partait d'une bonne intention, et elle faisait son maximum pour que j'oublie les crasses de Sheila et sa clique. Ce matin, par exemple, j'avais retrouvé dans les vestiaires mon téléphone portable HS, écran brisé. Il ne me restait plus qu'à voir si je pouvais le faire réparer et, le cas échéant, combien cela me coûterait. En soufflant, je démarrai la voiture, pressée de rejoindre ma petite sœur adorée après mes deux heures chez GiantCream.

Il était temps que cela se termine. Qu'avaient-ils tous aujourd'hui à vouloir s'empiffrer ? Ma conscience professionnelle réagit aussitôt, car après tout plus il y avait de clients, plus mon boss serait content.

Oui mais, moi, j'étais rétamée, et je n'avais qu'une hâte : rentrer à la maison, jouer avec Trixie et la dorloter.

Je grimpai enfin l'escalier, d'un pas lourd, et ouvris la porte. 19 h 15.

Ma mère avait dû partir depuis un bon quart d'heure.

— T'es où, Citrouille ? J'ai besoin d'une séance câlins de toute urgeeeeence !

Je balançai mes chaussures dans l'entrée tout en trouvant étrange que ma sœur ne soit pas déjà en train de me sauter dessus. Une partie de cache-cache improvisée ?

— Sors de ta cachette, patate, lançai-je en regardant derrière le canapé et dans le placard. Ou bien je te fais griller en brochettes au barbecue !

Silence. Je fronçai les sourcils. Cela ne ressemblait pas à Trixie ;

trop impulsive, elle était incapable de rester sage plus de trente secondes.

J'arpentai notre minuscule appartement en un rien de temps. Pas de Trixie.

Un mauvais pressentiment m'envahit, et je fonçai dans sa chambre à nouveau. Pas de cartable, et le gilet que je lui avais mis sur le dos ce matin n'était nulle part en vue.

De rage, je tapai du pied sur le sol élimé. Ma mère et moi avions convenu qu'elle devait récupérer Trixie à la sortie après ses cours.

Mais l'école m'aurait prévenue si encore une fois elle ne s'était pas présentée, non ? Mon téléphone, j'allais…

Je me figeai. Mon téléphone était HS, si l'école m'avait appelée, elle n'aurait eu que ma boîte vocale !

Une rage soudaine s'empara de moi ; saleté de Sheila !

Sans réfléchir, j'enfilai mes chaussures et je partis en courant vers la voiture, direction l'école.

Je conduisis à tombeau ouvert, me moquant bien de me faire arrêter, ce qui n'était d'ailleurs pas très malin, car j'aurais mis encore plus de temps à arriver à destination.

Les crissements de pneus quand je me garai durent résonner à un kilomètre à la ronde, mais peu importait, hors d'haleine, je me dirigeai vers les grilles.

Fermées. Évidemment, vu l'heure qu'il était.

J'appuyai comme une malade sur l'interphone. La directrice devait être folle de rage, j'allais me faire détruire de façon magistrale.

On s'en fout, c'est Trixie qui compte. La pauvre, elle doit être en train de pleurer toutes les larmes de son corps.

Mon cœur se serra. J'aurais fait n'importe quoi pour ma sœur et je ne pouvais envisager qu'elle puisse souffrir.

Mon doigt me fit mal à force de presser le bouton, et pourtant, toujours rien. Pas un bruit, l'établissement semblait désert.

La panique commença à monter en moi. Je fis demi-tour, marchant comme une aliénée, regardant à droite, à gauche, sans vraiment savoir ce que je faisais.

Je courus, parcourant les endroits où ma sœur aimait se promener. Le parc avec ses balançoires, son marchand de bonbons préféré, le manège qui me rendait dingue à chaque fois.

« Encore un tour, c'est le dernier, promis ! » J'entendis sa petite voix malicieuse dans ma tête et je sentis le courage me manquer. Moi qui adorais courir, j'étais à bout de souffle, me traînant vers la plage, parce que je ne savais plus où chercher.

Je courais, trébuchais, me relevais, retombais, courais, courais, courais… Et si quelqu'un l'avait kidnappée ?

La nausée m'assaillit sans pitié. J'imaginais déjà ma sœur ligotée, dans une camionnette blanche, et soumise à je ne sais quel détraqué.

J'étouffais, littéralement. Je tentai d'inspirer une goulée d'air, mais mes muscles ne me répondaient plus.

Boum, boum, boum.

J'allais mourir là, asphyxiée par une crise de panique sur le trottoir, pendant que ma petite sœur souffrait quelque part, attendant que je vienne la délivrer.

Boum, boum, boum.

Je sentais le poids du désespoir m'enfoncer sans rien avoir à quoi me raccrocher.

Boum, boum, boum.

Tout à coup, j'eus l'impression d'être plus légère ; les bruits me parvenaient de loin, de très loin.

— … ders ! Sanders ! Respire, bordel !!

Oui, je devais être en train de mourir. Parce que, tout ce que je voyais devant moi, c'étaient les deux prunelles bleues qui me hantaient depuis plusieurs semaines.

— Hope !!

Chapitre 14

Jace

Bordel, je ne paniquais pas souvent mais, là, elle me fichait une trouille bleue.

Ses grands yeux de biche anormalement exorbités paraissaient vides, son corps tressautait par à-coups. Elle semblait incapable de respirer.

— Hope !

C'était probablement la première fois que je prononçais son prénom, vraiment, pas pour me moquer d'elle ou la mettre mal à l'aise.

Et je n'hésitai pas une seconde de plus. Ma main se plaça sur sa nuque, et je l'attirai brusquement à moi, ma bouche se plaquant férocement contre la sienne.

Hope Sanders était en pleine crise d'angoisse. Et moi, Jace Wentworth, le plus gros enfoiré de tous les temps, qu'est-ce que je faisais ? Je lui roulais une pelle comme si c'était mon dernier acte sur terre.

Aucune idée d'où m'était venue cette folie. J'agissais à l'instinct, voilà tout.

Au début, son corps se raidit davantage, puis peu à peu je la sentis se ramollir. Ses lèvres étaient douces comme de la soie, j'avais envie de les lécher à l'infini. Je goûtai le sel de ses larmes mélangé à celui des embruns.

C'était plus addictif qu'un rail de coke, je ne voulais plus m'arrêter.

Comme dans ces foutus contes de merde, elle reprenait vie entre mes bras, et je ne résistai pas à aller chercher sa langue et la caresser. Elle ne risquait plus rien maintenant, sa poitrine se soulevait contre moi à un rythme régulier, bien que très rapide.

Un pic d'adrénaline me traversa quand elle répondit, sa langue s'enroulant autour de la mienne, comme si nous avions fait cela toute notre vie.

C'était pourtant la première fois qu'un simple baiser me faisait prendre un tel pied.

Je n'eus pas le temps de m'interroger sur ces sensations que sa main me repoussa. J'arrêtai cette dernière in extremis à un centimètre de ma joue.

— Fais attention à toi, Papillon, tu vas te blesser.

L'euphorie était retombée d'un coup. Je la fixai avec dureté, alors que j'étais furieux contre moi, pas contre elle.

Je m'attendis à une réponse cinglante, au lieu de quoi, elle secoua la tête.

— Trixie, j'ai perdu Trixie.

— Quoi ?

Elle sanglota un peu plus.

— Ma petite sœur ! Perdue ! Je ne sais pas où elle est.

Mon corps se raidit. D'un geste autoritaire, je l'écartai des curieux qui avaient assisté à notre séance de réanimation et la fis asseoir sur un banc, ce qui ne fut pas une mince affaire tant elle s'agitait.

Je pris ma voix la plus ferme :

— Raconte-moi tout depuis le début.

Je l'écoutai attentivement, me demandant comment une ado de dix-sept ans pouvait être responsable d'une petite fille.

À la mention du téléphone cassé, ma mâchoire se crispa ; Sheila allait trop loin, je devrais m'en occuper sérieusement.

— Ta sœur doit probablement être au commissariat, la rassurai-je.

Consternée, elle se figea, levant ses grands yeux caramel vers moi.

— Comment n'y ai-je pas pensé ?

Son visage s'éclaira aussitôt.

— Tu as raison, c'est sûrement ça.

Elle se redressait déjà pour foncer.

— Minute, Papillon, tu tiens à peine sur tes jambes. Où as-tu planqué ta voiture ?

Je me garai devant le commissariat le plus proche. Nous n'avions pas échangé un mot durant le court trajet mais, là, je sentais son regard peser sur moi. Un coin de ma bouche se releva.

— Décidément, Papillon, chaque fois que je monte dans ta voiture, tu ne peux pas t'empêcher de me mater.

Comme prévu, elle s'empourpra.

— Espèce de crétin, quelle idée de se balader torse nu aussi !

Un grand rire me secoua. J'avais la tenue que la plupart des habitants d'Encinitas adoptent lorsqu'ils vont courir le long de la plage : un short, des baskets, une bouteille d'eau et, bien évidemment, mes *earbuds*.

Agacée, elle claqua la portière pour faire bonne figure, mais sa gêne ne disparut pas pour autant.

— Allons chercher Trixie, marmonna-t-elle sans m'attendre.

Une jeune policière était à l'accueil. Son badge indiquait qu'elle s'appelait « Agent Ripley ».

— Bonjour, je viens pour Trixie Sanders, ma petite sœur. Ma

mère n'est pas allée la chercher à l'école, ajouta-t-elle pour expliquer la raison de sa présence.

La jeune femme fronça les sourcils.

— Je n'ai pas de cas d'enfant récupéré à l'école aujourd'hui. Pourtant, j'étais là tout l'après-midi. Quel nom, vous me dites ?

Hope blêmit à nouveau.

— Sanders. Trixie Sanders.

Prenant conscience de son affolement, la policière nuança ses propos.

— Patientez un instant, s'il vous plaît, je vais voir avec ma collègue.

Je posai la paume sur son épaule, mais Hope tressaillit si fort qu'elle faillit tomber.

L'agent Ripley revint rapidement, tendant et détendant les mains. Pas besoin d'être Freud pour comprendre que ce n'était pas bon.

— Désolée, mademoiselle Sanders, aucun cas d'enfant à l'école aujourd'hui. Avez-vous essayé d'appeler ses amis ? dit-elle avec calme. Et, vos parents, les avez-vous prévenus ? C'est à eux de déclarer un incident… s'il y avait un problème.

Nous sortîmes du commissariat. Cette fois, j'étais vraiment inquiet. Et Hope semblait dévastée.

Mettant les mains sur ses épaules, je la tournai vers moi.

— Réfléchis, Hope. Ta mère aurait pu l'emmener au travail ?

Devant son air horrifié, je me demandai ce que ma proposition avait de si terrifiant.

— Dans tous les cas, tu dois appeler ta mère.

— Mon téléphone…

— Toi et moi, on est des idiots. Ton téléphone est peut-être cassé, mais il reste ta carte SIM. Il suffit de la mettre dans le mien.

Un éclair de soulagement traversa son beau visage.

— À la maison, je l'ai balancé quand…

Elle fit un mouvement ample de la main, et nous nous précipitâmes dans la voiture. Je suivis ses indications, et nous arrivâmes rapidement.

Tandis que nous montions l'escalier, j'évaluai son quartier. Pas le plus mauvais, mais certainement pas le meilleur non plus. Peinture écaillée, boîtes aux lettres vandalisées, relents de nourriture qui me firent froncer le nez…

Sa main tremblait si fort qu'elle ne parvint pas à faire entrer la clé dans la serrure. Une fois que je m'en fus chargé, elle s'élança dans une petite pièce qui devait être le séjour.

Pendant qu'elle cherchait, j'observai discrètement. J'éprouvais une certaine satisfaction à savoir où elle vivait.

Très peu de meubles, et bon marché : un canapé, une table, trois chaises. En revanche, tout était nickel. Je passai un doigt sur le bar : pas un grain de poussière. Sa mère devait être une fée du logis.

Elle leva un sourcil.

— T'es de la commission d'hygiène ?

— Je me disais que ta mère avait de réels talents de ménagère.

Elle ricana férocement.

— Ouais, c'est ça.

Elle poussa un pouf du pied.

— Le voilà !

Puis elle inséra rapidement sa carte SIM dans mon téléphone et vit qu'elle avait un message en attente. Fébrilement, elle appuya dessus.

« Nouveau message à 16 h 15. »

« Chérie, c'est moi, écoute, désoooolée, je ne pourrai pas aller chercher Trixie. »

La femme, visiblement sa mère, toussota au bout du fil avant d'enchaîner :

« Un imprévu. Je compte sur toi, hein, *darling* ? Ma petite pupuce d'amour, heureusement que… »

Fulminant de rage, Hope effaça le message. Ses yeux lançaient des éclairs, jamais je ne l'avais vue aussi remontée, même pas envers Sheila.

Sa mère avait une voix étrange, comme si elle n'était pas elle-même. Un doute s'insinua dans mon esprit.

— Est-ce que ta mère est…

Cette fois, c'était moi qu'elle fusillait du regard. Comprenant que le sujet était délicat, je décidai d'en reparler avec elle plus tard.

Plus tard ? Ce n'est pas tes oignons, Wentworth, si sa mère est une putain d'alcoolo !

Je m'étonnai quand même.

— Pas de message de l'école ?

Ébranlée, elle secoua la tête. Je la sentis au bout du rouleau. Je me saisis du téléphone.

— Attends, tu as coupé tout de suite après. Des fois, la notification apparaît plus tard. Ou pas du tout.

Je recomposai donc le numéro de la messagerie.

« Ding. Nouveau message reçu à 16 h 35. »

« Bonjour, mademoiselle Sanders, ici Nicole Peretti, la maman de Lucas. Je suis actuellement avec la directrice Weather et, avec son accord, Trixie va venir jouer à la maison. La directrice a pris la liberté de cette décision, car nous nous connaissons depuis de nombreuses années, et il nous semblait mieux pour Trixie… qu'elle n'attende pas toute seule au commissariat. Vous pouvez la récupérer au… »

Abasourdi, je n'écoutai pas la suite. De toute façon, c'était inutile.

Chapitre 15

Jace

— Il faut qu'on parle.

L'air sérieux de Hope m'aurait presque fait rire, si ce con de Raf ne l'avait pas ramené, comme d'habitude.

— Wow, wow, wow, mec ! Quand une nana te cause comme ça, t'es foutu.

Mike renchérit :

— Tu l'as mise en cloque ou quoi ? Oooooooh, on va être tontons !

Je levai les yeux au ciel et laissai les deux imbéciles s'esclaffer.

— Et de quoi veux-tu qu'on parle, Papillon ? dis-je en posant nonchalamment mon bras autour de ses épaules.

Comme prévu, elle se dégagea aussi sec. Nous étions maintenant à l'arrière du bâtiment B, seuls.

Son regard accrocha le mien, et j'eus un moment de flottement, le même que chaque fois que je repensais à ses lèvres chaudes et pulpeuses sur les miennes. Et ailleurs, si possible.

Cette fille avait une bouche carrément obscène : délicieusement grande, charnue, bien ourlée avec un arc de Cupidon qui donnait envie de le sentir glisser sur… Le fantasme de n'importe quel ado ou mec en âge de se masturber.

— Merci, lâcha-t-elle tout de go.

Je marquai un temps d'arrêt. C'était bien la dernière chose que je m'attendais à entendre.

— Pour m'avoir aidée et soutenue, précisa-t-elle.

J'esquissai un sourire charmeur.

— Moi qui croyais que c'était pour mes talents en matière de baiser.

Cette fois, sa gifle me percuta par surprise, me laissant abasourdi mais sauvagement excité.

Elle sourit férocement à son tour.

— Ça, c'était mon deuxième point. Ne m'embrasse plus J-A-M-A-I-S si je ne t'y ai pas autorisé.

Le sang bouillait dans mes veines, mon corps réagissait comme un volcan en éruption lorsque j'étais proche d'elle.

D'un mouvement souple, je la plaquai contre le mur, maintenant ses poignets au-dessus de sa tête.

— Une condition.

Elle plissa les yeux.

— Quoi ? Pas de condition, c'est comme ça, point barre !!

Je percevais les mouvements précipités de sa poitrine qui frôlait la mienne et pensai à ce moment que nous avions partagé, où je la tenais collée contre moi. Elle aussi dut y songer, car ses paupières battirent frénétiquement.

Je me rapprochai, laissant une distance infime entre nos deux bouches.

— Une condition, répétai-je.

Je sentis son souffle chaud et sucré sur mes lèvres et je me fis violence pour ne pas fondre sur les siennes.

Je ne me gênerais pas pour suivre mon instinct si elle refusait les termes du marché. Mon marché.

Elle déglutit, n'osant pas bouger. Un millimètre, et nos bouches se frôleraient…

— OK.

Sa voix éraillée me tira de ma transe, je m'écartai.

— Ce soir 23 heures, devant chez toi.

Je la lâchai, et ma peau me démangea aussitôt.

— Attends ! Wentworth !

Je tournai les talons sans répondre.

Chapitre 16

Hope

Trixie dormait depuis longtemps, et moi je tournais en rond. Dans quoi m'étais-je embarquée ?!

Je fus un instant tentée de ne pas y aller. Après tout, il ne démolirait pas la porte de l'appartement tout de même ? Si ?

Je me rongeai un ongle. C'était de Jace Wentworth qu'on parlait, le caïd, le maître absolu d'Archer's. Aubrey m'avait raconté un tas de trucs à faire froid dans le dos.

L'an dernier, Steve Moretto s'était retrouvé dans le collimateur du trio. Personne ne savait pourquoi. Steve était un élève médiocre, transparent, qui se shootait à tout et n'importe quoi. Le mec inexistant, inodore, incolore, insipide. Il avait eu les deux jambes brisées. Inutile de dire qu'à part lui, personne n'avait accusé les beaux gosses d'Archer's. Ils avaient eu droit à une petite visite dans le bureau du directeur et, pffuit, c'était réglé. Pas de preuve.

Ai-je mentionné que le dirlo, M. Patrick Janes, n'était autre que le père de Jace Wentworth ? Enfin, son beau-père pour être exact. Mais y avait-il vraiment une différence ? Dans tous les cas, on pouvait supposer que toutes ses incartades seraient étouffées et qu'il pouvait agir en toute impunité.

« Pas du tout, m'avait assuré Aubrey, M. Janes est aussi droit qu'un poteau électrique. Mais les trois sont bien trop malins pour laisser des preuves. Et les gens ont peur. Ils les admirent également… Fais l'addition et tu découvriras le pourquoi du comment de la suprématie de Sa Majesté Jace Wentworth. »

Mouais. La conclusion, c'était qu'ils étaient dangereux, vraiment dangereux.

Alors pourquoi tu te sens en sécurité dès qu'il est à côté de toi ? Pourquoi tu étais si bien dans ses bras ? Pourquoi il a réussi à te sortir de ta crise de panique quand rien ne marchait ?

J'avais eu le temps de repenser à ce fameux jour. À son inquiétude manifeste. À ma grande honte, l'image de ses pecs taillés dans le roc et luisants de sueur hantait mes nuits. Et mes jours. À moins que ce ne soient ses abdos en béton armé ?

Soyons honnête. Ce qui m'avait réellement fascinée, c'étaient ces entrelacs d'encre noire s'enroulant dans son dos. De ce que j'avais pu voir, c'était un genre de spirale et, sur les omoplates, une sorte d'éventail… Je ne savais pas ce que cela représentait, mais inconsciemment je me sentais submergée par cette puissance magnétique qui émanait de lui.

Ce mec était un danger ambulant, exactement ce que je disais ! Quelque chose se serra dans mon ventre et je gémis.

Je n'étais pas idiote : il m'attirait comme la lumière avec un papillon (j'ai dit ça ??), comme le nord avec le sud. Cela pouvait se comprendre ; j'avais seize ans, il était sublime. Et il sentait bon.

Bref, j'avais envie de Jace Wentworth comme Trixie de ses tartines au Nutella. Il était horriblement tentant, addictif et nocif pour la santé.

En plus, Lucas était le nouveau meilleur ami de Trixie !

Cette fameuse journée où j'avais cru mourir (pour plein de raisons différentes !), Trixie était allée jouer chez Lucas… Janes.

Son adorable maman était Nicole Peretti, compagne de Patrick Janes – notre proviseur – et génitrice de Jace Wentworth.

Waouh… Pour démêler cet écheveau, il m'avait fallu un certain temps mais, bon, j'avais retrouvé une Trixie pétant la forme et plus heureuse que jamais, alors pourquoi se prendre le chou ?

Jace avait été sacrément surpris lui aussi, pendant un quart de seconde, puis il avait affiché son air impassible habituel.

Il me rendait dingo, j'avais juste envie de lui en mettre une en pleine face pour le faire réagir.

Mme Peretti m'avait proposé de rester dîner, Trixie et Lucas m'avaient suppliée, mais je n'avais pas fléchi. Il était hors de question que je mange chez Jace Wentworth, ou chez mon proviseur. Jace avait paru soulagé par ma réponse, ce qui m'avait fait ressentir un pincement au cœur, fumier !

La sonnerie de mon portable me tira de ces réflexions. Oui, j'avais désormais un portable qui fonctionnait. Mme Peretti prétendait qu'il n'était pas prudent de sortir sans, elle m'avait donc prêté l'un de ses anciens mobiles.

Lost in the Echo de Linkin Park… J'ignorais pourquoi, mais cette chanson allait à Jace comme un gant.

J'inspirai bruyamment, mais je ne pris pas la peine de répondre. Il pouvait bien attendre deux minutes.

Parce que oui, contre tout bon sens, je comptais le rejoindre.

Fébrilement, je descendis l'escalier. Il était là, adossé à une moto imposante.

Je pilai net. Je détestais les motos. En réalité, j'en avais une frousse bleue, cela avait toujours été comme ça.

— Pas question que je monte là-dessus, dis-je en pointant du doigt son engin.

Un sourire narquois étira ses lèvres, et il s'approcha d'une démarche féline qui mit mes nerfs à vif.

— Vraiment ? souffla-t-il quand il ne fut plus qu'à un millimètre de moi.

Seigneur, ayez pitié de moi !

Je fis dévier mon regard sur ses bottines en cuir à bout carré.

Voilà, bonne initiative, Hope, les chaussures, y a que ça de vrai !

— Vraiment.

— Tu flippes ?! Tu flippes de monter sur une moto !

Son rire franc m'exaspéra au plus haut point, et je me défendis aussitôt, relevant les yeux vers lui.

— Pas du tout, répondis-je en mentant avec aplomb, c'est juste que… je n'aime pas ça, ça me… décoiffe !

En voilà une excuse crédible, ma pauvre Hope !

Au lieu de s'esclaffer – encore – comme je m'y attendais, il m'étudia à nouveau, et je me dandinai d'un pied sur l'autre, gênée par sa proximité.

Il finit par me tendre la main.

— Tu me fais confiance ?

Je ricanai. Il ne manquait pas de toupet.

— C'est une blague ?

Il ne bougea pas. Un long soupir m'échappa, et je lâchai un « OK » sans savoir pourquoi. Jace Wentworth devait avoir des talents d'hypnotiseur.

Ma main rejoignit timidement la sienne, une décharge électrique me parcourut jusqu'au bout des orteils.

Sa paume était chaude et ferme, rassurante. J'avais envie d'y apposer ma joue et de me laisser dériver pour…

Nan mais ça ne va pas, Hope Sanders !

Il sortit une espèce d'écharpe en soie de je ne sais où et l'appliqua avec douceur sur mes yeux.

— Qu'est-ce que tu fais ? couinai-je en sursautant.

— Relax. Confiance, rappelle-toi.

Sa voix grave et légèrement éraillée résonna comme une promesse de paradis, qui m'apaisa aussitôt.

Une fois le nœud terminé, il me guida, me fit asseoir et entreprit de me mettre le casque.

Au moins faisait-il montre de prudence…

— Ne pense pas, ne parle pas. Concentre-toi sur les sensations. Et tiens, ajouta-t-il en m'enfilant ce qui devait être son blouson de cuir, sinon tu vas geler.

— Et toi ? répliquai-je, touchée par son attention.

Il fit vrombir sa moto.

— Accroche-toi bien. Tu vas suffisamment me chauffer pour tout le trajet, ricana-t-il.

Grrrr, j'avais envie de le tuer. Pourtant, je suivis ses instructions et me retrouvai la poitrine collée à son dos, mes bras s'enroulant fébrilement autour de son ventre dur et plat.

Et… Waouh… Nom de tante Gertrude en bikini, jamais je n'avais rien expérimenté de semblable. Passé les premiers instants d'angoisse, je me laissai porter. Solidement arrimée à lui, je n'étais que sensations.

Le vent me fouettait le visage, m'enveloppait de sa force. Le nez sur l'épaule de Jace, la fragrance virile de sa peau s'insinuant dans mes narines, je me sentais vivante comme jamais.

Une foule d'envies se pressèrent dans mon esprit, des attentes que je croyais à jamais enfouies refirent surface et ce fut comme si, d'un coup d'un seul, le ciel chargé des nuages qui planaient sur mon existence se dégageait, laissant la place à un azur lumineux et resplendissant.

J'étais complètement étourdie. Mes mains se firent plus audacieuses ; n'étant plus crispées, elles commencèrent à caresser doucement les méplats de son ventre.

Son léger tressaillement m'informa que cela ne passait pas inaperçu, et je m'en moquais éperdument. Je voulais partir en exploration, toucher chaque parcelle de sa peau. J'affermis ma prise.

Au bout d'une bonne demi-heure, la moto s'arrêta finalement. Pourtant, Jace ne bougea pas tout de suite. Et j'entendis sa respiration saccadée s'apaiser. À regret, je me détachai de lui.

Il m'aida à descendre, retira mon casque et arracha mon bandeau. Prise au dépourvu, je tanguai, mais deux mains solides me stabilisèrent.

J'étais ivre d'espoir, de liberté, de dangereuse insouciance. D'épaisses mèches noires tombaient en désordre sur son front. Dans ses yeux couleur océan se lisait un désir sauvage, mais pas seulement. J'y vis les flammes de la certitude vaciller, ce que je n'aurais jamais pensé discerner chez ce garçon toujours blasé. Il eut tôt fait de se recomposer un visage neutre.

Cette chevauchée lui avait fait autant d'effet qu'à moi. Il pouvait bien faire comme si de rien n'était, mais je l'avais constaté, c'était trop tard.

— Tu viens ?

Tout à coup, je repris contact avec la réalité. Autour de nous, une quarantaine de personnes, des voitures, des motos, et puis… pas grand-chose à part ce qui ressemblait à un entrepôt désaffecté. Je perçus des rires et des cris.

Mike et Raf nous regardèrent approcher, adossés contre un

pick-up flambant neuf. Visiblement, ils ne s'attendaient pas à me voir.

— Qu'est-ce qu'elle fait là, mec ?

Me sentant particulièrement téméraire ce soir, je répondis :

— Toujours un mot sympa, Raf, hein ?

Jace se contenta de hausser les épaules et se dirigea vers le hangar. Je pinçai les lèvres. Il n'allait pas encore faire le coup de me planter !!

D'un pas rageur, je m'apprêtais à le suivre quand une main ferme sur mon épaule m'arrêta.

— Laisse-le, il a besoin de se concentrer.

— Se concentrer pour quoi ?

Mike fronça les sourcils.

— Il ne t'a rien dit ?

Il m'en coûtait d'avouer mon ignorance, mais je n'avais pas le choix.

— Il va se battre ce soir. Et, crois-moi, cela risque de ne pas être beau à voir.

L'inquiétude me fit écarquiller les yeux, et Mike se méprit.

— Pas pour lui, beauté, à part quelques hématomes, tu vas le retrouver comme neuf.

Je fis claquer ma langue.

— Arrête de m'appeler comme ça, explique-moi plutôt. C'est quoi cette histoire ?

Patient, Raf enchaîna :

— Ce sont des combats clandestins, Sanders. On mise, on se bat et on empoche le jackpot. Ou pas.

Figée, je les regardai rejoindre l'entrepôt, à l'instar de dizaines d'autres personnes.

— Hé, attendez ! Dites-moi pourquoi... Pourquoi il m'a amenée ici ?

Les yeux verts de Raf s'attardèrent un instant sur moi, énigmatiques.

— On aimerait bien le savoir.

Dedans, l'atmosphère était électrique. Complètement à droite du ring improvisé avec une corde et quatre piliers enfoncés dans le sol terreux, je distinguai un grand brun dégingandé, probablement latino. Sous les puissants projecteurs qui m'aveuglaient, il recueillait des liasses de billets et notait les paris, puisque c'est de cela qu'il s'agissait.

J'étais choquée. Qu'est-ce qui lui avait pris de m'amener ici ? Franchement, avais-je une tête à aller dans ce genre d'endroits ? Était-ce une énième provocation de la part de Jace ? J'avais du mal à y croire.

Mon instinct me soufflait le contraire. Alors, pourquoi étais-je là ? Et, surtout, pourquoi lui était-il là ? Il aurait pu se contenter du rôle de spectateur, bien que je n'y trouve aucun intérêt, mais, non, il fallait qu'il participe.

J'étais perdue. Soudain frigorifiée, je serrai les pans de ma veste autour de mon corps et remarquai que je portais encore son cuir par-dessus mon blouson. Une bouffée de son odeur si particulière m'assaillit, et j'eus peur.

Les gens massés ici se bousculaient et criaient ; la soif de violence suintait de leurs pores, l'avidité aussi. S'ils aimaient voir le sang couler, ils préféraient encore davantage la couleur de l'argent qui allait salir leurs mains.

Çà et là, des bouteilles de bière ou de whisky circulaient. L'odeur qui me piqua bientôt les narines me confirma ce que je soupçonnais déjà : on n'y fumait pas que du tabac.

Je détestais cette ambiance, je n'avais qu'une envie, prendre mes jambes à mon cou. De plus, si les flics rappliquaient, on serait tous embarqués.

Oui, je détestais être là… Mais, malgré ma peur et mon dégoût, je ressentis aussi un frisson d'excitation tapi au creux de mon ventre.

Chapitre 17

Jace

Le doux parfum de la violence me chatouillait les narines. C'était chaque fois pareil, l'adrénaline pulsait dans mes veines, me gonflant à bloc.

Mon adversaire apparut dans l'enclos réservé au combat. Si j'étais grand, il l'était davantage, et les muscles qui sculptaient son corps témoignaient des longues heures d'entraînement qu'il avait derrière lui.

Tant mieux. Chaque fois que je montais au front, j'exigeais un molosse. Sinon, où serait le fun ?

Une large cicatrice décorait son visage porcin, partant de la tempe au maxillaire droit, comme si quelqu'un avait voulu lui découper la face. Celui-là, je ne le connaissais pas. Qu'importe, j'étais là pour le faire saigner et gagner.

Du coin de l'œil, j'aperçus Sanders, encadrée par Raf et Mike qui la surveillaient consciencieusement. Je souris. Comme d'habitude, les mots étaient inutiles entre nous ; ils captaient tout d'un regard.

Son teint livide me fit craindre un instant qu'elle ne tourne de l'œil ou, pire, qu'elle ne me refasse une crise de panique comme la dernière fois.

Bordel, j'aurais dû y penser ! C'était peut-être chronique, son truc. Ses yeux de biche affolée croisèrent les miens, et j'essayai de lui transmettre mon assurance. Elle sembla se détendre un peu. Rien qu'un peu.

Domingo siffla le début des hostilités, et je tâchai de me concentrer, reléguant mes inquiétudes pour Hope au fond de mon esprit.

Le molosse ne perdit pas de temps, il se rua sur moi comme la grosse brute qu'il était. J'esquivai sans effort tout en sautillant d'un pied sur l'autre.

— Hé, Hulk, on ne t'a pas demandé de jouer aux dominos, j'espère que tu as mieux que ça en réserve.

Son faciès répugnant se contracta, et il me balança une droite, que j'évitai facilement en m'abaissant, en profitant pour lui administrer un coup de mon cru en plein plexus. Le temps de cligner des yeux, ce fut tout ce dont il eut besoin pour récupérer.

Un sourire étira mon visage. Ah, peut-être qu'on allait s'éclater finalement.

Une seconde plus tard, une douleur fulgurante me percuta la tempe, et je me retrouvai les fesses par terre. Le goût ferreux du sang emplit ma bouche. Je sentis chaque cellule de mon corps palpiter.

La douleur est un exutoire, elle permet de vomir tout ce qu'on refoule et qui nous bouffe de l'intérieur. Un peu comme les pelotes de réjection de la chouette, qui expulse tout ce qui ne peut être digéré et est susceptible d'être nuisible à son organisme.

Moi, pour me débarrasser de mes démons, j'avais besoin de souffrir, physiquement. Pour pouvoir m'accepter tel que j'étais, je devais avoir mal, jusqu'au plus profond de moi. Ressentir la douleur dans mon corps, la goûter, la savourer jusqu'à ce qu'elle m'investisse tout entier et que je ne pense plus à rien, ni au présent ni au passé, ni à eux, surtout pas à eux.

Une absolution démente, une délivrance chimérique, voilà ce qu'était la douleur pour moi.

Tel un martyr, j'accueillis ses coups sans broncher, avec délectation, presque avec soulagement. Il n'y allait pas de main morte. Mais je ne leur laissais jamais l'occasion de trop m'abîmer.

Ce qu'il y avait de bien avec la douleur, c'est qu'elle me réveillait, ouvrait la cage et m'apportait un parfum de liberté. Il était temps de riposter.

Tel un phénix qui renaît de ses cendres, je me relevai, léchant le sang à la commissure de mes lèvres, et fondis sur mon adversaire, qui croyait déjà la partie gagnée.

Les hurlements emplirent le hangar, on aurait dit des hyènes excitées par l'odeur du sang. Je pliai les genoux, me ramassant sur moi-même, et bondis sur la brute tel un fauve enragé. J'enchaînai une série de directs si rapide qu'il ne put réagir et se contenta d'encaisser les coups. Abasourdie, la foule s'était tue. Mes poings étaient en sang, mes jointures explosées, mais, bon sang, quel pied ! Son visage amoché était méconnaissable, et cet air supérieur qu'il affichait au début s'était effacé.

Quand enfin je le sentis ployer, je m'écartai, pivotai légèrement et optai pour un coup de pied latéral qui termina sa course dans sa mâchoire. Un craquement sinistre résonna dans le silence du hangar.

Tandis que, hébété, je contemplais mes mains en sang, mon adversaire à genoux devant moi, les beuglements reprirent de plus belle, et je sentis la nausée me soulever la poitrine. À l'euphorie succédait le dégoût, on n'a rien sans rien.

Pivotant à demi, je retrouvai Hope là où je l'avais laissée. Bien à l'abri entre Mike et Raf, le visage inondé de larmes, affichant une expression horrifiée. J'eus l'impression de recevoir un coup en plein plexus.

À quoi est-ce que tu t'attendais, connard !

Prenant de court mes deux amis, elle s'échappa vers la sortie.

D'un mouvement de la tête, je les informai que je m'en chargeais.

Elle courait comme une dératée sans se soucier de la direction. L'endroit était complètement paumé, c'était son attrait principal. Aucune chance de rencontrer un promeneur tardif.

— Hope !

Ma voix tonna dans le silence de la nuit. On n'y voyait rien, elle allait finir par s'étaler si elle continuait. J'accélérai la cadence et je la rejoignis en deux temps trois mouvements.

— Arrête, lui ordonnai-je en attrapant son bras.

Lorsque ma main entra en contact avec sa peau, elle bondit comme un animal fougueux.

— Ne me touche pas !

Le mépris dans sa voix agit comme une lame me lacérant de l'intérieur. Je la lâchai.

— Pourquoi ? Pourquoi tu m'as fait venir, hein ? Pour te foutre de ma gueule encore une fois ? C'est ça ? D'abord la balade à moto pour m'amadouer, et après… ça !

Pour faire tomber les masques, Papillon.

Elle me fusillait du regard, mais qu'est-ce qu'elle était belle, bordel. Une véritable déesse vengeresse, une lumière dans les ténèbres.

— Tu croyais quoi, que ça allait m'impressionner ? Eh bien, grande nouvelle pour toi, j'en ai rien à battre que tu sois un putain de monstre ! Tu me dégoûtes, tu m'entends ! Tu me dégoûtes !

Elle éclata en sanglots.

Et pourtant c'est le vrai moi que tu as vu. Celui qui est brisé, cassé, qui déconne complètement. Je t'ai montré ma douleur, celle qui me ronge petit à petit, à en crever. Parce que, toi, je pensais que tu comprendrais.

Une flambée de rage me consuma tout à coup. Comment avais-je pu un instant croire qu'elle était différente ? Qu'elle avait les clés pour décrypter ce qui déconnait chez moi ? Je la connaissais à peine. Elle n'était qu'une autre fille sans conséquence et sans avenir.

J'émis un rire sarcastique qui me fit froid dans le dos. Je me sentais vidé de toute émotion, comme un zombie.

— C'est toi qui oses me dire ça ?

Surprise par mon ton vindicatif, elle se figea. Mais je n'avais qu'une envie, la faire souffrir. Qu'elle ait mal autant que moi en cet instant.

— Toi, la pauvre petite fille paumée qui tente chaque jour de survivre au prochain !

Son hoquet étranglé agit sur moi comme un baume pervers.

— Tu es aussi bousillée que moi, Papillon, que tu l'admettes ou pas, tu es au fond du gouffre, tu te débats, mais tu n'es pas près d'en sortir. Et ce n'est pas ta tarée de mère alcoolo qui va t'aider.

Dans la faible clarté de la lune, je la vis pâlir. Elle tenta de maîtriser les tremblements de son menton, en vain, et j'en éprouvai une joie malsaine, assortie d'un soupçon de culpabilité, mais il était si infime qu'il ne comptait pas.

Le message de sa mère sur son portable, celui que nous avions écouté ensemble lorsque nous recherchions sa sœur, ne laissait planer aucun doute. Elle était alcoolique, droguée, peu importe. Il était évident que Hope devait assumer des choses que personne ne devrait connaître à son âge, qu'elle jouait un rôle qui la dépassait et la bouffait.

Cette fêlure, je l'avais reconnue en elle. Elle était mon propre reflet. Elle et moi, on ne vivait pas, on survivait. Chaque jour était une lutte, qui nous laissait vidés.

Et aujourd'hui je m'en servais contre elle. Il n'y avait pas de quoi être fier, mais elle m'avait blessé, profondément. Je ne connaissais que la loi du talion : œil pour œil, dent pour dent.

— Tu… tu ne sais rien de moi. Toi et moi, on n'a rien à voir, rien ! lâcha-t-elle dans un filet de voix hystérique.

— Ouais, ouais, je suis un connard et tu es la Belle au bois dormant. Attention au réveil, Papillon.

Mon ton sec et menaçant la fit sursauter.

Sans un mot, elle détala vers la lumière. Excités par le combat et attendant le suivant, les gens s'amassaient autour des voitures, drogue ou alcool en main, ou les deux.

De loin, je la vis s'arrêter devant Raf et Mike et leur parler. Après un instant d'hésitation, le premier acquiesça, et elle monta dans son véhicule.

Je sortis un sachet de cannabis et aperçus mes paumes couvertes de sang. J'eus un temps de latence.

« Tu me dégoûtes. »

Un instant, je fus tenté de prendre la petite pilule verte au fond de ma poche. Celle que je gardais sans jamais y toucher. Au cas où.

Les doigts tremblants, je finis par déplier une feuille et y déposer l'herbe. La première taffe s'apparenta à un souffle du paradis.

— Franchement, faut que tu nous expliques à quoi ça rime. Pourquoi tu l'as fait venir ?

— Mike a raison, renchérit Raf. Qu'est-ce qui t'arrive avec cette fille ? On n'a jamais emmené aucune nana là-bas et, putain, c'est pas demain que ça va changer pour moi. Surtout si c'est moi qui cogne.

Mike ricana.

— Évidemment, t'as peur de te prendre une branlée et que tout le monde le sache !

— Ta gueule, Mike. Je suis sérieux.

Tournant la tête vers moi, Raf enchaîna :

— C'est quoi ton problème avec Sanders, t'es accro ou quoi ?

Pour la première fois, je daignai les regarder.

— La ferme, Raf, si j'ai envie d'un psy, je te mettrai en priorité sur ma liste, promis.

Raf posa les mains à plat sur la table basse. Nous étions chez lui, à nous enfiler des bières et à rouler des joints. Ô joie.

— Je déconne pas, mec. C'est quoi le bordel avec cette fille ?

Ses yeux verts affrontèrent les miens, et je sus qu'il ne lâcherait pas l'affaire. Tous les trois, nous nous connaissions par cœur.

Depuis l'âge de neuf ans, nous traînions nos guêtres ensemble. Le sport nous avait rapprochés, puis notre propension à faire des conneries. Notre trio forçait le respect, et la crainte. Au fil du temps, nous avions appris à nous battre comme des voyous de la rue ; et cela nous était utile pour nous sortir de certaines situations foireuses.

Encinitas, ce n'est certes pas San Diego ou LA, mais pour quelques mômes désœuvrés en quête de sensations fortes il y avait de quoi faire, d'autant que le Mexique, amère patrie de la guerre des cartels, n'était pas si loin.

Raf, Mike et moi ne manquions de rien d'un point de vue matériel. Nous étions juste des gosses cabossés par la vie. Au moins, nous nous étions trouvés.

Entre nous, c'était à la vie à la mort. Mais ce n'était pas une raison pour qu'ils me fassent chier.

Je tirai une taffe et plissai les yeux.

— Rien. Elle m'intrigue, c'est tout, et je suis d'humeur joueuse. Tu as quelque chose à redire ? Peut-être que tu voulais te la faire ?

Raf pencha la tête et prit un air pensif.

— Maintenant que tu le dis, elle a un cul d'enfer, cette chieuse. J'aurais rien contre lui défoncer sa petite chatte toute serrée. Et cette voix sexy, les bruits qu'elle doit faire quand elle gémit, hum, mec, j'ai hâte de la goûter.

La rage obscurcit mon cerveau en un temps record. Je réalisai soudain que je m'étais redressé, prêt à me jeter sur mon ami avec l'envie irrépressible de le faire hurler de douleur.

Les paroles de Mike parvinrent cependant à s'infiltrer dans ma tête.

— Mec, rassieds-toi fissa.

À la fois incrédule et inquiet, son ton n'en était pas moins autoritaire. Il me tira de ma folie.

Le sourire goguenard de Raf était éloquent. De même que son regard porté sur mes poings fermés, desquels perlaient quelques gouttes de sang.

Stupéfait, je les dépliai lentement. Les petits croissants provoqués par mes ongles me narguaient, étalant à nos yeux la merde dans laquelle j'étais.

Chapitre 18

Hope

— Hope, est-ce que je peux aller jouer chez Lucas après l'école ? Dis oui, dis oui, steupléééééééé.

Je regardai dans le miroir de la salle de bains qui nous faisait face. Évidemment, il fallait que ça me tombe dessus…

— Arrête de me faire tes yeux de Chat Potté, Citrouille. C'est non.

Elle tapa rageusement du pied sur le lino élimé.

— Mais pourquoi ! Pourquoi tu veux pas ? Pourquoi ?

Un long soupir m'échappa, concrétisation de tout ce que j'avais sur le cœur et ne pouvais dire.

Nicole Peretti savait-elle à quelles activités s'adonnait son fils ? Probablement pas, elle avait l'air d'une mère tout à fait convenable qui s'occupait de ses enfants. Et c'était là que le bât blessait. Il avait la chance d'avoir une famille équilibrée, aimante, quelqu'un qui se souciait de lui, qui prenait soin de lui et de son frère… Alors pourquoi gâchait-il tout ?

J'avais juste envie de lui coller deux claques pour lui remettre les idées en place.

— Ma puce, on ne peut pas s'imposer comme ça chez les gens, d'autant plus qu'on ne peut pas rendre les invitations. Tu te vois amener Lucas ici ?

OK, c'était un coup bas.

Trixie se tassa sur elle-même, et je m'en voulus aussitôt.

— Écoute, je te promets que tu pourras y aller de temps en temps quand Mme Peretti t'invitera, mais pas à chaque fois, OK ?

Ses yeux malicieux s'illuminèrent brièvement.

Trixie 1 – Hope 0.

Et ma petite peste l'avait bien compris. Soupir intérieur. Après tout, Lucas n'était pas son frère, il serait injuste de le punir à sa place.

Une fois sa tresse finie, je pris sa main dans la mienne et allai chercher son manteau.

— Tiens, enfile-le, ma puce, on va être en retard, dis-je en me baissant pour lacer mes Converse.

Trente secondes plus tard, je me relevai et trouvai une Trixie toujours au même endroit, sans son manteau.

— Ben alors ? m'étonnai-je. Tu fais quoi ?

Elle se dandina d'un pied sur l'autre, l'air boudeur.

— Lucas aime pas le rose…

Je levai les yeux au ciel.

Je vais craqueeeeeer !

— Trixiiiiie, m'impatientai-je.

Nouveau coup de pied par terre. À ce train-là, on allait cramer le lino rapidement, déjà qu'il était en piteux état.

Je lui tendis fermement son manteau, qu'elle finit par enfiler à grand renfort de soupirs mécontents.

En réalité, j'avais bien envie de rire. C'était plutôt mignon, même si j'aurais donné dix ans de ma vie pour que Lucas n'ait rien à voir avec Jace.

— Dis, Hope, tu trouves pas que le frère de Lucas est supeeeer beau ?

Aaaaaaaaargh !

Le cours de littérature se rapprochait dangereusement. Jusque-là, j'avais croisé Jace plusieurs fois, m'arrangeant pour détourner le regard ou changer de chemin quand c'était possible. Je redoutais d'être enfermée dans la même pièce que lui, l'idée de respirer le même air me faisait déjà suffoquer.

Lui n'avait pas eu un geste à mon intention, c'était comme si j'étais transparente. Tout cela ne semblait pas l'affecter.

C'était mieux, non ? Alors pourquoi je ressentais ce petit pincement au cœur chaque fois que je l'apercevais ? Pourquoi je retenais ma respiration, m'attendant à ce qu'il engage la conversation quand il se contentait de continuer son chemin comme si je n'existais pas ?

Je m'étais finalement habituée, en maths, à ses déclarations obscènes loufoques, qui me faisaient rire. Les cours de Stuttgart allaient me paraître bien fades à présent.

La vérité, c'est que je me sentais mal. C'était comme si un grand vide glacé avait pris possession de moi.

Je repensais souvent à notre virée à moto, la sensation rassurante de son corps puissant contre le mien, sa peau chaude sous mes doigts maladroits. Jamais je n'avais éprouvé de telles émotions, et jamais je n'y aurais même songé.

Comment revenir en arrière ? Comment oublier mes mains moites, ces picotements le long de mon échine, les frissons provoqués par son souffle à un cheveu du mien ?

Avant, j'étais persuadée que les filles en faisaient des tonnes avec leurs niaiseries.

Je vivais très bien sans.

Mais voilà. J'avais goûté à l'euphorie des sensations ; mon corps se souvenait de la tornade d'émotions qui l'avait submergé, cet immense bonheur éphémère, mais qui, sur le coup, nous semblait éternel et nous gorgeait d'énergie positive, de désir, de projets, d'aspirations totalement folles et pourtant si grisantes.

Mes mains me démangeaient chaque fois que ses mèches d'ébène soyeuses s'échouaient sur son front.

Ma peau brûlait de ne plus sentir la sienne, mon cœur se recroquevillait comme une éponge sèche de ne plus sentir battre le sien contre ma tempe.

Avant, rien de tout cela ne me manquait.

Avant, je n'y croyais pas.

Mais, ça, c'était avant.

Et parfois je me demandais s'il n'aurait pas mieux valu que j'ignore tout ce qui ne me manquait pas.

Parce que, après ce que j'avais vu sur ce ring, j'avais compris que Jace et moi ne pourrions jamais être ensemble.

Driiiiiiiiing.

Deuxième sonnerie, plus moyen de reculer, je devais y aller.

J'arrivai parmi les derniers et je devinai tout de suite qu'il était déjà là. Comment, je ne savais pas, mais ce type contribuait à développer chez moi un instinct animal inquiétant.

Je me concentrai sur le Pr Murray, priant pour retenir au moins quelques bribes de son cours. Il fit claquer un dossier sur son bureau.

— Sujet du jour : peut-on connaître autrui ?

Quelques murmures s'élevèrent, il n'aurait pu choisir une thématique plus difficile. Avec horreur, je vis son regard s'arrêter sur moi.

— Mademoiselle Sanders, qu'avez-vous à nous dire sur ce thème ?

Panique totale, je n'étais pas du tout en condition pour disserter, encore moins devant lui.

— Heu, je... Ce n'est pas..., bafouillai-je de façon pathétique.

J'entendais déjà les ricanements étouffés des fortes têtes de la classe. Le sang afflua brusquement à mon visage, mais j'essayai de reprendre contenance et je poursuivis :

— Hum, connaître autrui impliquerait qu'on ressente ce que l'autre ressent, qu'on sache ce qu'il pense, bref, qu'on soit à l'intérieur de sa tête, or on ne connaît jamais les gens, cela paraît impossible.

— C'est sûr qu'à part les tacos de chez Rita, tu ne connais pas grand-chose, alors « autrui ».

Je sursautai violemment en réalisant qui avait parlé. Il continua :

— Professeur Murray, vous avez trouvé le moyen de poser la question à la personne la plus asociale de cette classe, une fille qui n'a pas de famille, pas d'amis et qui a une ouverture d'esprit proche du zéro absolu.

— Monsieur Wentworth, peut-être avez-vous une réponse à apporter dans ce cas ? lui demanda obligeamment notre professeur.

Après cela, je n'entendis plus rien. Il m'avait anéantie. Ses paroles avaient été brutales et humiliantes, son ton à la fois méprisant et détaché.

Pourquoi tant de méchanceté ? Je ne me leurrais pas, sa pique sur l'ouverture d'esprit faisait référence à ses combats clandestins. Ma réaction lui avait déplu.

Il se comportait comme un salaud, et j'étais persuadée que cela ne faisait que commencer. Je le détestais, j'avais envie de me ruer sur lui et de laisser ma colère éclater.

Au bord du malaise, je comptais dans ma tête, respirant silencieusement. Surtout, ne pas lui faire le plaisir de tomber dans les vapes !

— Hope !

Je sursautai à nouveau.

— Hé, tout va bien ?

Les yeux verts de William m'étudiaient avec inquiétude.

— Oui, désolée, j'étais perdue dans une équation, le Pr Stuttgart ne nous a encore pas ménagés !

Et un oscar pour Hope Sanders !

Je ne savais pas si je devais en être fière ou avoir peur. J'allais devoir m'y habituer, j'étais dans cet état d'hébétude depuis plusieurs jours.

En tout cas, William sembla gober mon mensonge éhonté sans problème.

— Dis-moi, je suppose que tu es au courant pour le bal de Halloween ?

— Ah ça, pour être au courant ! Aubrey me bassine avec depuis des jours, me lamentai-je.

Il acquiesça.

— Évidemment, elle fait partie du comité d'organisation. Moi aussi, d'ailleurs, ajouta-t-il avec un grand sourire. Tu devrais venir, quand on est nouveau, c'est le meilleur moyen de s'intégrer.

Oui, Will, je sais. Ce n'est pas comme si mon emploi du temps me le permettait.

— J'y songerai, lui répondis-je en mentant à nouveau avec un sourire tout ce qu'il y a de plus sincère.

— Génial… Mais en réalité ce n'est pas pour ça que je t'en parlais.

— Ah non ?

— Non.

Il se rapprocha, et je pus sentir son parfum, un mélange boisé avec une touche de citron.

— En fait…

Ébahie, je le regardai entortiller une mèche de mes cheveux avant de la coincer derrière mon oreille. Ses doigts me frôlèrent, et nous nous dévisageâmes. Je n'étais pas préparée à ce contact, mais lui semblait avoir parfaitement conscience de ses actes.

— Je voulais te demander d'y aller avec moi.

J'ouvris la bouche, mais rien n'en sortit, si bien que je devais avoir l'air d'une carpe en pleine détresse respiratoire.

William eut la générosité de nous tirer de ce moment embarrassant.

— Écoute, ne réponds pas tout de suite, tu as le temps d'y réfléchir, et je compte bien te forcer la main, précisa-t-il en ébauchant un sourire charmeur. En revanche, c'est l'heure de l'entraînement, j'espérais que tu pourrais venir ?

Malin, ce William, je ne pouvais pas lui refaire le coup du poisson rouge une deuxième fois. En réalité, avais-je envie de décliner ?

Mme Peretti avait finalement invité Trixie, et je ne commençais pas avant 19 heures. William Kensington était à tomber, et son regard en faisait fondre plus d'une.

Je pouvais bien lui faire plaisir et le regarder jouer une petite heure. Cela ne m'engageait à rien et me changerait les idées. J'acceptai donc, lui promettant de le rejoindre d'ici une dizaine de minutes.

Sous un soleil de plomb malgré l'avancée de l'automne, je longeai le bâtiment principal, puis suivis le chemin menant aux installations sportives. Quelques lycéens se trouvaient sur la pelouse verte bien entretenue, certains lisaient un livre, d'autres se bécotaient au vu et au su de tous. Gênée par les images que cela faisait resurgir en moi, je détournai la tête.

Arrivée devant le stade de foot, je ne pus m'empêcher d'y jeter un œil. J'avais bien tenté de résister mais, rien à faire, c'était plus fort que moi. Les Chargers, la fameuse équipe qui avait raflé tous les trophées l'an dernier, s'y entraînaient.

Des pom-pom girls montées sur ressort s'essayaient à quelques figures acrobatiques stupéfiantes. Débardeurs bordeaux et blanc à l'effigie de l'équipe, minijupes plissées assorties ; elles semblaient tout droit sorties d'un épisode de *Smallville*.

L'une d'elles laissa échapper un grand éclat de rire, ce qui provoqua un concert de gloussements de ses partenaires. Souhaitant voir ce qui les mettait dans un tel état, je suivis leurs regards. J'aurais mieux fait de me tirer une balle dans le pied.

Exposant son torse athlétique aux yeux de tous, Jace, tête en arrière, vidait une bouteille d'eau sur son visage. Je scrutai avec avidité la course des gouttes sur ses pecs si bien dessinés, puis sur son ventre plat. Un frisson remonta le long de ma colonne.

J'étais si concentrée que je n'avais pas vu la pom-pom girl s'approcher de lui, lui proposant une canette de soda. Personne ne se laisserait avoir par ce prétexte, mais force était de constater qu'elle s'en moquait, minaudant, effleurant ses épaules, alors que Jace n'y trouvait rien à redire. Étant donné son sourire, il semblait plutôt partant pour davantage.

J'inspirai lentement, me sentant soudain oppressée. Et, lorsqu'elle passa les bras autour de son cou, j'oubliai carrément de respirer. Cette douleur qui me tordait les tripes était insupportable.

— Des regrets, Sanders ?

Je tressaillis, réalisant que tout mon corps était tendu comme un arc. Absorbée par ma contemplation du plus mauvais numéro de drague jamais vu, je n'avais pas entendu Mike Gordon approcher.

Et, maintenant, il allait se faire un plaisir d'extrapoler et de tout raconter à son meilleur ami. La honte totale.

Tout ce que je pus lâcher fut un ricanement de mépris.

Malheureusement, il ressembla davantage au couinement d'un chiot qui se fait écraser la queue. Peut-être n'avait-il rien remarqué ?

Son air mi-amusé, mi-insolent étouffa cet espoir dans l'œuf.

— C'est quoi ton secret, Sanders ?

Est-ce qu'il sait ? Oh ! mon Dieu, il sait !

L'angoisse s'était emparée de moi. Par un miracle que je ne m'expliquais pas, je réussis pourtant à articuler :

— De quoi parles-tu, Gordon ?

Mon ton était sec, un poil méprisant ; je me félicitai intérieurement.

Il reporta son regard au loin, soudain pensif. J'admirai son profil parfait : nez droit, menton volontaire, pommettes saillantes. Ces trois-là avaient vraiment été gâtés par la nature.

— On a tous nos secrets, murmura-t-il. Ceux qui font de nous ce qu'on est. Parfois, il faut savoir gratter.

Interdite – Mike Gordon philosophe, c'était une première ! –, je ne trouvai rien à répondre. Mais j'étais soulagée : cela n'avait rien à voir avec moi.

Il tourna ensuite les talons pour rejoindre ses coéquipiers.

Tandis que je me dirigeais vers le terrain de base-ball, une phrase tournait en boucle dans ma tête : « Parfois, il faut savoir gratter. »

Chapitre 19

Hope

Il pleut. Et j'ai très froid. Je resserre mon blouson autour de moi, mais le vent rentre quand même à l'intérieur. Je crois qu'il n'est pas assez chaud. À l'école, les copines avaient toutes de gros manteaux avec de la fourrure comme du mouton. Ça doit être bien de s'emmitoufler là-dedans ! On doit se sentir protégé. Et je ne serais pas en train de grelotter partout si j'en avais un comme ça.

Mais maman a dit que c'était impossible. « On doit faire attention à l'argent, Hope chérie. Sinon on ne pourra plus manger comme on veut. Imagine si tu ne pouvais plus manger des nuggets de fromage, hein ? »

Je l'ai regardée d'un air horrifié. Les nuggets de fromage, c'est mon plat préféré. Je peux en manger matin, midi et soir. D'ailleurs, c'est souvent ce qui se passe, enfin sauf le matin évidemment. Pour le petit déjeuner, maman me prépare parfois un verre d'eau sucrée. « Comme ça, pas d'hypoglycémie », me dit-elle. J'aime bien l'eau sucrée. Mais je voudrais bien un gâteau ou une tartine comme mes copines, avec de la confiture. J'en ai déjà goûté une fois, c'était super bon ! Mais maman a dit non. C'était cher, il faut faire attention, pour continuer de manger mes nuggets.

Elle ne les aime pas beaucoup mes nuggets, d'ailleurs. C'est pour me faire plaisir qu'elle les achète. En même temps, elle a pas souvent faim, maman. C'est peut-être à cause des médicaments qu'elle prend. Je sais qu'elle est obligée de les avaler. Une fois, elle n'en avait plus, de ses pilules blanches, et elle s'est mise très en colère, elle a tout renversé dans notre minuscule appartement. Je me suis cachée dans le placard, mais j'ai tout vu. Même le miroir. Elle s'est regardée, comme si elle avait un bouton sur le nez, et après elle l'a lancé contre le mur si fort qu'il y a eu des petits bouts partout pendant longtemps.

Alors, je surveille ses médicaments maintenant. Quand il n'y en a plus beaucoup, je cours lui dire. Je ne veux plus jamais la voir s'énerver comme ça.

Maman, elle est plutôt du genre calme, elle dort beaucoup, et à son réveil elle est toute molle. Je préfère quand elle est toute molle.

La pluie continue de tomber, et j'essaye de me faire toute petite à côté de la poubelle. L'abri me protège un peu du vent, mais j'ai quand même froid. Mes doigts commencent à devenir durs, j'ai du mal à les bouger. J'ai peur que cela fasse comme la dernière fois, ils étaient tout bleus et j'avais beaucoup pleuré.

Et j'ai de l'eau dans les chaussures aussi. Je pousse un gros soupir. J'ai hâte que maman arrive.

Ce matin elle m'a dit qu'elle serait là quand je reviendrais de l'école, donc je n'ai pas pris les clés. Elle a dû oublier. Ça lui arrive de temps en temps.

Avec tous les soucis qu'elle a, c'est normal. Elle est toute seule pour s'occuper de moi, je n'ai pas de papa. Il est parti lorsque j'étais encore dans le ventre de maman. Des fois, j'ai envie de pleurer, parce que moi aussi j'aimerais avoir un papa. Un papa qui prend soin de moi, me fait sauter sur ses genoux, me fait un câlin quand je fais un gros cauchemar.

Mais il n'a pas voulu de moi, mon papa. Sûrement qu'il croyait que j'allais pas être gentille.

Mais c'est faux, je suis toujours gentille, comme ça maman reste avec moi. Je ne veux pas qu'elle s'en aille, elle aussi. Alors, je suis la plus sage de toutes les petites filles.

Les jambes endolories, je bouge ma chaussure, pour enlever un peu de l'eau qu'il y a dedans.

Je n'y arrive pas bien, donc je me lève, je la retire en grimaçant parce que, avec ma chaussette toute mouillée, je sens encore plus le froid, et je la remets ensuite.

J'attends debout maintenant. Mais il fait tout noir. J'ai peur, j'ai froid, j'ai faim.

Je veux être courageuse, mais les larmes coulent sans que je puisse les arrêter. Mon menton tremble si fort que mes dents claquent en faisant un drôle de bruit.

J'ai envie que maman revienne, j'ai envie de rentrer à la maison.

Je sors de mon abri, celui des poubelles, et fais quelques pas dans la rue devant chez nous. Il n'y a personne, et il ne reste qu'un seul lampadaire en marche, l'autre est cassé depuis longtemps.

Je presse les mains contre mes yeux pour me donner du courage et j'avance encore un peu.

Un volet claque au loin, et je sursaute, trempant mon pied dans une grosse flaque. Un bruit de voiture…

Je recule.

La voiture s'arrête brutalement. Les pneus crissent et fument.

La fenêtre s'ouvre, un monsieur avec une barbe me regarde.

Moi, je recule à nouveau. Maman m'a dit de ne jamais parler avec des inconnus.

— Petite, où sont tes parents ? Tu es toute trempée !

Méfiante, je ne réponds pas. Pourtant, il semble gentil, le monsieur. Et dans sa voiture il a l'air de faire chaud. Je remue mes orteils, difficilement.

— Allez, monte, tu vas attraper froid comme ça ! Dis-moi où est ta maman, je t'emmène la voir.

Son sourire affiche des dents blanches bien alignées, comme dans les publicités pour dentifrice.

Et si je pouvais attendre dans la voiture, le temps que maman arrive, peut-être qu'il serait d'accord ? Je grelotte tellement que j'ai envie de sauter dedans.

« Tu ne parles jamais à des inconnus. » La voix de maman résonne dans ma tête.

Je suis sage, donc je ne bouge pas.

Le monsieur n'a pas l'air content ; il descend de sa voiture, m'ouvre la portière.

— Allez, monte, j'ai plein de bonbons dans la voiture, dit-il en me poussant, sa main dans mon dos.

Une sirène retentit dans ma tête. Je m'élance sur le côté pour me dégager, mais il attrape mon blouson. Il tire dessus, me saisit le bras, et là je me mets à crier, de toutes mes forces. Je hurle, je me débats. Je sais que si j'entre dans cette voiture, je ne verrai plus jamais maman.

Tout à coup, je sens une main sur mon bras, elle est petite et chaude, familière.

— Hope ! Hope, réveille-toi, s'il te plaît, réveille-toi !

En proie à la panique la plus totale, je me redressai, la poitrine broyée dans un étau.

Le visage chiffonné de ma sœur apparut dans mon champ de vision, je remarquai les grosses larmes sur ses joues et commençai mon compte à rebours.

Dix, neuf, huit, sept, six, cinq…

Inspiration.

Expiration.

Au bout d'une poignée de minutes, je parvins à me calmer.

Aussitôt, j'enlaçai Trixie, lui caressant les cheveux tandis qu'elle nichait sa petite tête dans mon cou, reniflant bruyamment.

— Chut, ça va aller, Citrouille, rien qu'un vilain cauchemar, tout va bien, chut.

Ce que Trixie ignorait, c'est que ce cauchemar n'en était pas un. Si un couple d'une cinquantaine d'années n'était pas passé par là, je n'aurais pas été à même de la tenir contre moi en cet instant.

Nous nous endormîmes toutes les deux, comme tant de fois, serrées l'une contre l'autre.

Chapitre 20

Jace

— Salut, Jace !

Sheila. La journée allait forcément être pourrie. Je lançai un regard blasé à mes deux potes avant de tirer une taffe, les yeux mi-clos. Je comprenais pourquoi je m'étais laissé avoir. Cette garce de Sheila avait vraiment tout ce qu'il fallait, là où il fallait. Et, comme aujourd'hui avec son mini débardeur de Barbie, elle s'arrangeait toujours pour que cela apparaisse comme une évidence.

La plupart des mecs du bahut bavaient devant elle, et il y avait de quoi. Le hic, c'est qu'elle était à usage unique, cette fille. On essayait, mais surtout on ne recommençait pas. À part son physique, Sheila n'avait rien pour elle, elle était arrogante, irritante, condescendante… devais-je continuer ?

— Salut, Sheila, répondis-je en lui soufflant la fumée dans la figure.

Elle grimaça, mais se garda de manifester son mécontentement.

— Vous allez à la fête de Halloween ? demanda-t-elle en étendant la conversation à nous trois.

— Peut-être bien, répliqua Mike sans s'avancer.

— Vous devriez. Cette soirée va être… pleine de surprises, ajouta-t-elle avec un sourire que je ne parvins pas à décrypter.

J'aspirai une dernière fois et écrasai le mégot sous mes chaussures tandis qu'elle tournait les talons, visiblement ravie.

— Elle a une idée derrière la tête.

Ce bon vieux Raf, toujours aussi perspicace.

— Elle a toujours une idée derrière la tête, renchéris-je. Dommage que ce ne soit pas dedans.

Mike et Raf ricanèrent, mais je n'étais pas d'humeur.

— Maman, dis, tu as bien recousu mon costume de Dark Vador ? demanda Lucas, inquiet, en enfournant une cuillerée monumentale de lasagnes pour une si petite bouche.

Lucas était un fondu de Halloween. Comment le lui reprocher ? J'étais pareil à son âge.

Ma mère lui offrit un sourire rassurant.

— Évidemment, crapaud, je n'ai pas oublié ! Tu feras un merveilleux Dark Vador, je suis sûre que tu vas rafler tous les bonbons du voisinage, plaisanta-t-elle.

Les yeux de mon petit frère brillèrent d'excitation. Je lui enviais son insouciance.

— Mais, ajouta-t-elle, cette année, je ne pourrai pas venir avec toi, j'ai une réunion, et elle ne va pas se terminer de bonne heure. Ce sera *trick or treat* avec Jace !

À la mention de mon nom, je redressai vivement la tête.

— Pas question.

Mon ton était sans équivoque.

Devant la mine décomposée de mon frère, je m'en voulus aussitôt.

— Jason, un peu de respect, je te prie !

Et voilà, il fallait toujours qu'il la ramène, celui-là. Même à la maison, il prenait ses airs de proviseur à la noix, sans compter qu'il m'appelait par mon vrai prénom, ce que je ne supportais pas.

Je serrai les dents.

— Je ne vois pas en quoi j'ai été irrespectueux, Patrick. Je refuse simplement d'aller faire le guignol dans les rues, j'ai encore le droit, non ? Ou bien vas-tu me mettre un mot dans mon carnet ? ajoutai-je en ricanant de façon insolente.

Ma mère se passa une main sur le visage. Elle non plus n'était pas au mieux de sa forme.

Je n'étais pas fier de moi, mais j'avais cette rage au fond de moi, ce trou au milieu de la poitrine, il fallait que je l'expulse. Mauvais timing…

— Je ne suis pas sûr qu'un mot de plus ou de moins fasse une différence, Jason. Peut-être est-il temps de te prendre en main, peut-être est-il temps d'affronter la réalité au lieu de te servir de ta mère et de ton frère comme punching-ball ? Toi aussi, tu comptes te défiler toute ta vie ?

Ma mère laissa échapper un hoquet horrifié. Pour ma part, je n'étais pas sûr d'avoir bien entendu, mais son regard implacable et le timbre de sa voix étaient éloquents.

Une bouffée de rage me submergea, et je me levai de table si brutalement que la chaise bascula sur le carrelage en marbre dans un fracas épouvantable.

Mes poings se serraient convulsivement ; j'étais prêt à exploser. Apercevoir les yeux embués de larmes de Lucas et le visage peiné de ma mère me fit redescendre.

Après un regard meurtrier en direction de mon beau-père, je grimpai quatre à quatre les marches menant à ma chambre.

Avachi sur mon lit, le nez au plafond, je me calmai progressivement, la colère se teintant d'une culpabilité très familière. Ce que je cherchais à éviter, car le remords assorti à la souffrance me brisait chaque fois davantage. Le feu de la rage constituait un dérivatif parfait, et j'en usais depuis des années. Trop peut-être.

Patrick n'avait pas tout à fait tort, et c'était cela qui faisait le plus mal. Je n'affrontais pas, j'esquivais. Je n'acceptais pas, je me consumais.

Je nourrissais ce feu intérieur qui ne détruisait pas que moi, mais aussi les gens que j'aimais. Mon petit frère ne comprenait pas grand-chose. Ma mère tentait de tenir le coup alors qu'elle était en première ligne chaque fois que je pétais un câble.

Mon cœur se serra quand je repensai à eux. Je savais me montrer cruel, mais heureusement, ou malheureusement, j'en étais conscient.

Un léger tapotement sur la porte attira mon attention.

— Jace, c'est moi ?

La petite voix flûtée de Lucas.

Je lui dis d'entrer. Ses yeux bouffis me firent mal au ventre, et je me retins de le prendre dans mes bras.

— Jace, je suis désolé, c'est pas grave, on n'ira pas à la chasse aux bonbons cette année.

Je l'observai de mon lit. Debout, raide comme un piquet, il se tordait les mains de nervosité.

D'autres images défilèrent. Ma gorge se noua.

— Viens ici, lui intimai-je en tapant sur le matelas à côté de moi.

Je me redressai, dos à la tête de lit et genoux pliés, position que Lucas s'empressa d'imiter.

C'était la période où j'étais son super-héros, il cherchait à reproduire les moindres de mes gestes. Un sourire tendre inhabituel apparut sur mes lèvres.

J'espérais de tout mon cœur qu'il ne me ressemblerait pas, car j'étais loin d'être à la hauteur de la vision qu'il avait de moi, ce que je ne pouvais lui révéler sans casser son rêve.

Il cala son petit corps contre moi, et je lui ébouriffai les cheveux, comme j'aimais souvent le faire.

— Ce n'est pas ta faute, Lucas. Tu n'as pas à être désolé. Tu sais bien, c'est moi et mon caractère à la Hulk…

Comme prévu, la référence le fit sourire, et mon cœur se réchauffa. Un peu.

— On ira tous les deux pour Halloween, ne t'inquiète pas.

Il tourna vivement la tête vers moi pour vérifier que je ne plaisantais pas, les yeux brillants d'espoir.

— C'est vrai ? Promis ?

— Promis, acquiesçai-je en savourant le plaisir que cela lui procurait.

C'était pourtant si simple de dire oui. Il me fallait juste lutter.

Toujours lutter.

Chapitre 21

Hope

— Aubrey, gémis-je, au bout de ma vie, ce n'est pas mon truc, les soirées de ce genre. Et puis…

J'inspirai un grand coup avant de lâcher :

— Je n'ai rien à me mettre !

Mon amie me regarda, les yeux ronds.

— Et tu ne m'as rien dit ! s'insurgea-t-elle en me donnant une tape de réprimande sur le bras. Hope ! Je croyais qu'on avait dépassé ce stade, je ne suis pas Sheila ou Jenna !

Le pli amer de ses lèvres me fit regretter ma boulette. Aubrey avait toujours été là pour moi, au plus fort de la tempête (laquelle se calmait à peine, puisqu'on commençait à oublier mon casier), et je venais de la décevoir.

— Désolée, dis-je sincèrement. Cela n'a rien à voir avec toi, Aubrey, juste, ce n'est pas si facile…

Elle me considéra un instant et parut se satisfaire de mon mea-culpa.

— OK, mais je ne veux plus de ça entre nous. Tu es mon amie, Hope, et les amies se serrent les coudes.

Je ne pus m'empêcher de sourire. C'était certainement la première fois que l'on m'adressait une déclaration d'amitié.

— Parfait. Alors, on fonce chez moi ! Je vais forcément te trouver quelque chose de sympa.

Évidemment, il était inutile de discuter.

— Entre, me pria-t-elle.

Elle venait de mettre un pied dans sa chambre. Je ne l'avais pas vue la dernière fois, elle l'avait probablement fermée à clé, étant donné ce qui se passait dans les autres, et ce souvenir me fit grimacer.

— Quoi, s'étonna-t-elle, tu n'aimes pas ?

Elle jeta un regard circulaire pour chercher ce qui avait pu faire naître cette réprobation. Bien entendu, elle ne risquait pas de deviner.

— Pas du tout ! Enfin si, j'adore, précisai-je en admirant la décoration soignée et les meubles design. J'ai juste eu un élancement à ma dent.

J'avais menti sans vergogne.

— Aïe, espérons que ça partira rapidement, ce serait dommage d'avoir une rage de dents le jour de la soirée alors que je t'ai convaincue d'y aller, dit-elle en riant. Tu veux te déguiser ou pas ?

— Euh… Aucune idée, tu te déguises, toi ?

Elle haussa les épaules.

— Cette année, sûrement. Mais tout le monde ne le fait pas, chacun fait comme il veut.

Pensive, elle tapotait sa lèvre inférieure du doigt quand soudain ses yeux s'illuminèrent.

— Je sais, lâcha-t-elle, le regard triomphant, excitée comme une puce. J'ai un costume de fée Clochette d'il y a deux ans ! Au moins, pour la taille, cela ira, ironisa-t-elle gentiment.

Grrrrr, oui, je sais, je ne suis pas très grande et je n'ai pas les formes de Marilyn Monroe.

Jace m'avait appelée « nymphe des bois ». Je secouai la tête pour évacuer ce souvenir.

— Quoi, tu ne veux pas ? m'interrogea-t-elle, coupée dans son élan.

Je me retins de lever les yeux au ciel. Mes conversations intérieures étant à l'origine de nombreux malentendus, il allait falloir les mettre en veilleuse.

— Pas du tout !

Je me mordis la langue.

— Enfin, je veux dire, si, c'est super.

Aubrey m'étudia un instant, puis finit par hausser les épaules.

Eh oui, Aubrey, on est deux à l'intérieur de ma tête !

Je lui fis plaisir et enfilai les bouts de tissu (microscopiques) qu'elle m'avait gentiment prêtés.

— Tadaaaaa !

— Oh ! s'extasia-t-elle en joignant les mains, tu es resplendissante.

Hum, j'avais beau tirer sur la microjupe de fée, je me sentais aussi nue qu'un ver de terre. En revanche, le bustier vert m'allait très bien. Je n'étais pas habituée à un tel décolleté, et je me demandais comment Aubrey avait pu y caser sa poitrine plantureuse.

Elle surprit mon regard et me fit un clin d'œil.

— J'ai pris deux tailles de bonnet entre-temps.

Ah, tout s'expliquait.

— J'en connais un qui va tomber à la renverse, lâcha-t-elle malicieusement.

Mon cœur se mit à battre la chamade.

— Ah ? fis-je le plus innocemment possible. Qui ça ?

— William, évidemment ! Cela fait des semaines qu'il me soûle avec toi. « Est-ce que Hope va venir ? Tu es son amie, toi, convaincs-la » Et : « Tu crois que Hope aimera ça ? » et blablabla, j'en peux plus ! s'écria-t-elle en riant.

Mon excitation se dissipa aussitôt. Je m'en voulus, car William était un chouette type, nous nous étions pas mal vus ces derniers temps, et je l'appréciais de plus en plus.

Toutes les filles lui tournaient autour et, pourtant, il ne bougeait pas. J'avais bien conscience qu'il s'intéressait à moi, et j'en étais… flattée.

Mais est-ce que « flattée » suffisait ? Quand j'avais été submergée, renversée, liquéfiée.

— Comment ça, tu es désolée ! Mais tu es *toujours* désolée !

Ma mère se tenait devant moi, flageolante, tandis que Trixie pleurait à chaudes larmes.

Aujourd'hui, c'était Halloween. Steffy m'avait remplacée chez Rita, mais je travaillais chez GiantCream jusqu'à 20 heures.

Ma mère avait promis à Trixie d'aller à la chasse aux bonbons avec elle.

Alors, quand j'étais rentrée et que je l'avais trouvée avachie dans sa chambre, une bouteille de scotch à la main, et je ne sais quoi d'autre dans le bide vu l'état de ses pupilles, j'étais partie en *live*.

Une bouffée de rage pure m'avait envahie. Elle était censée rester sobre pour s'occuper de Trixie, elle savait que je devais aller bosser.

— Mais tu peux pas annuler ? demanda-t-elle de sa voix chevrotante sans réussir à montrer un semblant d'intérêt pour la situation.

— NON, maman, je ne peux pas annuler le boulot au dernier moment, pas si je veux le garder en tout cas, et tu es d'accord, vu ce que tu nous laisses pour manger, je VEUX le garder, ce job !

Voir ma sœur en larmes me fendait le cœur, je savais à quel point elle se réjouissait de cette soirée, d'autant que c'était notre premier Halloween ici, à Encinitas.

Désemparée, je ne savais que faire. Impossible de ne pas me rendre à GiantCream.

Mais tu as une autre solution, me souffla une petite voix intérieure. *Seulement, tu vas devoir laisser ton orgueil de côté.*

Je me tordis les mains, tergiversai et en vins à la même conclusion. Je tapai du pied et émis un grognement de frustration qui fit redoubler les pleurs de Trixie. Je jetai un œil de son côté et pris ma décision.

Au diable ma fierté !

Je m'accroupis devant elle, essuyant ses larmes avec mon pouce.

— Écoute, Trixouille, je crois que j'ai une solution.

Paroles magiques. Trixie s'arrêta instantanément et m'offrit toute son attention, entrecoupée seulement de reniflements sonores.

Une fois que je lui eus exposé mon plan, ma sœur me sauta dans les bras.

Ouf. J'étais sauvée de ce côté. Il restait cependant l'autre partie à gérer.

D'une main tremblante, je saisis mon téléphone et m'isolai dans ma chambre. Ma mère était retournée comater dans la sienne et Trixie avait des étoiles plein les yeux.

Je cherchai son contact dans mon répertoire et, lorsque son nom s'afficha, je me figeai.

Hope, t'es en train de faire une connerie !

D'un coup sec, j'appuyai sur le bouton.

Il répondit au bout d'une tonalité.

— Papillon. Je te manque déjà ?

Le salaud ! Il faisait comme s'il ne m'avait pas piétinée devant tout le monde. L'envie de l'étrangler me submergea, et j'hésitai à raccrocher.

Le regard chargé d'attente de ma petite sœur m'en dissuada.

— J'ai besoin de toi.

Silence.

— Tu deviens beaucoup plus intéressante, tout à coup.

Je soupirai.

— En fait, j'aimerais… te demander un service.

Nouveau silence. Je me tortillai sur mon lit. J'étais sûre qu'il le faisait exprès, histoire de faire durer le plaisir.

Grrrr, ce que je pouvais le détester parfois. Toujours.

— Je t'écoute, lâcha-t-il finalement.

— Trixie m'a dit que tu emmenais Lucas pour récolter les bonbons ce soir. Je me demandais si tu pouvais la prendre avec vous.

Je débitai tout d'un trait, si bien que je me retrouvai sans souffle en terminant ma tirade. Mais au moins c'était fait, je ne pouvais plus revenir en arrière.

Là encore, il ne répondit pas tout de suite et je commençai à ronger l'ongle de mon index.

— Et tu n'as pas peur que je débauche ta petite sœur, Papillon ? Tu sais qu'il ne fait pas bon me côtoyer.

La pointe d'ironie dans sa voix me fit culpabiliser.

De l'avoir rejeté sans explication ? Ou de laisser ma sœur avec un voyou qui se bat pour du fric ?

« Parfois, il faut savoir gratter. »

— Je te fais confiance, lâchai-je dans un souffle.

D'où ça sortait, ça ?!

Cette déclaration fut suivie d'un autre blanc insoutenable, puis, sans me poser de questions supplémentaires, il me dit qu'il passerait prendre Trixie à 19 heures, et que je lui étais encore redevable.

Une fois que j'eus raccroché, j'expirai tout l'air que je retenais dans mes poumons.

Chapitre 22

Jace

Contre toute attente, cette chasse aux bonbons s'avéra distrayante. Je n'aurais pas parié dessus. Mais Lucas et Trixie étaient tellement contents d'être ensemble qu'ils avaient créé une sorte de bulle positive autour d'eux, qui d'ailleurs n'avait laissé personne insensible. C'était incroyable ce qu'ils avaient rapporté comme bonbons.

Trixie était déguisée en dalmatien ; inutile de dire qu'à côté de Dark Vador l'effet était saisissant. Ces deux-là s'entendaient comme larrons en foire.

À part la couleur de ses yeux, d'un bleu profond, Trixie ressemblait tant à sa sœur que c'en était perturbant. Mêmes mimiques, même moue boudeuse, même sourire.

Ma première réaction lorsque j'avais vu son numéro s'afficher sur mon mobile avait été une panique inexplicable. Il fallait vraiment qu'elle soit en danger de mort pour m'appeler.

Après le coup que je lui avais fait en cours de littérature… J'avais éprouvé ce besoin malsain de lui faire mal.

Hope Sanders m'avait fait espérer. J'avais ressenti une vraie connexion avec cette fille, un véritable lien qui, bien qu'invisible, n'en était pas moins tangible.

Nous étions faits du même bois : souffrance, douleur, frustration… survie.

Je ne connaissais pas son histoire, mais était-ce nécessaire ? Bien entendu, j'aurais aimé qu'elle me la raconte un jour.

Raison pour laquelle je lui avais ouvert une porte. Un billet gratuit pour découvrir qui j'étais vraiment.

Elle était capable de voir au-delà des apparences, elle était à même de comprendre.

Simplement, elle avait jugé que le jeu n'en valait pas la chandelle. Même si je devais m'y attendre, ça m'avait fichu un coup. Et pas seulement : j'en avais eu mal au bide à hurler. Je l'avais détestée.

Parce qu'elle était la seule qui m'avait interpellé depuis toutes ces années. La seule pour qui je m'étais dit « pourquoi pas ». Au départ, j'étais juste curieux, intrigué.

À part mes deux amis et ma famille, je n'étais attaché à personne.

Hope était brisée, moi aussi. Cette étincelle de vie qui nous définissait, elle n'était plus que lointaine au fond de ses yeux caramel. Pas morte, mais vacillante, comme un feu sur le point de disparaître.

J'avais eu envie de la rallumer. J'avais eu envie de la contempler en train de briller de mille feux. J'avais eu envie de la voir m'embraser pour faire corps avec elle.

Visiblement, c'était trop demander. Et j'avais décidé de le lui faire payer.

Nous nous retrouvâmes d'abord chez Mike. Ses parents étaient absents, et ça tombait bien, car pas question de me rendre à cette fichue soirée sans carburant.

— Rappelez-moi pourquoi on va à cette fête de daube ?

Raf leva les yeux au ciel.

— Parce que Melissa m'a promis qu'elle ne porterait pas de culotte sous son déguisement de Jessica Rabbit.

— Sans compter qu'elle n'est pas contre que je vérifie moi aussi, ajouta Mike, et, mec, j'ai la bite en feu à force de la regarder faire ses pirouettes de pom-pom girl à la con. Je suis sûr qu'il y a de la place pour toi si ça te tente.

Je haussai une épaule, impassible.

— Je l'ai déjà testée, pas mal, mais rien de transcendant.

Mike ricana.

— Pas mal, ça ira pour ce soir. Vu comment elle m'a chauffé, je bande comme un taureau.

Je grimaçai, à l'agonie.

— Super image…

Musique de merde (nan, mais Justin Bieber, quoi !), déco digne d'ados prépubères en quête de sensations, ça commençait mal.

Lorsque nous entrâmes, les têtes se tournèrent progressivement vers nous, le temps que le bouche-à-oreille fasse son effet.

Si Raf et Mike affichèrent un sourire satisfait, cela me laissa de marbre.

Je parcourus la salle du regard au son affligeant de *Love Yourself*. Aubrey s'agitait à côté du buffet, déguisée en infirmière sexy ; on aurait dit une pile électrique. Chloe et Pat gravitaient autour d'elle, mais je ne la trouvais pas, *elle*.

Allait-elle seulement venir ? Il n'était pas question que je le lui demande, même si cela m'avait brûlé les lèvres tout à l'heure au téléphone. C'était elle qui avait appelé, elle qui avait besoin de moi. Je voulais lui laisser cet état de fait en tête.

Pauvre con !

Eh ouais, toujours à jouer à qui a la plus grosse. Qui domine, qui décide, qui détient le pouvoir.

Aux yeux de tous, j'avais plutôt réussi. J'étais la star de l'équipe, les filles me mangeaient dans la main, les mecs ne se frottaient pas à moi, j'étais respecté et même craint.

Mais en fin de compte qu'est-ce que j'en retirais ?

« Tu me dégoûtes. »

Je secouai la tête et passai une main dans mes cheveux. J'en avais plus qu'assez que sa phrase revienne me hanter chaque fois que je croyais m'en être débarrassé.

— Hey, salut, Jace. Pas de costume, cette année ?

Pam Cherry s'avança vers moi, ondulant des hanches dans sa tenue de chanteuse des années folles.

— On ne change pas les bonnes habitudes, Pam.

Cette histoire de déguisement, très peu pour moi. Ça va quand on est môme, après cela confine au ridicule. Mike, Raf et moi, cela faisait bien deux ou trois ans qu'on avait laissé tomber.

Ce soir, j'avais enfilé un jean noir, une chemise de la même couleur et mon blouson en cuir. Tiens, j'étais déguisé en motard, si ça pouvait leur faire plaisir.

Pam était la capitaine de l'équipe de volley ; nous étions sortis ensemble lorsque nous avions treize ans. Vu la façon dont elle me regardait, nul doute qu'elle comptait remettre le couvert et pour quelque chose de moins… platonique.

Franchement, elle était plutôt pas mal : brune, cheveux mi-longs, silhouette fine et athlétique. En temps normal, la soirée se serait terminée sur la banquette arrière de sa voiture.

Mais aujourd'hui quelque chose m'empêchait d'agir ainsi. Et ce quelque chose venait juste d'arriver.

Son costume lui allait comme une seconde peau, même si elle ne cessait de tirer sur l'ourlet de sa jupe. Lumineuse, incandescente, elle éclipsait toutes les Pam de la pièce et probablement de la ville. Un spasme inattendu me contracta le ventre, et je dus me retenir pour ne pas fondre sur elle. Ses longs cheveux d'or bouclés tombaient en cascade sur ses épaules nues et jusqu'au bas de son dos. Elle resplendissait.

Je remarquai avec agacement que je n'étais pas le seul à l'étudier sous toutes les coutures, et cela me donna envie d'aller en mettre une à chaque connard qui bavait sur elle.

Hope Sanders était un diamant brut. Elle rasait les murs, ne faisait aucun effort vestimentaire et se dissimulait du mieux qu'elle le pouvait. Mais, ce soir, le papillon sortait de sa chrysalide, magnifique et majestueux.

Dès le début, j'avais perçu cette étincelle qui la distinguait des autres. Même cachée derrière sa misère et les merdes qu'elle avait dû vivre.

Son regard dévia lentement vers le mien. Et tout à coup tout le reste disparut. Musique, rires, éclats de voix… plus rien qu'un son global étouffé à l'arrière-plan, derrière les battements du sang à mes tempes.

L'évidence me frappa de plein fouet. Je la désirais. Je désirais Hope Sanders comme jamais je n'avais rien désiré.

Pas pour la sauter un soir sur la banquette arrière d'une voiture. Je la voulais elle, tout entière. Son corps délicat, ses petits seins magnifiquement moulés dans son bustier vert de fée Clochette, ses yeux envoûtants. Les casseroles qu'elle se traînait, ses joies, ses peines. À en avoir mal. À en devenir dingue.

Tout mon être se tendait vers elle, comme attiré par un aimant. Putain…

Nos regards toujours ancrés l'un à l'autre, nous ne remarquâmes pas tout de suite Aubrey qui s'élançait vers elle version tornade niveau cinq. Fin de la transe.

Toute cette agitation se transforma en rage lorsque je vis Kensington s'approcher d'elle et lui effleurer le bras tandis qu'il balayait son corps de la tête aux pieds.

Ce petit con me cherchait depuis son arrivée, ne perdant pas une occasion pour remettre en question mon jugement devant les autres. Encore en chimie, il avait œuvré en douce pour que je me retrouve en porte-à-faux. Mais c'était mal me connaître ; j'étais plein de ressources et surtout bien plus retors que ce merdeux.

Il fallait que je parle à Hope. J'avais pas mal réfléchi et il m'était apparu que peut-être, enfin… j'avais merdé. Je m'étais montré plus qu'odieux.

J'avais exigé d'elle qu'elle m'accepte tel que j'étais, qu'elle me comprenne trop rapidement, sans lui donner d'explications.

Je m'avançais vers elle quand Kensington lui prit la main et l'entraîna sur la piste de danse.

Chapitre 23

Hope

Waouh, Aubrey n'avait pas chômé ! J'avais l'impression d'être dans un mini château hanté. Des *jack-o'-lanterns* m'offraient un sourire diabolique d'un peu partout dans la pièce, et elle n'avait pas lésiné sur les fausses toiles d'araignée, chapeaux de sorcière et autres crânes effrayants qui pendouillaient du plafond en une ronde infernale.

Un peu intimidée, j'avançai discrètement, tentant désespérément de rallonger ma jupe de lilliputienne. Peut-être que, si je continuais à tirer dessus, mon souhait serait exaucé.

Ou bien je risquais de la déchirer et de me retrouver les fesses à l'air…

Cette vision cauchemardesque me fit arrêter, et je me concentrai sur la salle, essayant de trouver mon amie. C'était pour elle que j'étais venue après tout.

Je promenai mes yeux un peu partout. Hum, nous avions beau être dans les locaux du lycée, l'ambiance était très… chaude. Ce soir, des couples se feraient et se déferaient au gré des envies de chacun. J'en étais là de mes réflexions lorsque je le vis.

Paralysée, je me figeai comme une statue de sel, car il n'aurait pas manqué grand-chose pour que je m'effondre.

Lui aussi m'avait remarquée, et son regard de glace ne me lâchait pas.

Tout de noir vêtu, sa silhouette en V moulée dans une chemise qui lui servait de seconde peau, il était renversant. Comme d'habitude, quelques mèches sombres tombaient sur son front, rehaussant le contraste avec le saphir percutant de ses iris. Adossé au mur, bras croisés et une jambe repliée de façon indolente, il était… inquiétant, insolent… et tellement sexy.

Ma respiration s'était bloquée dans ma poitrine, et mon cœur menaçait d'en sortir en grande pompe.

Tout à coup, un ouragan me fit chavirer, et je manquai me retrouver les fesses par terre. Reconnaissant là mon exubérante amie, je lui tapotai le dos pour lui signifier que j'avais bien perçu toute la joie qu'elle avait à me voir et surtout pour lui indiquer que, si elle ne desserrait pas son étreinte, j'allais mourir étouffée entre ses bras.

Destin funeste que j'aurais souhaité éviter dans l'immédiat.

Enfin, elle sembla comprendre et se détacha de moi ; je pus aspirer une grande goulée d'air.

— Dis donc, tu vas nous l'étouffer !

Cette voix rauque qui protestait, c'était Will. Les joues cramoisies, je constatai qu'il m'étudiait soigneusement jusqu'à la pointe des orteils, sa main effleurant (accidentellement ?) mon avant-bras. Gênée, je me crispai.

— Waouh, une vraie petite bombe, conclut-il, réellement impressionné.

J'étais flattée, mais je ne sus comment répondre à ce compliment très cash. Il ne me laissa pas le temps de m'appesantir et me traîna sur la piste de danse malgré mes protestations.

— Pas question que tu te caches, Hope Sanders, glissa-t-il à mon oreille. Tu es tellement belle qu'il me tarde de faire des jaloux.

Par réflexe, je me mordis la lèvre. Grave erreur.

Son regard dévia lentement vers celle-ci et le trouble que j'y lus m'embarrassa au plus haut point. Avais-je envie de laisser les choses déraper avec Will ?

Il était mignon, excellent élève, sportif, apprécié, il avait tout pour lui. Et surtout il me voulait, moi, sans trucs tordus et tests à la con.

Je sentis ma résistance faiblir. Pourquoi ne pas flancher, juste une fois ? Agir comme n'importe quelle ado à une fête saturée d'hormones ?

Will dut percevoir que mes barrières cédaient, car sa prise sur ma taille se raffermit.

Mon rythme cardiaque s'accéléra et, instinctivement, je cherchai les éclats azur qui peuplaient mes nuits. Je n'eus pas le temps de les trouver.

La musique s'arrêta brutalement, provoquant la confusion et les sifflements des étudiants.

L'écran géant sur le mur afficha de la neige, puis se mit à diffuser une vidéo. Tout le monde se tut et riva les yeux dessus.

La scène se déroulait dans un bar. Tentures rouges, lumière tamisée, musique évocatrice sur laquelle se déhanchaient des femmes en porte-jarretelles et tenue minimaliste : courte jupe plissée et chemisette d'écolière nouée à la taille avec de vertigineux talons aiguilles. Provocatrice, chacune d'elles agrippait une barre en aluminium.

Mon souffle se bloqua. Certains se mirent à ricaner, émoustillés par les images qui défilaient devant eux, et moi je me sentis rapetisser.

La première à gauche commença à se déshabiller langoureusement, sous les vivats encourageants de voix indéniablement masculines. Les autres suivirent aussitôt, enlevant paresseusement leurs vêtements, se tortillant de façon obscène.

Une fine pellicule de sueur recouvrit mon front alors qu'un filet glacé descendait lentement le long de ma colonne vertébrale.

Non, non, non, non, non !

Une brusque nausée s'empara de moi, et je réprimai difficilement un spasme qui alerta Will, toujours à mes côtés.

— Ça va ? me souffla-t-il, plein de sollicitude.

Non. Non, ça ne va pas. Putain, ça ne va pas du tout !

L'écran zooma sur l'une des strip-teaseuses, puisque c'était bien de cela qu'il s'agissait.

Je n'entendis plus les moqueries et commentaires salaces, les ricanements et bruits évocateurs. Non, tous mes sens étaient concentrés au niveau d'un seul : la vue.

J'étais horrifiée, mon plus grand cauchemar se réalisait.

Tandis que les gens observaient une femme qui enlevait ses vêtements pour montrer des parties de son corps censées rester cachées, d'autres images me traversaient l'esprit à la vitesse de l'éclair.

Des hommes, chaque fois différents.

Des bruits, chaque fois plus gênants.

Une poupée désarticulée qui gît par terre, la tête dans son vomi.

Un appartement noir et désespérément vide, une bouteille de whisky éclatée sur le mur, l'ambulance qui arrive, sa sirène qui n'en finit pas, des larmes, de la honte, de la tristesse, et encore des larmes, de la honte, de la tristesse.

Cela avait déjà fuité, mais jamais ainsi.

Voir ma mère se déhancher de façon obscène sur grand écran devant toutes ces personnes que je côtoyais chaque jour.

Voir ma mère prendre ses seins dans ses paumes et sortir une langue répugnante pour attiser le désir des mâles en rut en face d'elle.

Voir mon nom s'afficher en lettres capitales.

Hey, faites coucou à la mère de Hope Sanders !

Le sol s'ouvrait sous mes pieds, me noyant sous une honte indicible dont je ne me remettrais jamais.

Éperdue de douleur, je fuis en courant, ne sachant même pas comment mes jambes pouvaient me porter, engluée par tous les commentaires malsains qui s'imprimaient sur mon âme de façon définitive.

Je roulai, roulai, roulai. Mes larmes s'étaient taries, et je n'avais plus la force de pleurer. Ma poitrine était en feu, la peau du visage me piquait, et je me sentais aussi vaillante que si j'étais passée sous un train.

Lasse, je finis par m'arrêter en bordure de falaise. En descendant, je compris qu'il me faudrait troquer mes vêtements pour d'autres plus adaptés. Dans ma tenue ridicule de fée Clochette, je ne pourrais affronter les températures nocturnes de la fin octobre bien longtemps. Heureusement, j'avais toujours des habits dans mon coffre au cas où.

Après les avoir récupérés, je me baissai au maximum sur le sol devant la banquette arrière et entrepris de me changer, ne m'inquiétant pas d'être dérangée dans ce coin paumé.

Armée d'un jean, d'un sweat à capuche et d'un gros blouson à moitié déchiré, je fis quelques pas qui me soutirèrent aussitôt une grimace.

Je ne portais pas de chaussures pour remplacer les escarpins que j'avais retirés avec soulagement.

Sentant les petits cailloux s'enfoncer dans la plante de mes pieds, j'avançai néanmoins. Pire, je pris plaisir à la douleur qu'ils occasionnaient.

Je m'arrêtai devant le parapet en pierre. Seule face à l'océan, je me perdis dans la contemplation de la mer et de l'obscurité. Les ténèbres m'accueillaient à bras ouverts, comme une promesse de réconfort, libérant leurs longs tentacules infinis.

J'avais seize ans, bientôt dix-sept. Qu'avais-je vécu jusqu'à présent ? Quels moments méritaient que je m'y attarde avec tendresse ou nostalgie ? Qu'aurais-je vraiment à regretter si je n'étais plus de ce monde ?

Trixie, me souffla une petite voix.

Oui, Trixie. Mon rayon de soleil dans une nuit étouffante. Mais je n'avais plus la force de me battre pour deux. J'avais donné le maximum, m'érigeant en rempart indestructible devant ma sœur, pour qu'elle ne connaisse pas tout ce que j'avais enduré, pour que jamais elle ne ressente cette souffrance qui m'avait bouffée.

Je voulais qu'elle se sente aimée, chérie, dorlotée, qu'elle ignore le sens du mot solitude, ce mot qui m'avait collé à la peau toute ma courte vie. Je voulais qu'elle vive, qu'elle rie, qu'elle aime, qu'elle s'émerveille… Le monde avait tant à lui offrir. Pour elle, il n'était pas trop tard.

Debout dans la noirceur de la nuit, devant l'immensité marine, j'eus l'impression d'être minuscule.

La tâche était trop lourde, le courage m'abandonnait. Mon passé ne m'apportait aucun réconfort. Quant à mon futur, je ne parvenais pas à m'y projeter, je n'envisageais pas d'avenir qui mérite qu'on se donne de la peine.

Déjà, dans l'immédiat, qu'allais-je faire ? Retourner au lycée pour qu'on m'observe comme un monstre de foire ? Qu'on me traite de traînée et autres joyeusetés qui ne manqueraient pas de pleuvoir ?

Ils avaient vu la mère. Pourquoi la fille serait-elle différente ?

Et lui ? Que pense-t-il ?

La boule grossit dans ma gorge, me faisant un mal de chien.

Comment le regarder dans les yeux après ça ? Je dois le dégoûter ! songeai-je, amère, me rappelant que je lui avais moi-même jeté ces mots au visage.

Ironie de la vie, qui se jouait de moi jusqu'au bout.

Ces mots, il pourrait sans problème me les retourner, et qui l'en blâmerait ?

Personne. Il n'y a personne pour toi, Hope, il n'y a jamais eu personne. Et il n'y aura jamais personne. Admets-le et tires-en les conséquences.

Une larme roula sur ma joue. Je baissai la tête et regardai vers le bas, sans vraiment voir. Il faisait noir, je n'ignorais pas que je me tenais en aplomb de la mer, à sept ou huit mètres.

Comme un automate, je posai un pied sur le muret, pliai une jambe, puis ramenai l'autre en équilibre. Immobile et droite comme un piquet, je fermai les yeux, percevant la caresse du vent.

Est-ce ainsi que l'on se sent lorsqu'on a lâché prise ? Légère, aérienne, délestée de ce fardeau qui me faisait ployer…

Il me suffisait d'un petit pas, un tout petit pas. Je ne serais pas la première ni la dernière.

Ce sentiment de n'être nulle part à sa place, un électron libre qui n'appartient à aucun groupe, aucun clan, d'être incompris quoi qu'il arrive…

Cet avenir dénué de sens qui s'étale devant nous, cette vacuité qui nous engloutit et nous étouffe…

Tremblante, je soulevai mon pied droit.

Fais cesser toute cette merde, fais cesser cette souffrance interminable.

Je n'étais presque plus là, déjà ailleurs, délivrée, quand j'entendis, très loin, dans les brumes de mon esprit : « Parfois, il faut savoir gratter. »

Son visage parfait, l'intensité de son regard, sa posture arrogante et désinvolte, tout me percuta d'un coup, si bien que j'en perdis l'équilibre.

Mon pied ripa sur l'arête du parapet, et tout alla très vite. Ne parvenant pas à me stabiliser, je basculai lourdement sur le côté. La douleur m'envahit, mon corps glissa dans le vide.

Les jambes pendantes, je tentai de raffermir ma prise sur le béton, les deux mains agrippées au bord. Mon cœur battait à tout rompre, des mouvements désordonnés qui me donnaient le vertige au pire moment.

C'est bien ce que tu voulais, non ?

Tout lâcher, cesser de lutter ? Alors quoi ? Lâche !

À bout de forces, je fermai les paupières.

Deux splendides iris azur me contemplaient.

« On a tous nos secrets. Ceux qui font de nous ce qu'on est.

Parfois, il faut savoir gratter. »

Dans un sursaut, je poussai un rugissement et bandai les muscles de mes bras, opérant une traction comme je l'avais déjà fait pour m'entraîner sur une branche d'arbre.

La sueur dégoulinait sur mon front, dans mon dos, mais je ne faiblis pas. Je finis par ramener un coude, puis l'autre, tous deux écorchés, puis balançai ma jambe latéralement sur le parapet.

Épuisée, face contre la pierre froide, mais maintenant hors de danger, je me laissai emporter par une tempête de sanglots nerveux.

Hurlant, tapant des mains et des pieds sur la surface dure, je fis craquer ma peau. La douleur se répercuta dans tout mon corps, tel un baume apaisant pour l'esprit. Alors, je continuai de déverser ma colère, libérant la rage qui me consumait depuis tant d'années.

Et tout à coup, comme une aliénée qui vient de recevoir sa dose de calmants, je me figeai. Enfin, j'avais compris.

Chapitre 24

Hope

J'avais passé le week-end cloîtrée avec Trixie. Comme prévu, j'étais allée la chercher le samedi matin, car Mme Peretti l'avait gentiment invitée à dormir chez elle. Évidemment, ma Trixie était dans tous ses états, une vraie tornade de joie. C'était tendue au maximum que je m'étais présentée devant leur jolie maison cossue, parce que je n'excluais pas de me retrouver nez à nez avec Jace.

Mais, ouf, pas de Jace. Avec un grand poids en moins, j'avais récupéré ma sœur et j'étais partie au petit trot.

Depuis la soirée, j'avais reçu des tas de messages, dont le contenu ne valait pas la peine d'être rapporté (force était de constater que mon numéro de téléphone n'était désormais plus un secret pour personne). Ils m'avaient fait mal, certes, mais je m'y attendais.

Au milieu de ce fatras ordurier, un SMS se détachait.

Hé, j'ai essayé de te suivre, mais pas assez rapide. :(Écoute pas toutes ces conneries, on s'en fout. Là pour toi, quand tu veux. Xoxo

C'était stupide, mais cela m'avait réchauffé le cœur. Will ne me laissait pas tomber. Et cela faisait un bien fou de savoir qu'au moins une personne ne me considérait pas comme un déchet. Mentalement, je l'avais remercié des dizaines de fois.

Il serait injuste d'oublier Aubrey et les cinquante appels manqués que j'avais retrouvés dans mes notifications. Ses messages vocaux étaient tour à tour contrits, affolés ou enflammés.

J'avais une amie, une vraie. Et Dieu sait que j'allais en avoir besoin.

Car, alors que je pénétrais dans l'enceinte du lycée en ce lundi matin, j'avais conscience de ce qui m'attendait.

De lui ? Aucune nouvelle. À ses yeux, je n'existais probablement plus.

Peut-être était-ce pour le mieux… Même si je savais que c'était un putain de mensonge.

Sans surprise, les ricanements et messes basses allaient bon train. Ces chuchotements, je les sentais ramper sur ma peau comme autant de cafards répugnants, mais je choisis de les ignorer.

Sur mon casier, à la bombe noire : SALOPE PUTE écrits en lettres capitales et accompagnés de dessins obscènes.

OK, ça, je savais gérer, non ?

— Hello, petite fée.

Je n'eus pas le temps de me crisper. La voix de Will m'était désormais familière, et elle était assurément amicale.

Je me tournai vers lui. Dans son T-shirt en V et son cargo slim kaki, il était toujours aussi craquant.

Une légère grimace déforma sa bouche après un coup d'œil à la nouvelle œuvre d'art qui ornait mon casier.

— Ça devrait pouvoir se rattraper…

Je haussai les épaules.

— Inutile de se donner cette peine, ils recommenceraient aussitôt. Et je ne te parle pas de ce qu'il doit y avoir dedans, soupirai-je.

Il me demanda mon code et se chargea de l'ouvrir à ma place. Vu ce qui tomba à nos pieds, je lui en fus reconnaissante. Le préservatif usagé obtint la palme.

— OK, maugréa-t-il, première livraison du jour. On verra bien quand ils se lasseront.

— Hey, Kensington, fais gaffe, ne t'approche pas trop de Sanders, tu vas te choper une IST, mec !

Un concert de ricanements suivit aussitôt ; l'imbécile qui venait d'avoir son moment de gloire paraissait très fier de sa tirade.

Il le fut beaucoup moins quand, à l'étonnement général (sans parler du mien !), il se retrouva plaqué contre le mur.

Will, les yeux lançant des flammes, le maintenait immobile, son avant-bras appuyant méchamment sur sa trachée. Et, vu la façon dont ses biceps étaient bandés, je n'aurais pas aimé être à la place du type. D'ailleurs, celui-ci n'en menait pas large, pouvant à peine déglutir.

— Hé, mec, qu'est-ce qui te prend ? T'as pas vu la vidéo ou quoi ?

Le filet de voix étranglé qui s'échappait de sa gorge me procura une immense satisfaction.

Tout le couloir était comme en apnée, les yeux rivés sur nous. Et cette fois, si je fus gênée, ce n'était pas pour moi, mais pour mon ami, lequel risquait des ennuis s'il se faisait attraper.

Je m'approchai pour le raisonner, mais Will me devança.

— Un mot sur ce tissu de conneries et ta mère n'osera plus te regarder en face.

Je perçus la peur du type. Face au gabarit de Will, il ne faisait pas le poids.

Il finit par se résigner.

— OK.

Will accentua la pression sur sa trachée, faisant rouler les yeux du pauvre malheureux (ou pas).

— OK, QUOI ?

Il lui laissa un peu de lest pour répondre.

— OK, je ne dirai plus rien sur Sanders.

Will recula et observa bien son auditoire, le regard déterminé, implacable. Mais où était passé le gentil William ?

— Ça vaut pour vous tous, aboya-t-il. Si vous prononcez un mot de travers en rapport avec cette fichue vidéo, c'est à moi que vous aurez à vous frotter.

Pour bien marquer les esprits, il laissa volontairement un blanc.

— C'est clair pour tout le monde ?

Son ton ne présageait rien de bon pour celui qui s'y opposerait, si bien qu'on entendit des « oui » marmonnés un peu partout.

Encore sonnée, je les regardai tous s'éparpiller, le cœur gonflé de reconnaissance et d'admiration. Car il avait de l'allure, William Kensington, en défenseur de demoiselles en détresse.

Retrouvant l'usage de la parole, je l'interpellai :

— Will…

Il me fit un clin d'œil, le visage aussitôt beaucoup plus avenant, et s'approcha de mon oreille, si près que je sentis son souffle frais me caresser la joue.

— T'inquiète, petite fée, tu devrais être tranquille pour un bout de temps. Mais, ajouta-t-il, avec un sourire éclatant, ce n'était pas gratuit.

Je me rembrunis. Il pencha la tête sur le côté.

— Rien d'aussi grave, Hope. Sois présente à mon prochain match, et je serai le plus heureux des hommes.

Soulagée, je me détendis.

— Ça doit pouvoir se faire, lui assurai-je avec malice. C'est d'accord, à une condition, plus de « petite fée ».

Il rit franchement et se mit en marche.

— Vendu, petite fée, lança-t-il par-dessus son épaule.

— Tiens, essaye celui-ci : rose barbe à papa.

Ma moue ne lui échappa pas.

— Oh ! arrête un peu, me tança Aubrey, un peu de vernis ne va pas te tuer. En plus, c'est aux pieds, et tu portes tout le temps tes Converse.

— Ce n'est pas tant le vernis que la couleur, rouspétai-je. Rose barbe à papa ?

Je secouai la tête.

— Même pas en rêve. Passe-moi plutôt celui-ci, dis-je en désignant un ton prune bien plus discret.

Elle me tendit les écarteurs.

— Attends, je vais te le poser.

— Hé, je suis tout à fait capable de m'occuper de mes orteils ! protestai-je en riant.

— Tuuut tuut, ça me fait plaisir.

Je poussai un soupir mi-amusé, mi-agacé.

Depuis la révélation fracassante faisant de moi un paria, mon amie s'échinait à me dorloter. Elle s'en voulait terriblement étant donné qu'elle avait participé à l'organisation de la fête et n'avait rien vu. Nous nous doutions bien que Sheila était derrière tout cela, mais n'avions aucune preuve.

Nous avions beaucoup discuté toutes les deux, et pour la première fois je m'étais confiée. Un résumé de ce qu'avait été ma vie, sans fard ni atermoiement, l'avait laissée sans voix. Et depuis, peut-être s'était-elle mis en tête de compenser le manque d'affection et d'attention patent dont j'avais été victime.

Comme je ne travaillais pas ce soir et que Trixie était encore fourrée chez Lucas – ces deux-là étant maintenant inséparables –, Aubrey m'avait invitée chez elle pour un moment entre filles. En réalité, elle ne m'avait pas donné l'occasion de refuser, et – je commençais à le comprendre – résister à Aubrey relevait de l'utopie ; elle finissait par vous avoir à l'usure.

Je la laissai donc vernir mes doigts de pied, non sans une certaine gêne. Au-delà du fait que je n'avais jamais posé quoi que ce soit sur mes ongles, personne n'avait jamais pris soin de moi. Ce sentiment inédit n'était pas désagréable, il fallait bien l'avouer, même si je craignais au fond de moi que seule la pitié n'inspire le comportement d'Aubrey.

Lorsque je lui en fis la remarque, elle s'énerva.

— Les amies sont faites pour ça, Hope ! Être là quand tout va bien, c'est génial, mais c'est dans les mauvais moments qu'on les reconnaît vraiment. Ne me dis pas que je prends soin de toi comme si j'avais trouvé un foutu chiot égaré !

OK. Le concept d'amitié m'étant pour le moins inconnu, je m'abstins de répondre. Et je ne voulais surtout pas la froisser.

— Bon alors, il se passe quoi avec Will ?

Son air de conspiratrice me fit sourire.

— Absolument rien ! Après toi, il est le seul à ne pas m'ignorer, voilà tout.

Sa moue boudeuse en dit long sur ce qu'elle en pensait.

— Voyons voir.

Elle énuméra avec ses doigts.

— Un, il ne m'a pas lâché les baskets pour que tu rappliques à la soirée de Halloween. Deux, il me parle de toi dès qu'on se croise.

Trois, il te bouffe du regard comme si tu ressemblais à un cupcake géant. Quatre, il a menacé quiconque déblatérerait contre toi de lui péter les dents. Hum, conclut-elle en feignant la réflexion, je me demande bien ce que cela signifie.

Je me contentai de rire en levant les yeux au ciel. Effectivement, depuis son coup d'éclat, Will se montrait encore plus prévenant avec moi. Il était également beaucoup plus tactile : une main dans le dos, des chuchotements à l'oreille et, à part rougir comme une idiote, je ne savais pas comment réagir.

J'étais sensible à ses attentions, sa gentillesse, et oui, lorsqu'il m'avait défendue devant tout le monde, il m'avait scotchée. Littéralement. Car lui aussi était nouveau, et c'était carrément courageux d'avoir agi de la sorte.

Il est vrai que sa cote de popularité était montée en flèche avec ses exploits sportifs, mais quand même. On sait tous comment cela marche. Porté aux nues un jour, écrasé sous le talon le lendemain.

Évidemment, cela n'arrangeait pas ma popularité à moi. Car, si les gens s'étaient calmés par peur de représailles (bien entendu, « les gens » ne comprenant pas la douce Sheila), les filles me fusillaient du regard. Je dirais qu'après le trio formé par Jace et ses amis, Will faisait partie des mecs les plus convoités de l'établissement.

— C'est à cause de Wentworth ?

Aubrey avait le chic pour me prendre par surprise.

— Hein ? De quoi tu parles ?

— Si tu n'es pas encore allée plus loin avec Will, c'est à cause de Jace ?

Interdite, je l'observai, bouche bée.

— N'importe quoi ! m'emportai-je (un peu trop). Qu'est-ce que tu racontes ? Wentworth n'est qu'un sale enfoiré. Et ses potes aussi, d'ailleurs. Je ne vois vraiment pas ce qu'il vient faire là-dedans. Et, ajoutai-je, plus amère que je ne l'aurais souhaité, je te signale qu'il ne m'adresse plus la parole depuis… depuis.

Elle en était à mon gros orteil droit, sa main s'appliquant avec dextérité.

— Il s'assoit toujours à côté de toi en maths, contra-t-elle.

Effectivement, et cela me mettait au supplice à chaque fois. Le sentir si proche sans pouvoir le toucher… Pire, je m'imaginais le dégoût qu'il devait ressentir maintenant.

Haussant une épaule, je lui rétorquai :

— Il n'a pas tellement le choix, Stuttgart n'apprécie pas les changements, c'est bien connu.

— Ah, parce que tu crois que ça l'aurait arrêté, marmonna-t-elle dans sa barbe.

Je m'abstins de répondre.

Si Jace m'ignorait royalement, au moins n'avait-il pas été insultant ni odieusement humiliant, comme avant l'incident. Pas plus que Raf et Mike, ses deux ombres.

Cela ne changeait rien à la situation, et je lui en voulais terriblement.

N'oublie pas, c'est toi qui l'as rejeté en premier, me dit ma petite voix intérieure. *C'est toi qui l'as traité comme le dernier salopard quand il a souhaité s'ouvrir à toi. S'il s'est comporté comme un connard après, c'est à cause de toi.*

Un soupçon de culpabilité familier s'insinua en moi, et je le repoussai bien vite.

Pas question de me laisser attendrir par ces conneries.

— Oh ! il est trop beaaaaaaau. Et moi ? Moi aussi, je veux le même !

Je m'esclaffai.

— On va attendre un peu, hein, Citrouille, genre que tu aies dix ans de plus par exemple ?

La moue boudeuse de ma petite sœur, je la connaissais par cœur. Si je ne désamorçais pas la situation, la soirée était foutue.

— Hum, je suis sûre que Lucas doit détester le vernis à ongles.

Elle se figea aussitôt.

— Tu crois ? fit-elle en fronçant les sourcils, l'air vraiment préoccupé.

— J'en suis certaine, répondis-je avec assurance.

Pensive, elle se mordit la lèvre et je perçus l'exact moment où – ô douce victoire – elle abdiqua. Et, comme seuls le font les enfants portés par l'insouciance, elle battit des mains et changea de sujet.

— Tu sais ce qui serait géniaaaal ?

— Non, quoi ? répliquai-je, intriguée par tant d'entrain.

— C'est que je me marie avec Lucas et toi avec Jace ! Ce serait trop bien !!

Les yeux me sortirent de la tête, littéralement.

— Désolée de te faire de la peine, Trixouille, mais cela n'arrivera jamais.

Les étoiles dans ses pupilles n'en pétillèrent pas moins.

— Et qu'est-ce que t'en sais d'abord ? Jace, je suis sûre qu'il te trouve jolie, même qu'il m'a demandé comment tu allais tout à l'heure.

Gros blanc.

— Pourquoi tu dis rien ?

— Euh… Tu lui as répondu quoi ?

— Ben… qu'il te manquait ! Comme ça, il va venir te faire des bisous, ajouta-t-elle, très fière d'elle, en affichant un air conspirateur.

Et moi je n'avais plus qu'une envie, rentrer sous terre.

Une fois que Trixie fut couchée, je ne parvins pas à trouver le sommeil. Une petite voix maléfique me soufflait sans cesse : *Tu ne lui as pas laissé sa chance, tu l'as rejeté comme un déchet.*

Parce que ce soir-là, alors que je libérais toute la noirceur qui m'habitait, j'avais compris pourquoi Wentworth m'avait emmenée à ce combat illégal. Il voulait que je voie sa pire facette, celle que tous imaginaient et craignaient, mais dont peu avaient été témoins. Son côté obscur et torturé, la souffrance qu'il abritait, le désespoir qui le tirait vers le bas. Des choses qu'il cachait soigneusement derrière son insupportable arrogance.

Je l'avais salement repoussé. Ce n'était pas étonnant qu'il se soit comporté comme le dernier des enfoirés par la suite.

La violence, la douleur, c'était une échappatoire, un moyen d'alléger la tension, d'apaiser son esprit. Ces combats, c'était une nécessité, une sorte de thérapie. Si cela ne le guérissait pas, cela rendait le monde plus supportable pour lui.

La rage qui l'avait animé ce jour-là m'avait choquée, terrorisée. Elle n'était que le reflet de ses déchirements intérieurs.

La question était : pourquoi ? Que lui était-il donc arrivé pour qu'il en vienne à se torturer ainsi ?

Lasse de ces interrogations, je finis par sombrer dans un sommeil agité sur un constat évident : quoi qu'il en soit, Jace Wentworth était dangereux, et je devais m'en tenir éloignée comme de la peste.

Chapitre 25

Hope

« Un *home run*, et je gagne le droit de t'emmener dîner. »

Je n'avais su que répliquer sur l'instant, et Will avait pris mon silence pour un assentiment, je ne pouvais décemment pas lui en vouloir.

C'est idiot, mais les mots étaient restés coincés dans ma gorge.

C'était hier. J'étais adossée au mur, une jambe repliée. Lui avait posé son coude juste à côté de ma tête, si bien que je pouvais compter les éclats dorés qui parsemaient ses iris.

Il avait envahi mon espace vital, et je n'arrivais pas à décider si c'était une bonne chose ou non. J'avais senti son agréable parfum masculin me chatouiller les narines, et cela avait suffi à me plonger dans la confusion la plus totale.

Était-ce bien raisonnable de flirter avec Will quand un autre occupait mes pensées ?

Oui, mais celui-là est inaccessible, idiote !

En plus, si jusqu'à maintenant j'avais évité les histoires de mecs, ce n'était pas pour rien. Je n'avais ni temps ni énergie à y consacrer.

Alors pourquoi tant d'indécision dans ce cas ? Il serait facile de l'éconduire gentiment.

En réalité, j'étais vraiment touchée par le comportement de Will à mon égard ; personne n'avait jamais agi de la sorte avec moi. Pour une fois, je me sentais désirée, admirée.

Aubrey n'avait pas tort : quand il me regardait, j'avais l'impression d'être jolie, d'être à la hauteur, et, cette bouffée de confiance, je l'accueillais avec bonheur, car elle était inédite.

Will m'appréciait, même avec mes casseroles. Mais étais-je prête à sortir avec lui ? Et si je gâchais tout ? Dans le doute, j'avais décidé d'emmener Trixie au match avec moi.

Je quittai GiantCream en trombe – par chance, je terminais très tôt ce jour-là – et me précipitai à la maison.

Après une douche rapide, j'hésitai sur la tenue à porter.

Crétine, tu es avec ta petite sœur, on s'en fout de comment tu t'habilles !

Mais non. Bizarrement, j'avais envie d'être à mon avantage. Je choisis donc un slim noir et un joli top qu'Aubrey m'avait donné et qui mettait mon décolleté en valeur. J'appliquai un peu de blush sur mes joues, une touche – discrète – d'eye-liner, et attachai mes cheveux en une queue-de-cheval haute. Le miroir me renvoya un reflet, qui, pour une fois, ne me rebuta pas.

Mon doigt s'était à peine posé sur la sonnette de Mme Peretti que la porte s'ouvrit en coup de vent.

Et, là, tout mon enthousiasme retomba comme un soufflé, ratatiné par le regard bleu glacier devant moi. Il s'apprêtait visiblement à sortir.

— Euh… Désolée (et pourquoi je m'excusais d'abord !), hum, je viens… je viens chercher Trixie.

— Je sais.

Les paupières plissées, il m'étudia longuement, s'attardant plus que de raison sur mon décolleté. Inutile de préciser que je regrettais amèrement ce pic de folie.

Mon cœur commença à battre la chamade. Hypnotisée, je réussis à grand-peine à détacher mes yeux des siens.

Ma sœur adorée choisit cet instant pour me rentrer dedans comme un boulet de canon, se faufilant sous son bras.

— Hope !

Ses petites mains m'enserrèrent fort la taille, et elle se mit à sautiller, manquant me faire tomber.

— On y va ! On y va !

Prenant enfin conscience de la présence de Jace, elle se retourna et lui offrit son sourire à mille dollars. Étincelant, mais avec deux dents en moins.

— Toi aussi, tu viens avec nous au match de base-ball ? Ça va être super chouette !

La température sembla soudain chuter de plusieurs degrés. La mâchoire de Jace se crispa, et je crus qu'il allait tuer quelqu'un. Le regard de reproche qu'il m'adressa me laissa bouche bée.

Ça, c'est la meilleure !

J'avais bien compris qu'il ne pouvait pas encadrer Will, mais ce que je faisais ne le concernait en rien. La moutarde me monta au nez.

— Non, Trixie, rétorquai-je un peu sèchement. Les matchs, on n'y va qu'avec des personnes qu'on apprécie.

Prenant sa main dans la mienne, je l'entraînai avec moi.

— Allez, ouste, on y va !

J'entendis la porte claquer derrière moi, puis des pas, et un grondement de moto.

Nous descendîmes entre les gradins déjà bien occupés ; cette rencontre contre les Red Pepper de San Diego était très attendue. Tous espéraient de nouveaux exploits, surtout de la part de Will, qui était devenu la star incontestée de l'équipe.

J'aperçus Aubrey un peu plus bas, juste au premier rang, qui me faisait de grands signes. Chloe et Pat l'accompagnaient. Le yin et le yang, ces deux-là. Alors que Pat était une bombe latina aux cheveux de soie noire, Chloe avait tout du physique de la Californienne typique. Cela ne les empêchait pas de s'adorer.

— Waouh, vous avez de super places, vous êtes arrivées à quelle heure ? m'enquis-je en les saluant toutes les trois.

— En fait, on devrait te remercier, me lança Chloe, un demi-sourire énigmatique au coin des lèvres.

Devant mon air ahuri, Pat crut bon d'expliquer :

— William Kensington. Ces places étaient réservées pour nous et, franchement, je ne pense pas que ce soit pour nos beaux yeux.

Évidemment, Aubrey affichait un sourire suffisant du style « dis-moi encore qu'il ne se passe rien avec lui ».

— Will est un ami très attentionné, me contentai-je de dire, ne bernant personne.

— C'est qui, Will ?

Je baissai la tête vers ma petite sœur.

— Un joueur. Et un bon, tu vas voir !

Le match débuta enfin. Puisque nous accueillions l'équipe adverse, nous étions en position défensive.

Si jeune soit-elle, Trixie se révéla une supportrice d'enfer. Hurlant chaque fois que notre batteur lançait la balle, elle était à fond. Il est vrai que l'ambiance excitante incitait à s'agiter. Moi-même, je me surpris à crier et sautiller à plusieurs occasions, ce qui ne collait pas trop avec mon tempérament habituel.

Will nous avait repérées et fit un petit salut de la main, ravi d'avoir des pom-pom girls supplémentaires. On pouvait voir çà et là des banderoles ou des cartons avec son nom, brandis par des groupies au sourire extatique. Pourtant, c'était de notre côté qu'il regardait le plus souvent.

Pour le moment toutefois, pas de *home run*. En étais-je soulagée ou dépitée ? Je n'avais pas encore tranché.

Toujours est-il que j'étais fébrile, à tel point que, quand Trixie posa une main sur mon bras, je sursautai.

— Hope, je veux des pop-corns !

Nous en étions à la cinquième manche, et les scores serrés ne permettaient pas pour l'instant de déterminer le vainqueur.

Complètement captivée par le match, je n'avais pas pensé que Trixie devait avoir faim. La honte !

— Viens, Trixouille, je vais te prendre un hot-dog.

— Mais je veux des pop-corns, moi !

— Tu en auras aussi, lui assurai-je en la traînant derrière moi tout en observant le match.

La queue était conséquente, et nous dûmes patienter un moment. Je trépignais sur place, jetant un œil de temps à autre, lorsque les vivats devenaient plus sonores.

Qui eût cru que je vibrerais un jour avec une rencontre de base-ball ? Jusque-là, cela n'avait jamais été ma tasse de thé. Ni aucun autre sport d'ailleurs. J'aimais bien me dépenser, mais regarder des gens s'agiter sur un terrain…

En réalité, aujourd'hui, c'était différent. Je partageais ces moments avec des amies. Euphorie, fous rires, *high five…* Des moments de complicité simples et authentiques.

Des chuchotements perturbèrent soudain mes réflexions, juste derrière moi.

— Hé, c'est Hope Sanders, la strip-teaseuse !

— Et elle se balade avec une petite fille en plus !

— Ouais, faut leur apprendre au berceau, railla la voix en rigolant comme une oie.

Je me retournai, le regard assassin et prête à leur ficher mon poing dans la figure. Quand il s'agissait de moi je laissais couler, en revanche dès que cela touchait à ma sœur la retenue n'était plus de mise.

Les deux idiotes – deux filles que je reconnus vaguement – tressaillirent de concert, paraissant soudain embarrassées. La menace de Will leur était probablement revenue à l'esprit.

J'avisai Trixie, qui observait les pop-corns avec des yeux emplis de convoitise. Elle n'avait rien entendu.

Inspirant une grande bouffée d'air, je leur tournai le dos et décidai de me taire. Un esclandre devant ma sœur ne l'aurait certainement pas aidée.

Pour l'instant, les rumeurs ne s'étaient pas répandues jusqu'à son école. J'étais surprise, d'ailleurs, car en général un petit frère ou une petite sœur faisait bien vite passer le mot. Alors autant apprécier ce délai au maximum.

Huitième manche. Toujours pas de *home run.*

À Will d'être sur le marbre.

Au lieu de se mettre en position, il se tint bien droit, jambes écartées, ses yeux parcourant les gradins jusqu'à nous trouver.

Même à cette distance, je vis un lent sourire étirer ses lèvres, ce qui lui donna une attitude presque féline.

Les cris d'hystérie me confirmèrent que je n'étais pas la seule à y être sensible.

Ce sourire, c'est à moi qu'il l'adresse.

Je pouvais bien faire l'innocente avec les copines, j'étais tout à fait consciente que Will s'intéressait beaucoup à moi.

Aubrey me donna un coup de coude peu discret dans les côtes, et il se détourna finalement. Il écarta ses jambes puissantes, plia légèrement les genoux et leva la batte, l'inclinant derrière sa tête.

Le lancer fut parfait.

Et à partir de là tout s'accéléra. Chaque spectateur tenta de suivre la trajectoire de la balle qu'il venait de frapper. Elle monta si haut que je crus l'avoir perdue.

À la vue de cette *fly ball*, le public s'électrisa, hurlant, s'agitant dans tous les sens, transporté. Le suspense était à son comble, et nous étions tous tendus comme des arcs.

Soudain, j'aperçus la balle qui filait à vitesse grand V vers le sol. Des hourras explosèrent, les haut-parleurs crachèrent un *home run* tonitruant, et moi je me donnais l'impression d'être une cocotte-minute sous pression. Sûr de lui désormais, Will fit le tour du circuit, non sans m'avoir gratifiée d'un petit salut, index et majeur inclinés sur le bord de sa casquette.

— Waouh, t'as vu, Hope, c'est génial. On va gagner, j'en suis certaine !

Le sourire aux lèvres, je me sentais comme dans un rêve, j'entendais les vivats de très loin. Will venait de faire un grand chelem.

— Alors, elle est comment, cette pizza ?

— Drooooop bonne ! s'exclama Trixie, la bouche pleine.

C'est qu'elle avait raison. Will nous avait promis les meilleures pizzas de la région, et j'étais en passe de croire qu'il était dans le vrai.

S'il était déçu que Trixie nous accompagne, il n'en montra absolument rien. Bien au contraire, il fut très attentif et patient, allant jusqu'à lui faire un autographe sur l'avant-bras. Les yeux de Trixie brillaient d'excitation.

— Elle est excellente, concédai-je.

J'avais commandé la végétarienne, assortiment d'aubergines, d'artichauts, de tomates et de poivrons probablement longuement marinés, vu les saveurs qui explosaient dans ma bouche.

Je me raclai la gorge.

— Alors, ce *home run,* il était magnifique… Tu es la nouvelle idole du lycée, le taquinai-je.

— J'étais motivé, contra-t-il en plongeant ses yeux dans les miens.

Troublée, je pris une serviette pour tamponner mes lèvres.

Nous passâmes un agréable moment à rire, refaire le monde et nous jeter des regards fuyants. Enfin, non, seuls les miens étaient fuyants, les siens semblaient plus déterminés que jamais.

William nous raccompagna dans sa Camaro rutilante (j'avais laissé mon vieux pick-up sur le parking du lycée). J'étais un peu gênée qu'il voie où j'habitais, mais en réalité, étant donné les révélations fracassantes qui avaient fuité, il devait se douter que je ne logeais pas dans un quartier de luxe. Par ailleurs, j'aimais à croire qu'il s'en moquait.

À notre arrivée sur le pas de la porte, je m'arrêtai. Trixie entra en trombe et fila dans sa chambre, probablement pour admirer son autographe encore et encore.

C'est sûr qu'elle refusera de se doucher maintenant, pensai-je avec dépit.

William se tenait devant moi, une main en appui sur l'encadrement. Le message avait été clair : il n'allait pas entrer ce soir. Peut-être étais-je impolie ? Peut-être étais-je injuste ? Mais je ne me sentais pas prête à le laisser pénétrer plus avant dans mon quotidien. Pour l'instant du moins.

Il me dévisageait, tête baissée du haut de son mètre quatre-vingt-cinq, des questions plein les yeux.

Saisissant une de mes mèches, il l'entortilla autour de son doigt, puis approcha davantage son visage. Je n'osai bouger, nos lèvres n'étaient qu'à quelques millimètres, et je sentais son souffle. J'avais envie de ce baiser, et en même temps je l'appréhendais.

L'instant d'après, sa bouche effleura la mienne en une douce caresse. Je fermai les paupières, appréciant la fraîcheur de son haleine mentholée. Il posa une main en coupe sur ma mâchoire et explora davantage mes lèvres, comme s'il goûtait un fruit bien mûr et savoureux.

Je les ouvris imperceptiblement, accueillant sa langue fougueuse, qui entama un ballet fébrile avec la mienne.

Oui, je lui rendis son baiser, en y mettant toute mon âme. William ne m'avait pas déçue, mieux, il m'avait impressionnée, s'érigeant en rempart contre la connerie des autres. Pour ça et tout le reste, je voulais lui témoigner les sentiments qu'il me faisait éprouver.

Sa main descendit lentement sur mon cou, puis mon dos et ma taille, sur laquelle il affirma sa prise, me plaquant contre lui.

Je ne pus ignorer la bosse qui tendait son jean contre mon ventre. Une douce chaleur m'envahit ; mon corps répondait à son appel, cela ne faisait aucun doute.

Je mis cependant un terme à cet instant d'intimité, qui nous laissa pantelants. Le désir féroce que je lus dans ses yeux me troubla intensément. Un délicieux frisson me parcourut, et mon souffle devint court.

Je pris une longue inspiration.

— Merci pour cette soirée, lui murmurai-je.

Une légère moue de déception s'inscrivit sur son visage, mais finalement un demi-sourire étira ses lèvres tandis que sa main caressait ma joue.

— Bonne nuit, petite fée.

Il s'en alla non sans avoir frôlé mon bras et porté le bout de mes doigts à sa bouche.

Chapitre 26

Jace

La dernière sonnerie retentit, il était l'heure d'aller en cours, et les retardataires se précipitèrent vers les salles de classe. Pas moi.

Je la regardais porter à la poubelle la plus proche les quelques cochonneries qu'elle avait encore trouvées dans son casier. Cela s'était tassé, mais il y aurait toujours des petits malins pour continuer.

Elle allait être en retard au cours de M. Stuttgart. C'était sûr qu'il n'apprécierait pas.

Son air profondément agacé ne la rendait que plus excitante. Une moue boudeuse sur ses magnifiques lèvres, elle fronçait les sourcils, mettant une application particulière à m'ignorer.

Mais je savais qu'elle avait une conscience aiguë de ma présence. Sa poitrine se soulevait à un rythme bien plus rapide que la normale, et j'avais noté ce petit tic quand elle était tendue : elle serrait et desserrait sans cesse les mains.

Je prenais un plaisir aussi indicible qu'inattendu à l'observer. Ce n'était pas la première fois.

Tout en elle m'excitait et, en même temps, j'aurais été incapable d'expliquer quoi précisément. Tout ce que je savais, c'était que j'avais juste une furieuse envie de la plaquer contre le mur et de lui faire tout un tas de trucs indécents.

Sa peau, toujours claire malgré le sempiternel soleil de la Californie, m'attirait comme un aimant. Je rêvais d'y promener mes lèvres et de la sentir sous ma langue.

Aussi, quand je la vis partir et se diriger vers la classe, je n'écoutai que mes tripes. Je la suivis et mes yeux se portèrent sur le cagibi d'entretien jamais fermé devant lequel elle allait passer.

Sans réfléchir davantage, je l'agrippai, ouvris la porte que je rabattis derrière nous.

Son petit cri de surprise ne m'arrêta pas. Elle était là, devant moi, je l'avais pour moi tout seul. Enfin.

Malgré la faible luminosité qui s'insinuait dans les interstices, elle sut immédiatement à qui elle avait à faire.

— Qu'est-ce que tu fabriques ! grogna-t-elle comme une furie en essayant de se dégager de ma prise. Lâche-moi tout de s…

Je ne lui laissai pas le temps de finir. N'écoutant que mon instinct, je m'emparai de sa bouche en un baiser avide. Ses lèvres étaient douces et légèrement sucrées, comme si elle venait de manger un bonbon au miel.

Était-ce la surprise ? Mais à mon grand bonheur elle ne protesta pas.

Une chaleur fulgurante m'embrasa et, sans me soucier des conséquences, je saisis ses petites fesses bien fermes et la soulevai tout en la plaquant contre le mur, l'incitant à enrouler ses jambes autour de moi, mes mains l'étreignant avec une vigueur qui témoignait de mon état d'excitation.

Ma langue trouva la sienne, humide et chaude, et j'approfondis mon baiser. Elle y répondit avec une ardeur qui m'électrisa. L'envie de la dévorer me consumait entièrement.

Sans que je l'anticipe, ses mains plongèrent dans mes cheveux comme si elle avait attendu ce moment toute sa vie. Des doigts fins et graciles qui n'en démontraient pas moins de fermeté dans leur caresse.

Le gémissement qui s'échappa de sa gorge m'acheva. Je voulais la découvrir, vite et lentement à la fois, lécher sa bouche et m'imprégner de son souffle délicieux.

M'aidant du mur en appui, je fis glisser ma paume sur le bas de son dos, la faufilant sous son T-shirt et savourant le contact de sa peau nue. Elle frissonna.

Me laissant emporter, je fis remonter mon genou sous ses fesses pour la maintenir en équilibre et libérer ainsi mon autre main, qui alla jusqu'à sa nuque. En proie à une excitation grandissante, j'enroulai ses cheveux autour de mon poing et je tirai sa tête en arrière, poursuivant mon exploration avec passion. Je n'avais rien connu de si enivrant. Ma langue traça un sillon brûlant sur la peau sensible de son cou, et je me sentis durcir encore plus. L'envie de m'immerger dans sa chaleur se fit soudain irrépressible, je faillis perdre la raison.

Alors un putain de coup sur la porte rompit la magie de l'instant. Un imbécile venait de se cogner dessus avec fracas, et nous entendîmes des voix entrecoupées de rires. Haletant, je me pris à rêver de les écorcher vifs.

Elle se raidit aussitôt et tâcha de se détacher de moi. D'un doigt sur ses lèvres, je lui fis signe de se taire. Elle obtempéra, mais j'imaginais bien le regard assassin qu'elle devait me lancer.

Elle patienta le temps que les deux idiots s'éloignent. Alors, j'eus tout juste l'occasion d'intercepter la main qui allait s'échouer sur ma joue. L'instinct, encore… il me trompait rarement.

— Ça devient une habitude, Papillon.

Elle tenta de se dégager, mais je ne la laissai pas faire. Comprenant qu'elle n'aurait pas le dessus, elle abdiqua, de mauvaise grâce.

— Connard.

— Apprends-moi quelque chose de nouveau.

Le silence assourdissant qui suivit recelait un millier d'interrogations en suspens.

Après nous être ignorés pendant des jours, nous étions tous deux enfermés dans un minuscule cagibi avec pour seuls compagnons des seaux, des balais et du PQ. Tout un programme.

— Pourquoi ?

Bonne question. Pourquoi je m'intéresse à elle ? Pourquoi elle me rend fou ? Pourquoi sa présence m'apaise ? Pourquoi je m'échine à lui faire du mal ? Et la liste est encore longue…

— À quoi tu joues ? gronda-t-elle alors que je la sentais au bord des larmes.

Dans la pénombre, je distinguais à peine ses contours. J'avais envie qu'elle souffre atrocement pour ce qu'elle m'avait fait. Personne n'avait eu cet ascendant sur moi, jamais. Cependant, j'avais aussi envie de la prendre dans mes bras et de la protéger, de la caresser, c'était si paradoxal.

Lentement, je fis courir mon pouce sur sa joue puis le long de sa mâchoire. Elle fit à peine l'effort de se dégager.

Ce n'est pas un jeu, Papillon.

Au moment où je me disais ces mots dans ma tête, je réalisai à quel point ils étaient sincères.

Pour une fois dans ma putain de vie, je ne jouais pas.

Toutefois, je haussai une épaule, l'air peu concerné.

— Je fais ce que je veux, tu devrais le savoir maintenant.

Son rire amer mit fin à mes réflexions.

— Alors quoi ! Tu souffles le chaud puis le froid, tu m'embrasses puis tu m'humilies, tu m'aides puis tu m'abandonnes quand j'en ai le plus besoin ! Qu'est-ce que tu me veux, Jace Wentworth ?

Je poussai un long soupir.

Rien n'était simple. Mais la voir sans lui parler, sans la toucher, devenait impossible.

Elle se rapprochait de cet enfoiré de Kensington, il tournait autour d'elle jour après jour, chaque fois plus familier, plus tactile, et ça me rendait dingue. Je ne pouvais pourtant m'en prendre qu'à moi-même.

— Depuis ce jour… (elle déglutit difficilement, visiblement en proie à de désagréables souvenirs) tu… tu me traites comme une pestiférée. Non pas que tu sois différent des autres, ricana-t-elle, mais si je te dégoûte tant que ça, tu n'as qu'à…

Ses paroles me firent l'effet d'une gifle, et je la coupai :

— Arrête tes conneries, Hope. Tu n'es pas ta mère. Elle peut s'envoyer tout un bataillon de clochards, tu n'en es pas responsable. Et tu ne lui ressembles certainement pas de ce point de vue.

Surprise, elle garda le silence. Bordel, j'avais tellement envie de la prendre encore dans mes bras, de la sentir contre moi.

Alors, incapable de me refréner, j'ouvris les vannes. Tant pis si je le regrettais. Je perdais pied, mais j'étais prêt à me noyer.

— Je te veux toi, Papillon. Toi, ton corps, ton âme, et tout ce qui me désarme et me laisse pour la première fois à nu devant quelqu'un.

« Je veux t'embrasser jusqu'à ce qu'on n'ait plus de souffle, te faire l'amour pendant des heures et des jours, t'entendre rire et pleurer de plaisir, crier mon nom. Je veux sentir ta peau sous ma langue, lécher ta sueur après l'orgasme.

« Je veux sécher tes larmes avec mes lèvres, être ton refuge quand tu veux renoncer. Je veux te regarder et contempler ton âme. Ton âme, Papillon, est le reflet de la mienne, sauf que, toi, tu es du côté lumineux. »

Je débitai tout cela tellement vite, de peur de me raviser et me réfugier à nouveau derrière ces remparts qui m'étaient familiers. L'ironie, le sarcasme, la provocation.

J'attendis sa réaction, stupéfait d'avoir été si loin.

J'entendis un hoquet étranglé, puis… plus rien.

Jamais je n'avais été aussi sincère. J'aurais dû être horrifié, en colère. Mais, non, je ne ressentis rien de tout cela. Pas encore.

La peur, elle, me tenaillait et m'oppressait ; peur du rejet, peur de l'abandon, peur qu'elle se foute de moi. C'était un risque, assurément. Mais tant pis, parce que je sentais – toujours ce foutu instinct – qu'elle le méritait.

Je tâtonnai pour lui attraper la main, délicatement cette fois, l'excitation sexuelle ayant été remplacée par autre chose. Je ne sus l'identifier, mais c'était… différent.

— Tu es une belle personne, Papillon. Ne laisse jamais personne te dire le contraire.

Sans prévenir, elle se mit à marteler mon torse de ses poings ; je devinai les sanglots dans sa voix à la fois étranglée et furieuse.

— Pourquoi ? Pourquoi tu me balances tout ça maintenant, hein ? Pourquoi ? J'ai été humiliée devant tout le lycée et tu n'as pas levé le petit doigt, t'en avais rien à foutre de ce que j'ai enduré ! Où étais-tu quand j'avais besoin de toi, hein ?

Je sentis la colère irradier de son corps. Désemparé, je la laissai faire, lui permettant d'évacuer toute sa rage tandis qu'elle ne cessait de m'insulter et de me frapper.

— Tu n'es qu'un sale enfoiré, alors n'essaye pas de prétendre le contraire, finit-elle par dire, à bout de forces. Will, lui, m'a soutenue, Will s'est sorti les doigts du cul pendant que toi tu continuais ta misérable petite vie de roi d'Archer's en m'ignorant, en me faisant éprouver à quel point je n'étais rien.

Je me raidis et lui attrapai rudement les poignets.

— Tu n'as pas besoin d'un putain de baby-sitter ! Tu es forte, défends-toi, rends les coups ou, mieux, donne-les avant de les recevoir. Arrête d'être une victime, Hope !

J'entendis son hoquet étranglé, mes paroles avaient tapé dans le mille. Hope était une battante, il était temps qu'elle le montre, à elle et aux autres.

Je ne sus me contenter de cette victoire ; le nom de Kensington me brûlait encore les tympans, et j'étais à cran.

— Et ce petit connard prétentieux n'en a rien à foutre de toi, la seule chose qui l'intéresse, c'est mettre la main dans ta culotte.

— Ha ha, ricana-t-elle, parce que toi non, peut-être ?

Sa voix partait dans les aigus, elle était au bord de la crise de nerfs.

— Si j'avais seulement voulu te sauter, ce serait déjà fait, Papillon, répondis-je en serrant les dents à m'en faire mal.

— Eh bien, tu sais quoi ? Dommage pour toi, tu as raté le coche. Mais, t'inquiète pas, d'autres auront été plus malins que toi.

Je me figeai. Avait-elle couché avec lui ? Le doute me rongeait comme de l'acide.

Réfléchis, Jace, avec un con pareil, tout le lycée l'aurait su.

Je me forçai à prendre une longue inspiration pour me calmer, mais rien n'y fit. La seule image de Hope dans ses bras me donnait envie de gerber. Ou de casser un mur. Ou les deux.

Alors je me contentai de siffler, mâchoires crispées :

— Ne-laisse-pas-ce-salaud-te-toucher.

— Sinon quoi ? lança-t-elle avec défi.

Si j'avais pu voir ses yeux, nul doute que j'y aurais découvert un brasier meurtrier.

J'entendis la porte claquer comme dans un rêve.

Accablé, je restai quelques minutes dans ce cagibi merdique

qui s'était apparenté au paradis pendant d'infimes secondes. Pour la première fois, j'étais mis K-O.

— Le boss va être furieux, tu te ramollis, constata-t-il en comptant les quelques billets que je venais de lui tendre.

Je ne répondis rien. À vrai dire, je m'en foutais royalement. J'avais d'autres choses à gérer en ce moment. S'il avait envie de me casser la gueule, grand bien lui fasse.

Ses petits yeux perçants m'observaient comme s'il cherchait à lire dans mes pensées. Un marcel crasseux dévoilait ses biceps gonflés à bloc et son jean déchiré lui donnait l'air d'un mendiant, si l'on omettait la montre en or qu'il arborait au poignet.

— Fais gaffe, Wentworth. Rico ne va pas te laisser t'en tirer comme ça. T'as intérêt à être plus rentable. Tu connais le prix à payer sinon, ajouta-t-il avec un sourire malsain.

Tout à coup, je réalisai qu'il ne plaisantait pas, et ça me mit foutrement en rogne, en plus de me faire flipper.

— Je lui rapporte le fric, non ? C'était ça le deal ! Pas de montant, pas de quota, venez pas me faire chier. Je ferai son taf de merde, comme prévu.

— Alors bouge ton petit cul de merde pour que ça vaille le coup et te repointe plus avec ça ! aboya-t-il en balançant les billets en l'air. Ou bien..., conclut-il tandis que j'entendais le clic significatif d'un cran d'arrêt qu'on ouvrait.

La rage me submergea soudain, et je dus faire appel à tout mon sang-froid pour ne pas lui sauter dessus. Je serrai les dents.

— Noté.

Après toutes ces années, il serait stupide de déraper.

Chapitre 27

Hope

— Ce n'est qu'un ciné, Hope. J'ai bien compris que tu souhaitais ralentir. Promis, je ne te violerai pas sur le strapontin.

Je poussai un soupir mi-amusé, mi-agacé. Ce n'était pas le seul problème. Ne travaillant pas ce soir, j'avais prévu de rédiger l'essai qu'on nous avait donné à faire il y a quinze jours. J'étais à la traîne.

D'un autre côté, Will se montrait plus que patient, je devais bien le lui concéder.

Après notre baiser, j'étais complètement déstabilisée. Mais quelque chose me freinait, m'empêchant de me lâcher et d'entamer une relation sincère avec lui.

Will était honnête, je ne pouvais pas lui faire cela. Il fallait que je règle mes problèmes avant, je me sentais incapable de ne pas jouer franc-jeu avec lui.

La situation dans ma tête s'était carrément embrouillée après mon petit aparté avec Jace. Qu'est-ce qui lui avait pris, bon sang !

Ce type me rendait dingue, il était tout ce qu'il y avait d'imprévisible. Et de sauvage, indompté et furieusement sexy.

Après la façon dont il m'avait traitée, il méritait tout mon mépris. Il l'avait d'ailleurs, mais mes sentiments pour lui ne se limitaient malheureusement pas à cela.

Lorsque ses lèvres avaient fondu sur les miennes avec ardeur, j'avais perdu toute faculté de penser. Mon cœur s'était mis à battre frénétiquement, ma respiration s'était accélérée, et je m'étais sentie toute molle. Un peu comme avant une crise de panique.

Sauf que ça n'en était pas une. La chaleur qui s'était épanouie dans mon ventre m'en avait convaincue. J'avais cette impression d'avoir quitté mon corps et de flotter, légère, dans un cocon soyeux et enivrant.

Alors, au lieu de le repousser comme j'aurais dû le faire, j'avais accueilli son fougueux baiser avec délice.

Que serait-il arrivé si nous n'avions pas été interrompus ? Me serais-je laissé prendre là, dans ce cagibi miteux, dos contre le mur crasseux ?

La réponse me parut évidente. Oui, bien sûr que oui ! S'il l'avait exigé, je lui aurais donné ce qu'il voulait et encore plus. Sans que je sache comment ni pourquoi, mon âme était sienne.

« Ton âme, Papillon, est le reflet de la mienne, sauf que, toi, tu es du côté lumineux. »

Tu te trompes, Jace. Ma vie n'est faite que d'obscurité.

J'étais comme ma mère, pas mieux. Je me dégoûtais, ma faiblesse me dégoûtait.

— OK, Will, ça marche, soupirai-je.

C'était décidé, je ferais mon essai en rentrant. Après tout, j'étais habituée à veiller depuis des années. Tout plutôt que me laisser entraîner dans le sillage de Jace Wentworth, et Will, à ma grande honte, serait mon dérivatif.

— Hope ? C'est ton jour de repos aujourd'hui ! Qu'est-ce que tu fais là ?

— Ah, mais pour une fois je viens en tant que cliente, Steffy.

Je fis un clin d'œil à ma collègue en prenant sur moi pour ne pas exploser de rire face à sa mine interdite.

Steffy savait que je trimais sans relâche. Quand je ne travaillais pas chez Rita, j'étais chez GiantCream ou bien au bahut, ou encore chez moi en train de taffer et rattraper mes devoirs en retard. Alors me voir là, qui plus est accompagnée d'un beau gosse, elle n'en revenait pas.

Son regard s'adoucit, et je devinai qu'elle était heureuse que je puisse prendre un peu de temps pour moi.

— Installez-vous ici, dit-elle en désignant la table qu'elle savait être ma préférée, car elle se trouvait à l'écart.

Je réalisai que je n'avais même pas fait les présentations. Après une petite claque mentale sur le front, je me tournai vers mon compagnon.

— Will, voici Steffy. Comme tu l'auras compris, nous travaillons toutes les deux ici.

Mon ami lui offrit son sourire le plus charmeur.

— Enchanté, Steffy. Tu en as de la chance de bosser avec Hope. Fais gaffe, je risque de te piquer ta place rien que pour pouvoir passer plus de temps avec elle.

Mes joues se teintèrent de rose sans que je puisse démêler s'il s'agissait de plaisir ou d'embarras.

Et ce fut pire lorsque Steffy et lui entamèrent un débat dont le thème n'était autre que « À quel point Hope Sanders est merveilleuse ». J'y mis fin rapidement.

— Hé, ho, je suis là, hein, dis-je en agitant les mains de façon ostentatoire. Si vous pouviez arrêter de me passer de la pommade, c'est très gênant !

En réalité, mon cœur s'était réchauffé quand tous deux avaient parlé de moi avec autant d'enthousiasme ; ce n'est pas comme si j'y étais habituée.

Steffy prit nos commandes et s'éloigna ; nous n'étions pas les seuls clients.

— Elle a l'air drôlement sympa !

— Oui, je dois avouer que, même si je ne la connais pas depuis longtemps, nous nous sommes beaucoup rapprochées.

— Tout espoir n'est pas perdu, alors, dit-il d'un ton mi-narquois, mi-sérieux.

Il était penché en avant et quelques mèches blondes entravaient son regard, que je devinais pourtant intense.

— Toi et moi aussi sommes proches, me défendis-je d'une voix mal assurée. C'est juste que… j'ai besoin de temps.

Mes paupières battirent, je ne savais pas où poser les yeux. La carte des boissons me semblait une idée du tonnerre, mais je la connaissais par cœur.

Je finis par croiser son regard, profond, brillant et perplexe.

— Si c'est de temps que tu as besoin, petite fée, je te l'ai déjà dit, j'irai à ton rythme. Mais si tu t'intéresses à quelqu'un d'autre… j'aimerais autant que tu me préviennes.

Ma bouche devint soudain aussi sèche que le Sahara. Nous avait-il surpris, Jace et moi, en train d'entrer ou de sortir du local d'entretien ? J'eus honte de moi.

Je voulais parler, mais ma langue semblait faite de bois.

— Wentworth a l'intention de te mettre dans son lit, Hope. Un énième trophée. La question, c'est : en as-tu envie ?

— Non ! Bien sûr que non ! m'insurgeai-je (un peu trop). Jace n'est…

Qu'allais-je dire ? Qu'il ne voulait pas coucher avec moi ? C'était carrément faux, et on le savait tous les deux.

Depuis le début, il me convoitait. Mais s'il y avait autre chose ? Ses mots tournaient en boucle dans ma tête et me consumaient de l'intérieur. Se pourrait-il qu'il veuille davantage ?

J'étais folle ne serait-ce que d'y penser. Et pourtant… cette douce torture me déchirait. Je fis un geste agacé de la main.

— Je ne serai pas le coup d'un soir de Jace Wentworth, Will, conclus-je, retrouvant l'usage de la parole.

Je ne pouvais être plus honnête, et il le comprit. Je le sus quand, satisfait, il hocha la tête.

— Oui, Aubrey, je te l'ai promis. J'arriverai vers 22 heures, Rita me libère un quart d'heure avant, c'est désert ce soir.

Ayant obtenu ce qu'elle souhaitait, mon amie finit par raccrocher. J'avais accepté de venir à la soirée de Chloe sans difficulté pour une fois. Une manière de montrer à tous ces cons qu'ils ne m'avaient pas enterrée et que je faisais face. Évidemment, tout cela était faux, mais ma fierté demandait à être restaurée.

Par ailleurs, Aubrey, Chloe et Pat étaient mes amies – même si le lien n'était pas aussi solide concernant les deux dernières –, je n'avais donc aucune raison de ne pas me rendre à cette fête.

Et Will y serait. J'avais peut-être du mal à savoir ce que je ressentais pour lui, mais quand il était là j'étais rassurée.

— Hope, je t'ai accordé un quart d'heure, mais il ne faut pas pour autant te laisser aller, ma fille.

L'expression légèrement réprobatrice de Rita me fit aussitôt culpabiliser. Il n'était pas permis d'utiliser son téléphone pendant le service. D'un air contrit, je rangeai le mien dans la poche de mon jean et me remis au travail.

Le trajet pour aller chez Chloe ne me prit que quelques minutes. J'en profitai pour appeler ma sœur et vérifier qu'elle était bien au lit.

Trixie s'endormait en général entre 21 h 30 et 22 heures, c'était déjà tard pour un petit bout de son âge. Mais bon, je faisais de mon mieux.

La maison de Chloe, au design élégant, se dressait en aplomb de la plage. J'eus du mal à trouver une place, les trottoirs étant encombrés d'une foule de voitures appartenant probablement aux invités arrivés bien avant moi.

J'avais troqué mes vieilles Converse pour des sandales en corde à talons compensés (achetées en solde fin de série) qui me grandissaient. Loin d'être complexée par mon mètre soixante, j'aimais toutefois de temps en temps avoir le nez ailleurs que dans les aisselles des gens.

J'avais gardé mon jean, mais échangé mon T-shirt droit contre un autre plus ajusté, bien que tout à fait décent. Ce soir, j'avais envie d'être jolie, de leur montrer que, malgré leurs souillures, ils ne pourraient pas effacer qui j'étais vraiment. Même si en réalité je ne le savais pas tout à fait moi-même.

Tandis que j'approchais, les basses se faisaient plus assourdissantes. La musique pulsait à l'intérieur, et le voisinage devait être ravi.

Enfin, j'imaginais que tout ce beau monde avait été prévenu ; étant donné le quartier chicos, il me semblait difficile d'y couper sous peine de voir arriver les flics dare-dare.

À mesure que j'avançais dans la nuit, qui était fraîche en cette saison, je détaillai la villa de mon amie. Toute en pierre de taille, elle en imposait avec ses arches et sa profusion de fenêtres cintrées. Une inspiration méditerranéenne très réussie… et probablement très coûteuse.

Le père de Chloe travaillait dans la finance, un poste très haut placé à ce que j'avais compris, et sa mère dirigeait une agence de *wedding planner* ; mon amie n'avait pas de soucis d'ordre matériel, et tant mieux pour elle.

Je détestais les gens qui, sous prétexte de vivre dans le besoin, jalousaient l'argent des autres, leur réussite professionnelle et tout ce qui en découle. Au contraire, j'admirais les personnes qui, parties de rien, avaient atteint des sommets grâce à leur courage et leur pugnacité.

L'air chargé d'embruns vint chatouiller mes narines quand je captai d'autres effluves qui me firent plisser le nez.

Quelqu'un avait apporté de la beuh et j'étais un vrai radar pour ce genre de trucs dégueulasses.

Dans le jardin, je tentai de me frayer un passage parmi la foule déjà bien enivrée, faisant abstraction des regards insistants et hostiles qui se posaient sur moi.

Quand on m'attrapa soudain par la taille, je sursautai, mais ce n'était que Will.

— Hello, petite fée.

Il me prit la main et, s'écartant un peu, m'observa de la tête aux pieds avec approbation.

— Quoique ce soir le terme de petite ne soit pas si approprié, dit-il, un brin amusé, en détaillant mes talons. Tu as sorti le grand jeu ?

Je lui lançai un regard faussement outré.

— C'est plus pratique pour t'en mettre une, au cas où tu t'avises encore de m'appeler comme ça.

Il prit un air terrorisé, et nous éclatâmes de rire à l'unisson.

— Aubrey est dans le coin ?

Étant donné que nous étions tous collés serrés, c'était mission impossible de repérer mon amie.

Un cri étouffé sur notre droite attira notre attention, et nous vîmes une fille au teint verdâtre courir vers un bosquet pour l'arroser copieusement.

— Hum, charmant, déclara Will, le nez plissé de dégoût.

— Il est encore tôt, fis-je remarquer en observant la fille qui, tenant maintenant à peine sur ses jambes, était soutenue par une amie plus en forme qu'elle.

— Ouais, mais ils sont tous ronds comme des queues de pelle. Tu démarres avec la fontaine de tequila et tu finis avec le concours de T-shirts mouillés devant la piscine.

Posant son regard au niveau de ma poitrine, il ajouta d'un ton faussement dépité :

— Merde, pas de T-shirt blanc.

En riant, je lui lançai une bourrade sur l'épaule.

— Pervers !

— Et comment ! Bon, suis-moi, Aubrey doit être à l'intérieur.

Sans me consulter, il m'attrapa la main et m'entraîna dans son sillage. Je me pris des coups de coude et de genou, mais entrai finalement.

Nom d'un bonobo castré ! Chloe avait-elle invité tout le lycée ?

Dedans, c'était pire que tout : l'alcool coulait à flots, les corps enflammés sautaient partout en rythme avec la musique ou se frottaient langoureusement sur les canapés et dans les recoins sombres.

Alors que cela aurait dû m'incommoder, j'en éprouvai un frisson d'excitation qui me fit frémir de la tête aux pieds. Des images indécentes me percutèrent de plein fouet, mais celles-là se jouaient dans ma tête. Je percevais contre ma paume celle, douce et chaude, de Will mais, les yeux rivés sur un couple qui s'embrassait à pleine bouche, je ne pensais qu'à *lui*.

À ses lèvres exigeantes, son corps dur pressé contre le mien, ses muscles bandés par l'effort de me porter. En fermant les paupières je pouvais presque sentir son souffle enivrant, et le pincement qui se manifesta dans mon bas-ventre m'embrasa comme s'il était là.

J'expirai lentement, tentant de me ressaisir.

— Ça va ? me demanda Will, inquiet.

Non. Non, ça ne va pas du tout. Je n'arrête pas de penser à un enfoiré bipolaire qui me prend sauvagement contre un mur.

— Oui, très bien. Tiens, voilà Aubrey, éludai-je en agitant la main pour que celle-ci ait une chance de nous voir.

Elle joua des coudes et me sauta au cou, probablement qu'elle aussi était un peu éméchée.

— Trop coooool que tu sois là ! Venez !! Il nous manque justement deux participants.

Ravie de ce dérivatif, je la suivis, Will sur mes talons.

— Youhouuuu ! J'en ai deux de plus, hurla-t-elle en levant nos mains. C'est parti !

Deux pyramides de verres nous faisaient face sur la table.

Formidable, ils jouaient au *beer pong*.

Chloe et Pat fanfaronnaient dans l'équipe adverse. Je leur fis un petit salut, et elles me renvoyèrent des baisers imaginaires, ce qui me fit sourire.

William s'apprêtait à refuser, mais bon sang c'était le chaos dans ma tête, et j'en avais assez de fantasmer sur un mec qui me méprisait, j'avais besoin de me changer les idées, d'oublier un peu. D'autant qu'il était fort possible qu'il soit parmi nous ce soir.

— Allez, dis-je en pressant son bras de la main, ce soir, on se lâche !

La surprise le fit cligner des yeux. Toutefois, je sus que j'avais gagné quand son regard brillant s'attarda sur ma main en contact avec sa peau brûlante. Une lueur étrange, que je ne parvins pas à déchiffrer, le traversa. Mais je m'en moquais, déjà en train de récupérer la balle pour commencer la partie.

Chapitre 28

Jace

— On a déconné, mec. Rico ne plaisante pas.

Me contentant de hausser une épaule, je tirai une taffe et inspirai lentement.

— T'inquiète, on va se refaire.

Raf intervint, sourcils arqués :

— Et tu comptes te refaire en te vautrant sur mon canapé ?

Je continuai de tirer sur ma clope sans prendre la peine de répondre.

Pourtant, ils avaient raison à deux cents pour cent je jouais avec le feu. Mais là j'avais tout sauf envie de déambuler dans des soirées bondées de chaudasses en rut.

Mike émit un grognement réprobateur.

— On peut toujours aller à la soirée de Chloe.

— Non.

Ils pincèrent les lèvres simultanément.

— On en a trop fait dans le coin ces temps-ci, me justifiai-je. Inutile de se faire remarquer dans l'enceinte du lycée.

Et c'était complètement vrai. Mieux valait fourguer notre daube ailleurs. Avec des inconnus, moins de risques de se faire attraper.

Si on avait dérogé à cette règle dernièrement, il était temps de reprendre les bonnes habitudes.

Mike tapa brusquement des mains sur la table basse.

— OK, Wentworth, tonna-t-il. On arrête les conneries. Crache le morceau et balance.

Je feignis l'étonnement.

— Quoi ?

Sans s'énerver, Raf poursuivit :

— T'es un putain de zombie, vieux. Tu réponds par monosyllabes, et encore, si t'écoutes. Même à l'entraînement, ça craint. On sait qu'il s'agit d'une période pourrie pour toi… mais… là, t'as un vrai problème, mec.

— Et, ce problème, c'est Hope Sanders. Pourquoi tu te la tapes pas une bonne fois pour toutes ? D'après ce qu'on a vu, ça ne devrait pas être trop diffi…

Mike n'eut pas l'opportunité de terminer sa phrase que je lui avais déjà sauté à la gorge.

— Répète un peu, sifflai-je entre mes dents serrées.

Mike était mon pote, un vrai, comme Raf. Mais, l'entendre parler comme ça d'elle, cela avait été plus fort que moi, j'avais bondi comme un taureau enragé.

Les yeux écarquillés de mon ami témoignèrent de son extrême surprise. Ça, plus le fait qu'il n'avait pas répliqué. Ce n'était pas la première fois que l'on se mettait dessus, et il ne faisait pas dans la dentelle. On fonctionnait comme ça. La violence faisait partie intégrante de notre quotidien. Pour autant, on aurait donné notre vie pour l'autre.

Raf posa une main ferme sur mon épaule. Lentement, je relâchai ma prise tandis qu'il me parlait d'une voix étrangement calme :

— Assieds-toi, Jace. On a pigé.

Personnellement, je ne comprenais pas grand-chose à ma vie ces derniers temps. Encore moins pourquoi j'étais prêt à fracasser mon meilleur pote pour une fille que je ne connaissais que depuis quelques mois.

Je me rassis cependant, alors que Mike se frottait le cou avec vigueur.

— Donc, tu es raide dingue de cette fille. Franchement, ajouta Raf en se prenant à son tour une cigarette, c'est compréhensible, elle a ce quelque chose de spécial…

Avisant mon regard meurtrier, il clarifia tout de suite :

— Je suis pas dessus, vieux. J'énonce juste les choses. Même si elle m'a intrigué au départ, quand j'ai vu ta façon de l'observer, j'ai lâché l'affaire. Ce n'est pas une nana qui va nous faire exploser.

J'inclinai légèrement la tête en signe d'assentiment. De toute façon, il ne servait à rien de nier ; j'avais cette fille dans la peau.

— Maintenant, dit-il en soufflant la fumée vers le haut, ce qu'on ne comprend pas, c'est la manière dont tu t'y prends. Cette fille-là ne va pas écarter les cuisses pour tes beaux yeux, et tu le sais, alors pourquoi tu joues au con ?

— Ouais, le jour où la vidéo de sa daronne à poil est passée devant tout le bahut, c'était le meilleur moment pour aller la consoler, non ? fit remarquer Mike avec un clin d'œil suggestif. Au lieu de ça, tu ne la calcules pas. J'ai du mal à saisir.

— Sans compter que tu es une vraie plaie, mec, franchement faut se l'envoyer, le Wentworth en version pourrie. Et, ajouta Raf en jetant un regard inquiet à Mike, on n'est pas les seuls à se rendre compte de ce changement.

Si jusque-là je m'étais abstenu de tout commentaire, je ricanai avec mépris.

— Qu'est-ce qu'on s'en fout ! Personne va la ramener, ou alors cette personne est suicidaire.

Ils hésitèrent.

— Ce n'est pas si sûr, beaucoup de rumeurs circulent.

Il marqua une pause.

— Et Kensington a une cote exponentielle.

Je braquai vivement mon regard sur eux.

— Ce demeuré ? Laissez-moi rire !

— Pas tant que ça.

Il éluda de la main avant de poursuivre :

— Le sujet n'est pas là, on parlera de Kensington et des ennuis qu'il peut causer plus tard. Réponds à notre question. Pourquoi tu te comportes comme le pire des enfoirés avec une nana que tu veux choper ? En faisant ça d'ailleurs, tu donnes toute latitude à Kensington, et il ne s'est pas privé de jouer au héros.

J'étais au courant de l'épisode du chevalier blanc. Sur le coup, j'avais eu envie de lui exploser la tronche, mais on ne peut pas dire que j'étais en bonne condition pour la ramener. Au moins, il avait calmé le jeu avec Hope et, finalement, c'était le plus important. Bizarre, je ne me rappelais pas la dernière fois où mon ego était passé après le bien d'autrui. Cette fille révélait des facettes de ma personnalité dont je ne soupçonnais même pas l'existence.

Un long silence s'ensuivit. Ils avaient raison, j'étais insupportable ; ils méritaient de connaître la vérité.

— Après la diffusion de la vidéo, j'allais rattraper Hope.

Je levai les yeux vers mes meilleurs potes. Tous deux me regardaient sans piper mot, attendant la suite.

Je soupirai.

— Cette pute de Sheila m'a barré le passage.

Mike poussa un grognement étouffé.

— Depuis quand ça t'arrête ?

— J'y viens. Ce soir-là, on avait de la daube sur nous, tous les trois. C'est elle qui a diffusé cette saloperie de vidéo. Elle avait tout manigancé et appelé les flics juste avant pour qu'ils fassent une ronde, parce qu'elle avait « soi-disant » vu un intrus à l'extérieur.

Nerveux, j'agitai les mains, avec l'envie de taper sur quelque chose, si possible la face de pouffe de Sheila.

— Et donc, si je suivais Sanders, on était tous les trois au poste. Si je restais sagement là comme un toutou, elle fermait sa gueule.

Mike et Raf en furent abasourdis un instant, puis une lueur de fureur s'alluma dans leurs yeux.

— S'il n'y avait eu que moi, mecs, je l'aurais envoyée chier. Mais là... C'était trop grave, je ne pouvais pas vous mettre dans la merde.

Mike fut le premier à enchaîner :

— Putain de bordel, je vais me la faire, la connasse.

Remonté à bloc, Raf se leva et fit les cent pas, agité.

— Mais quelle pétasse ! Jace, putain, tu aurais au moins dû nous en parler ! Aucune raison que tu te prennes tout dans la gueule. On forme une équipe, tu te souviens ?

Mike se passa une main dans les cheveux.

— Putain, je ne sais pas ce que j'aurais fait si on était allés en taule. Mon père m'aurait tué. Merci, mec, dit-il en plantant son regard dans le mien. Je prends conscience de ce que ça t'a coûté, mais... merci.

Je me contentai de hocher la tête. Nous avions largement dépassé ce stade tous les trois, et depuis longtemps.

La mine sombre, Raf se frotta le menton.

— Donc Sheila est au courant pour nos petites activités. Effectivement, plus question de faire quoi que ce soit dans le coin.

Il battit lentement des paupières, comme pour chasser cette pensée.

— Et j'imagine qu'après être resté comme un gland à la regarder se faire humilier tu t'es dit que c'était mort.

J'acquiesçai.

— Elle a dû vivre un enfer, elle est partie seule. Tu me voyais aller lui parler le lendemain ? Je suis un enfoiré, mais j'ai mes limites.

— Avec elle, intervint Mike avec un sourire narquois. Pour les autres, cela ne t'a jamais posé de problèmes.

Touché.

— Vous n'êtes pas les mieux placés pour me faire la leçon, rétorquai-je.

Raf inclina la tête.

— Et c'est ce qui fait qu'on mène la danse depuis des années, les gars.

Un blanc suivit sa remarque.

— Que vas-tu faire ?

Cette fois, ce fut à mon tour de triturer mes cheveux dans tous les sens. Je soufflai.

— Pour Hope, aucune idée. Pour Sheila…

Je relevai le menton et croisai leur regard. Leur soif de vengeance brillait du même éclat que la mienne. Nous ne savions pas encore comment, mais elle était cuite.

Soudain, une salve de notifications apparut sur nos téléphones respectifs.

Mike fronça les sourcils en attrapant son mobile.

— C'est quoi, ce bordel ?

Il pâlit brusquement, et le coup d'œil rapide qu'il me jeta me fit me tendre comme un arc.

— Quoi ?

Je m'empressai de prendre mon appareil, curieux de savoir ce qui les mettait aussi mal à l'aise alors que Raf m'adressait à son tour un regard inquiet.

Plusieurs vidéos venaient d'être postées, je cliquai sur la première. Hope se tenait devant une piscine, un *shot* à la main. Comme d'habitude, elle était magnifique, juchée sur des talons, ses longs cheveux blonds cascadant sur ses épaules.

Je m'aperçus tout de suite que quelque chose clochait. Ses yeux de biche habituellement si expressifs semblaient voilés et bien trop brillants. Elle leva la main, renversa la tête et but son verre sous les vivats de tous les cons qui étaient déjà torchés à mort.

Fébrile, je vis le liquide doré couler sur son menton et poursuivre sa course le long de sa gorge. Un mélange de fureur et d'excitation brute s'empara de moi. Puis elle balança le verre et plongea dans l'eau.

Ignorant délibérément mes amis, je passai nerveusement à la vidéo suivante. Trempée, elle se hissait sur le rebord. Kensington l'aidait, le regard empli de désir. Son top collait à son buste comme une seconde peau, et je distinguais la pointe de ses seins érigée sous le tissu. Avec sa longue chevelure plaquée en arrière, ses yeux paraissaient encore plus grands, perdus dans son visage de poupée. La moue boudeuse qu'elle afficha acheva de la transformer en pur appel au sexe.

Ma respiration devint courte, et je réalisai à quel point j'étais à l'étroit dans mon jean. Je crus faire une attaque quand ce connard de lanceur de mes deux la prit par la taille et la souleva, l'incitant à enrouler ses jambes autour de lui. Le regard triomphant et lubrique, il l'embrassa à pleine bouche sous les applaudissements de la foule regroupée autour d'eux.

Ce n'est que quelques secondes plus tard que j'aperçus mon

poing écrasé sur le plateau en verre désormais brisé de la table. Sans me préoccuper du sang qui le maculait, je m'emparai d'un geste sec des clés maintenant à terre.

— On prend ta caisse.

Chapitre 29

Jace

Stoïques, Mike et Raf ne bronchèrent pas. D'autres auraient depuis longtemps redécoré le cuir des sièges étant donné l'allure à laquelle je roulais. Cinq minutes me furent nécessaires pour rejoindre la côte et une de plus pour me garer comme un voyou devant la baraque de Chloe, avec crissement de pneus et tout le tralala.

Il faut savoir soigner son entrée, c'est tout un art. En réalité, depuis que j'avais vu ces putains de vidéos, seules mes tripes me guidaient, je ne réfléchissais plus, animé par une rage dévastatrice.

Raf posa une main ferme sur mon épaule alors que j'ouvrais la portière. Rien que ce geste me hérissa, mais je me forçai à l'écouter.

— Pas de conneries, Jace. En tout cas, pas ici devant des millions de témoins.

Je me mordis la langue jusqu'au sang. Ça me tuait, mais il avait raison ; impossible d'exploser la gueule de ce fils de pute ici.

Pour toute réponse, je fermai brusquement la portière et pénétrai dans la propriété d'un pas qui incita la foule à se fendre devant moi comme la mer Rouge devant Moïse.

Je me dirigeai vers la piscine – je connaissais la maison de Chloe par cœur.

Évidemment, *elle* n'était plus là. Faisant claquer ma langue sur mon palais, j'avisai Aubrey, qui m'observait de biais, un soupçon d'inquiétude prenant le pas sur l'état d'ébriété dans lequel elle se trouvait.

Je fondis sur elle.

— Où est-elle ?

Mon ton sec ne l'incita pas à tergiverser, notre réputation n'était plus à faire.

— Salle de bains du bas.

Je filai. Les images qui défilèrent dans ma tête m'emplirent d'une rage incandescente. Si ce salaud avait profité d'elle alors qu'elle était bourrée, j'allais le tuer.

Me moquant des conséquences et de la portée de mes actes, j'ouvris la porte avec fracas. Elle n'était pas fermée à clé, je respirai un peu mieux. Jusqu'à ce que j'appréhende la scène qui se déroulait sous mes yeux.

Son corps menu à la peau de porcelaine détonnait avec la faïence noire sur laquelle elle était plaquée. Une grande serviette blanche gisait à ses pieds, un tas de vêtements informes et trempés un peu plus loin. Et Kensington insérait une main dans sa petite culotte en coton, seul tissu qui la protégeait à présent de lui.

Ils m'observaient tous deux désormais. Elle avait des yeux ronds, lui une lueur de triomphe dans les siens.

Je pris une profonde inspiration et rivai mon regard sur elle pour ne pas encastrer ce connard dans le mur.

Plus tard, me promis-je silencieusement.

— Sors de là, Papillon.

Mon ton ne souffrait aucun refus. Elle sursauta, oscillant entre la crainte et la honte.

Je m'avançais pour la tirer par le bras quand il m'empêcha de passer.

— Casse-toi, Wentworth. On est occupés. T'as perdu sur ce coup-là. Et ce n'est que le premier d'une longue série.

Avant que j'aie le temps de balancer mon poing dans sa face de rat, Mike et Raf, tels deux cerbères, firent barrage et le décalèrent sans ménagement sur le côté, pour me donner le champ libre avec Hope.

Celle-ci, trop bouleversée et probablement encore soûle, se laissa faire sans réagir. L'enveloppant rapidement dans une serviette propre posée pour mon plus grand bonheur sur le lavabo, je l'entraînai avec moi, tentant de la soustraire au mieux au regard des curieux qui attendaient la suite de l'épisode avec une avidité non feinte.

Je nous enfermai dans la chambre la plus proche, qui se trouvait être celle de Chloe. Une vraie chambre de fille dans les tons crème et vieux rose, avec des posters de Hero Fiennes sur tous les murs, des bouteilles de parfum et du maquillage éparpillés un peu partout.

Je la laissai tomber brutalement sur le matelas, et ne pus m'empêcher d'observer les lignes appétissantes de son corps quand la serviette se défit. Elle était menue, mais pas dénuée de formes, et celles-ci agissaient sur moi comme un aimant. Difficile de me concentrer à la vue de sa poitrine qui se soulevait à un rythme effréné.

Elle dut prendre conscience de mon examen, car elle s'empara prestement du jeté de lit pour se couvrir. Paraissant avoir recouvré un semblant de lucidité, elle me lança un regard furibond.

Cela eut le mérite d'évincer les pensées licencieuses qui me traversaient l'esprit. J'étais déjà dur comme l'acier, j'allais devoir redescendre de quelques étages si je voulais entamer une discussion sérieuse.

— Qu'est-ce que tu fous ?

Mon timbre fut plus sec que je ne l'aurais souhaité. Mais j'étais vraiment en rogne, me contenir me demandait toute ma volonté.

Elle plissa les yeux, prête à en découdre.

— Qu'est-ce que ça peut te foutre ? rétorqua-t-elle, sur la défensive.

Mes mâchoires se crispèrent.

— Sanders, tout le lycée a vu ta mère à poil en train de se tortiller et toi, tout ce que tu trouves à faire, c'est de te faire sauter par le premier venu !

OK, lui jeter à la figure la merde dans laquelle elle pataugeait n'était pas la meilleure façon d'engager la conversation, elle avait déjà été assez humiliée comme ça, mais je n'avais jamais été diplomate, me demander de commencer à l'être alors que j'étais à cran, c'était perdu d'avance.

— Je-fais-ce-que-je-veux-de-ma-vie.

Son regard avait repris toute sa vivacité. Une chose était sûre, mon entrée en scène l'avait dégrisée. Tant mieux, j'avais besoin qu'elle ait toute sa tête.

— Et Will n'est pas le premier venu, c'est un ami, qui m'a soutenue, lui ! Qui s'est soucié de moi quand justement je me suis fait lapider, qui a su trouver les mots, me réconforter, sans rien demander en échange.

— Et c'est suffisant pour que tu écartes les cuisses ? Waouh, dommage que je n'aie pas été informé avant, cela aurait sûrement changé la donne, ironisai-je en vibrant de fureur.

Toujours assise sur le lit, elle m'envoya un coup de pied dans le tibia, mais je l'esquivai facilement.

— Dégage, Jace ! Tu n'as rien à faire ici, va baiser une de tes pouffes ou retourne casser la gueule à un paumé comme toi et fous-moi la paix ! Je n'ai pas besoin de baby-sitter, tu te rappelles ?

Ses paroles me percutèrent. C'était donc ainsi qu'elle me considérait, un connard qui se tapait, et tapait sur tout ce qui bouge. En même temps, je ne lui avais pas donné beaucoup d'occasions de voir autre chose. Sachant que ma réputation me précédait, pouvais-je lui en vouloir ?

Son regard soudain affolé me fit sourire.

— Allons, Papillon, pas de panique. Tu étais prête à te laisser baiser contre le carrelage par Kensington, tu n'auras rien contre un petit coup rapide avec moi pour compenser ? susurrai-je en pressant mon entrejambe contre son ventre délicat.

Alors que les mots s'échappaient de ma bouche, je me dégoûtais.

La vérité, c'est que je crève d'envie de toi, Papillon, mais pas comme ça. Je veux te faire l'amour, découvrir chaque recoin de ton corps, lécher chaque parcelle de ta peau délicieuse.

Voilà ce que je souhaitais vraiment lui dire.

Mais je me comportais comme un connard depuis si longtemps que je ne savais plus comment prononcer ce genre de mots. L'avais-je jamais su, d'ailleurs ?

Les larmes qui commencèrent à déborder de ses splendides yeux marron me firent aussitôt regretter mon manque de contrôle.

Pute, salope, traînée... Elle avait dû encaisser toutes ces insultes ces dernières semaines. Et je venais de la traiter comme telle.

Je me crispai face à ma propre connerie, et le pincement à l'estomac que je ressentis me fit revenir sur terre.

— Je n'avais pas l'intention de coucher avec lui, murmura-t-elle d'une toute petite voix. J'ai trop bu, je ne sais pas pourquoi j'ai agi comme ça.

À cet instant, elle m'apparut dans toute sa vulnérabilité, et je m'en voulus tellement que je me serais tapé la tête contre les murs. Le temps resta suspendu quelques secondes, et son tempérament combatif reprit le dessus. Elle me repoussa violemment, et je la laissai faire, ayant soudain l'impression d'avoir perdu quelque chose de précieux.

Elle ramassa la serviette, l'enroula autour d'elle en prenant soin de cacher le maximum de peau et posa la main sur la poignée de la porte.

— Ce soir, c'était une erreur, reconnut-elle, allégeant ainsi ma poitrine d'un énorme poids avant de la broyer avec deux fois plus de force. Mais ne t'approche plus jamais de moi, Wentworth.

Son ton las noyait mes espoirs et moi avec. La porte se referma sur un vide insupportable.

Chapitre 30

Hope

— Il me semble avoir déjà répondu à cette question, mademoiselle Sanders.

Le Pr Murray rangeait ses affaires en m'ignorant ostensiblement.

— Mais je…

— Il n'y a pas de mais ! Les binômes sont établis, et je ne reviendrai pas dessus. Par ailleurs, ajouta-t-il en ajustant ses lunettes et en daignant me regarder par en dessous, je me permets de vous faire remarquer qu'il ne s'agit pas de faire du copinage. Vous n'avez absolument pas besoin d'apprécier votre partenaire pour faire ce devoir. Le but est de déterminer votre capacité à analyser une personne et en dresser le portrait. Ne pas avoir d'atomes crochus me semble au contraire des plus intéressants, ainsi vous ne serez pas influencée lors de votre réflexion.

Que répondre à cela ?

Je le saluai d'un hochement de tête et déguerpis au plus vite, franchement contrariée.

J'avais demandé à Jace de ne plus m'approcher, mais c'était compter sans ce foutu devoir à la noix. Je maudissais Murray qui m'avait collée en binôme avec lui la semaine dernière.

Bon, manifestement, je n'avais pas le choix. Il suffirait de garder mes distances et de ne pas sortir du sujet, ce n'était pas sorcier.

Ah oui ? Comme quand il s'est jeté sur toi et que tu as cru que ta petite culotte allait lancer des flammes ?

Pestant intérieurement, je chassai cette pensée importune. Ou plutôt j'essayai. Sans succès.

Jace m'avait parlé comme à la dernière des traînées. Cela m'avait fait l'effet d'un seau de glace sur la tête. Jace Wentworth devait sortir de ma vie. Définitivement.

Toutefois, à cause du Pr Murray, cela prendrait un peu plus de temps que prévu.

Je soupirai silencieusement.

— Hope !

Je ralentis le pas et me tournai en entendant la voix de Chloe.

— Salut, Chloe.

Elle me répondit par un petit signe de tête.

— Ça va ? Je suis désolée, j'aurais dû voir que tu étais complètement bourrée…

— Ne te fais pas de reproches, Chloe. Je suis la seule responsable de mes actes. J'ai merdé, à moi d'en assumer les conséquences.

— Finalement, tu pourrais presque remercier Wentworth.

Je grimaçai rien qu'à l'idée.

— Faut pas pousser. Mais il est arrivé au bon moment, oui.

Aubrey avait fait sécher mes vêtements et m'avait obligée à dormir avec elle chez Chloe. Même si j'avais recouvré mes esprits, je n'étais pas en état de conduire. Mon amie avait promis de me renvoyer chez moi très tôt, avant que Trixie se réveille. Je ne voulais pas qu'elle soit seule.

— Et Will ?

Elle hésita.

— Tu es en colère contre lui ?

Maintes fois, je m'étais posé cette question ce week-end. Lui aussi, d'ailleurs. Au moins vingt SMS auxquels j'avais fini par répondre.

Nous avions tous les deux ingurgité beaucoup d'alcool, trop. Il aurait été hypocrite de ma part de lui reprocher quoi que ce soit. Je savais qu'il avait envie de moi, ce n'était pas un mystère. Alors, si j'avais été assez beurrée pour me laisser déshabiller dans la salle de bains d'une copine, je ne pouvais pas attendre de lui une maîtrise que je n'avais moi-même pas eue. Donc, de ce côté-là, les choses étaient apaisées.

Même si en réalité j'éprouvais un vif malaise à l'idée de ce qui aurait pu arriver. Malaise qui me paraissait beaucoup moins gênant si je transposais la situation avec Jace. C'est ce qui m'agaçait le plus…

À la pause suivante, toujours contrariée, je me dirigeai vers les casiers, perdue dans mes pensées.

J'ouvris machinalement la porte, qui finalement avait été nettoyée, j'eus un instant de latence et je la rabattis aussitôt.

Je n'avais cependant pas rêvé. Un papillon ornait désormais mon casier. Dessiné à la bombe noire, magnifique et gracieux, les ailes largement déployées et prêt à prendre son envol.

Il ne fut pas difficile de savoir d'où ça venait, et j'étais partagée entre irritation, curiosité et admiration. Jace Wentworth était un artiste ?

Parce que, indéniablement, l'auteur de ce dessin avait un grand talent. Tout y était, dans les moindres détails – pourtant, la bombe ne facilitait pas la tâche –, jusqu'au mouvement des ailes qu'on croyait voir battre délicatement.

— Il te plaît ?

Je reconnus sa voix immédiatement. C'était donc bien lui qui avait redécoré mon casier. Jamais je n'aurais pensé qu'il puisse avoir un don requérant tant de sensibilité et d'empathie.

— Quelle importance ? rétorquai-je avec une nonchalance que je n'éprouvais pas. Il sera bientôt effacé.

Maintenant que je lui faisais face, je pouvais voir son rictus amusé.

— Dommage, je l'aimais bien.

Il marqua une pause.

— J'imagine que tu as eu le temps de parler avec Murray et que tu t'es fait rembarrer ?

Ses yeux pétillaient, et j'hésitai entre le gifler ou me jeter sur lui pour sentir à nouveau son corps puissant contre le mien.

— Calme ta joie, Wentworth. Ça va être le devoir le plus rapide de tous les temps.

Il haussa les épaules, l'air de s'en moquer royalement.

— Ça me va. On commence demain à la pause déj' ?

Je fermai mon casier d'un geste sec et m'en allai sans un regard.

— Ouais.

Le lendemain midi, j'avais une boule à l'estomac qui m'empêchait d'avaler quoi que ce soit.

Aussi, j'attendis que Jace se prenne un sandwich et me rejoigne devant la cafèt'.

— On se pose dehors ? proposa-t-il.

Je haussai les épaules. Tout ce dont j'avais envie, c'était d'en finir au plus vite. Parce qu'il m'était pénible de contenir toutes les réactions que sa proximité déclenchait en moi.

Malgré moi, il m'attirait comme une flamme mortelle attire un papillon. Si je m'en approchais trop, il me consumerait, je le savais.

Cela dit, il faisait un temps magnifique et rester à l'air libre me ferait le plus grand bien. Les températures rafraîchissaient, je portais sans arrêt mon sweat, mais la manière dont mon sang bouillait à l'intérieur de mes veines à cet instant me donnait des suées. Peut-être allais-je devoir l'enlever, finalement.

Nous nous installâmes sur la pelouse parsemée de feuilles d'érable dans les tons ocre, moi assise, encerclant mes genoux relevés, lui couché sur le flanc, un poing soutenant sa tête tandis qu'il mordait dans son sandwich.

Je fis mon possible pour ne pas regarder son biceps gonflé et appétissant dans cette position. Pour ne rien arranger, des mèches de cheveux noirs et indisciplinés tombaient sur son front et caressaient la main qui lui servait d'appui, me donnant une furieuse envie de fourrager dedans comme je l'avais fait la dernière fois, dans le cagibi.

Je fis d'énormes efforts pour cacher mon trouble, mais c'était peine perdue. Le léger sourire qui flottait sur ses lèvres insolentes en était la preuve incontestable.

Je crus préférable de remettre les pendules à l'heure.

— Bon, fis-je en sortant une feuille de mon sac, voilà, j'ai préparé un certain nombre de questions. Relis-les maintenant pour voir si tu comprends tout, j'ai une écriture de cochon ; et tu me rends ta copie dans la semaine.

Je lui tendis le document et fis mine de me relever quand il s'en empara. Sans même le regarder, il le roula en boule dans son poing avant de me le balancer dessus façon panier de basket.

Je clignai des yeux sous le coup de la surprise, puis la colère m'envahit. Je ramassai le projectile et le lui jetai à mon tour dessus sans ménagement.

— J'ai passé du temps à rédiger ces questions, connard.

Ma voix à couper au couteau ne lui fit aucun effet.

— Ce n'est pas le but de l'exercice, et tu le sais très bien. Alors, rassieds-toi gentiment, qu'on puisse commencer.

Il tapota l'emplacement où j'étais installée un instant avant, l'air d'un professeur qui s'adressait à un élève récalcitrant.

De rage, je sentis mes narines frémir. Je m'apprêtais à le planter, mais je me souvins que si je tenais à avoir une bourse l'an prochain je ne pouvais pas me permettre de notes médiocres.

Ravalant les mots grossiers qui se bousculaient au fond de ma gorge, je me laissai tomber à terre.

— Combien as-tu eu de mecs ?

Mes yeux faillirent sortir de leurs orbites.

— Va te faire foutre.

— Quand tu veux, chérie.

Son regard éloquent me hérissa autant qu'il m'excita.

— Je te rappelle qu'on doit apprendre à se connaître, poursuivit-il. Si tu as l'intention de m'envoyer bouler à chaque question, on n'a pas fini, Papillon.

— Pourquoi tu me surnommes Papillon ? rétorquai-je du tac au tac.

Il parut surpris.

Oui, après tout, moi aussi, j'avais le droit de l'interroger.

Il prit le temps de réfléchir.

— Je répondrai à ta question, mais pas tout de suite.

Je me renfrognai.

— OK, on a eu un joker chacun, quoique je compte bien avoir ma réponse plus tard moi aussi. Soyons sérieux, maintenant.

Il tritura un brin d'herbe entre ses doigts et fit un mouvement sec de la tête pour se débarrasser d'une mèche rebelle devant ses yeux.

— Étais-tu contente de déménager à Encinitas ?

Hum, voilà une question pas difficile, plus ou moins. Cela restait de l'ordre de ce que je pouvais partager.

— Je ne sais pas trop, avouai-je. J'ai déménagé à travers plusieurs États des dizaines de fois, alors… je dirais que cela fait partie de la routine.

— « Des dizaines de fois » ? s'étonna-t-il.

J'acquiesçai.

— Le travail de ma mère n'est pas ce qu'il y a de plus… stable.

Il resta silencieux, me laissant poursuivre.

— Elle changeait régulièrement de club et, Trixie et moi, on suivait. C'était galère au début de changer d'école, faire de nouvelles connaissances, s'installer, repartir au moment où l'on avait presque l'impression d'avoir un point d'ancrage. Mais bon, dis-je en haussant les épaules, on se fait à tout, j'imagine.

— Pas facile d'avoir des amis dans ces conditions.

— Non. Mais j'ai vite appris que les amis sont un leurre. Un peu comme le prince charmant, tu vois ? De toute façon, dès que le job de ma mère fuitait, je devenais la risée de l'école. Je n'ai jamais eu d'amie ou d'ami avec assez de couilles pour s'opposer à ça et se mettre tout le monde à dos. Enfin, murmurai-je, jusqu'à aujourd'hui.

Levant les yeux au ciel, il s'accroupit prestement, une main reposant sur son genou relevé.

— Kensington te manipule, Hope, il faut que tu t'en rendes compte.

— Je parlais d'Aubrey, répondis-je vertement. Et oui, que tu le reconnaisses ou non, Will m'a soutenue. Pour le reste, cela ne te regarde pas.

Il pinça les lèvres, furieux, comme s'il avait envie de dire quelque chose et qu'il s'en empêchait. Peut-être avait-il enfin compris qu'insulter Will sans cesse n'allait pas servir sa cause ?

— À moi, maintenant. Depuis combien de temps êtes-vous amis avec Raf et Mike ?

— Je croyais que l'amitié, c'était des foutaises ?

Il sourit.

J'ouvris la bouche, puis je la refermai. Il ne comptait pas perdre une occasion de me faire suer.

— Je reformule : depuis combien de temps Mike, Raf et toi entretenez-vous cette relation de proximité ?

Il partit d'un grand rire chaleureux qui résonna dans tout mon être.

Mon Dieu, ce rire… Mes orteils en étaient tout recroquevillés.

— Raf, Mike et moi sommes amis depuis le collège. De vrais amis, crut-il bon de préciser avec un sourire taquin, à la vie à la mort et tout ça.

Mon air sceptique l'incita à continuer.

— Tu vois, on peut se foutre sur la gueule, ça ne changera jamais rien. On a vécu des choses ensemble qui ne s'oublient pas, des choses qui marquent.

Son regard se fit lointain.

— Quelles choses ? demandai-je, intriguée.

— Nous aurions eu de nombreuses occasions de nous trahir, mais cela n'est jamais arrivé et n'arrivera jamais. Raf et Mike sont des frères, au même titre que Lucas, dit-il d'une voix curieusement enrouée.

— Tu n'as pas répondu à ma question, marmonnai-je.

Sans que je le voie venir, il se pencha en avant et m'embrassa le bout du nez, me laissant complètement ahurie.

Puis il se remit debout d'un mouvement gracieux mais viril, et rétorqua, de la malice plein les yeux :

— La pause déj' est terminée, Papillon, tu veux vraiment être en retard à ton prochain cours ?

Chapitre 31

Jace

En général, j'adorais le samedi. Pas de cours, personne sur le dos, et il y avait toujours une bonne âme pour organiser une soirée où Mike, Raf et moi pouvions nous torcher et finir la nuit entre deux jambes écartées, voire plus… Le pied finalement…

Alors pourquoi avais-je furieusement envie d'être à lundi ?

Évidemment, je connaissais la réponse. J'avais pris goût à nos petits jeux et chaque chose que j'apprenais sur elle me surprenait un peu plus.

Hope n'avait pas eu une vie facile et, surtout, elle était seule. C'était ce qui la rendait si distante, si méfiante, au point qu'elle n'avait jamais lié de relation solide auparavant.

Perso, je n'en avais rien à battre du reste du monde ; mais, sans Mike et Raf, qui sait ce que je serais devenu ?

Je les avais rencontrés au bon moment, ils avaient été là pour moi et je n'imaginais pas m'en sortir sans leur soutien.

Elle, elle avait dû tout affronter sans personne, démunie, parfois terrorisée.

Comme cette fois où sa mère l'avait oubliée dans un centre commercial, elle n'avait pas dix ans. En proie à la panique, elle avait tourné, cherché partout, sans lâcher une seule larme. Elle avait bien compris que sa mère avait dû prendre la tangente sans même y penser. Et, la dernière chose qu'elle souhaitait, c'était attirer l'attention d'un adulte. Elle ne calculait plus le nombre de fois où l'école avait dû prévenir le commissariat, où elle était restée dehors, trempée jusqu'aux os à l'attendre, l'angoisse au ventre.

La honte la submergeait, elle ne supportait plus ces regards réprobateurs empreints de pitié, elle ne supportait plus d'être montrée du doigt comme la pauvre petite fille de la pute camée. Chaque fois qu'on l'avait interrogée, elle avait soutenu être choyée et aimée. C'était juste un accident… sa mère était très prise, elle avait une foule de choses à gérer, il ne fallait pas lui en vouloir, blabla… Voilà le discours qu'elle servait. L'idée d'une famille d'accueil lui faisait davantage horreur que ce qu'elle endurait.

À dix ans, Hope avait déjà perdu son insouciance, si tôt.

Un point commun qui nous liait inextricablement.

— Hé, Jace, regarde-moi !

Cette petite voix me fit sortir de ma transe.

Fier comme un paon dans sa combinaison de surf, Lucas avait décollé et prenait la pose, genoux pliés, bras déployés et le torse penché en avant, comme je le lui avais appris.

Je lui adressai un sourire radieux pour le féliciter. Distrait un instant, il perdit l'équilibre et se retrouva la tête dans l'eau en un rien de temps.

Tandis que je m'esclaffais, je vis sa tignasse remonter, puis il cracha, toussa, avant de se renfrogner, ce qui ne fit qu'accentuer mon hilarité.

— Ce n'est pas drôle, Jace ! Tu es censé m'apprendre, pas te moquer !

Je lui donnai un petit coup sur le dessus du crâne.

— T'inquiète, frérot, je suis multitâche !

Son regard soupçonneux valait le détour.

— Hum, tu ne sais pas ce que multitâche signifie, pas vrai ?

— N'importe quoi ! rétorqua-t-il en levant le menton d'un air de défi.

Cette fois, je réprimai mon fou rire. Il était trop adorable, et je ne voulais pas qu'il pense être en faute. Il n'avait que cinq ans, n'est-ce pas ?

— OK, OK, je dis ça comme ça, Superman ! C'est juste que, la dernière fois, Mike m'a demandé ce que signifiait multitâche, improvisai-je tout en feignant l'indifférence.

— Ah bon ? fit-il, soudain très intéressé. Et tu lui as répondu ?

Je sentis le coin de mes lèvres frémir, mais gardai mon sérieux. Il avait mordu à l'hameçon, et le principal était que sa fierté n'en souffre pas.

— Bien sûr, dans la vie, on ne peut pas tout savoir. On apprend au fur et à mesure. Donc, je lui ai expliqué qu'être multitâche c'était être capable de faire plusieurs choses en même temps. Et il était bien content que je le lui dise.

Du coin de l'œil, je le vis hocher la tête, très concentré.

Ce gamin… Il avait une bouille d'enfer. Et c'est bien pour ça que j'étais là à me les geler ; le petit voyou m'avait fait promettre de lui apprendre à surfer.

Sauf que nous étions au mois de novembre, et qu'on se les pelait grave, malgré un soleil resplendissant.

— Bon, champion, ça suffit pour aujourd'hui, décrétai-je.

Ma BA avait des limites.

— On rentre.

— Oh noooon, encore un peu, Jace, s'il te plaît…

Tout à coup, son visage triste se transforma, son regard s'illumina, et il se mit à sautiller sur place.

— C'est Trixie là-bas ! Viens, vite, on y va !

Je n'eus pas le temps de cligner des yeux qu'il détalait, il s'était contenté d'enlever son *leash* et de le laisser en plan avec sa planche.

De mon côté, mon cerveau s'était activé. Et je la repérai en bordure de plage. Tête rejetée en arrière, elle éclatait de rire face à sa petite sœur qui fanfaronnait devant son public restreint. Quelque chose me disait qu'il n'allait pas tarder à s'agrandir.

La brise qui me glaçait un peu plus tôt jouait avec ses longs cheveux aux mille nuances dorées, lui donnant un air juvénile et insouciant ; le même qu'elle avait eu le jour où je l'avais emmenée en virée sur ma moto.

Elle semblait détendue pour une fois, accompagnée de sa sœur et d'Aubrey.

Un petit sourire se forma sur ma bouche lorsque Lucas les eut rejointes, car je notai avec satisfaction l'empressement avec lequel elle sondait les alentours.

Son regard croisa enfin le mien, et ce fut comme si un fil invisible se tendait entre nous, m'incitant à me rapprocher d'elle au plus vite.

Je n'y résistai d'ailleurs pas.

— Quelle surprise, Hope Sanders en plein moment de détente ! Je ne vais pas m'en remettre.

Sombre crétin, es-tu obligé de tout tourner en dérision !

Je me serais flagellé pour ce manque de tact, et réalisai que je ne m'étais jamais donné la peine d'être sympa avec personne, excepté Lucas – mais cela ne comptait pas vraiment, d'autant qu'il encaissait mes sautes d'humeur sans broncher.

Hope cilla presque imperceptiblement, mais mon espoir qu'elle ne relève pas ma pique s'évapora aussitôt.

— C'est qu'il faut les bonnes personnes pour ça, rétorqua Aubrey, pleine de fiel.

Pan dans la tronche !

Je me retins de sourire, car je l'avais mérité.

Tandis que Lucas courait déjà derrière Trixie pour un jeu du chat et de la souris endiablé, je m'assis à côté d'elle sans lui demander la permission.

— En fait, je n'aurais pas pensé vous trouver sur la plage, éludai-je, on se les pèle quand même.

— Ouais, mais on avait envie de prendre l'air, pas de bronzer en bikini, dit Aubrey en me faisant remarquer d'un geste qu'elles étaient suffisamment couvertes pour affronter les quinze degrés actuels.

La discussion se poursuivit sur des sujets anodins, allant des potins du lycée aux prochaines soirées qui nous attendaient.

Hope participait, mais je voyais bien qu'elle n'était pas à son aise, comme si elle ne savait pas comment se comporter avec moi. Cela me rongeait comme de l'acide.

Nous avions beaucoup progressé pourtant grâce au Pr Murray. Lors de nos petites séances, nous devenions chaque fois plus complices, bien qu'elle établisse toujours une certaine distance et se ferme comme une huître dès que mes questions se faisaient un peu plus personnelles.

Était-ce la présence d'Aubrey qui l'embarrassait ? Ou le fait que l'on se rencontre en dehors du lycée ? Aucune des deux options ne m'enchantait.

Plus je la connaissais, plus je voulais la découvrir, et ce n'était plus motivé par une curiosité malsaine, mais bien réellement par une envie de… partager. Ressentir.

Je mourais de la voir sourire. Pour moi.

De la voir lâcher prise, s'abandonner, vivre, embrasser ses envies, ses sensations.

J'avais eu cette chance, mais je n'avais pas su en mesurer l'importance.

Et maintenant c'était tout ce que je désirais. Qu'elle m'accepte, qu'elle accepte que je sois son roc. J'étais prêt à porter son fardeau et à endosser ses souffrances.

Mais où était passé Jace Wentworth ? Cette fille me transformait en guimauve coulante.

— Tu as déjà pensé à chercher ton père ?

Nous étions assis face à face dans la position du lotus, elle, adossée à un tronc d'arbre, moi, la tête sur mes mains. Je la dévorais du regard.

Elle déglutit, visiblement dérangée par ma question.

— Des milliards de fois, finit-elle par répondre.

Un souffle de vent souleva une longue mèche dorée, et je me retins de la remettre en place. Elle était en train de se confier, je n'osais entreprendre quoi que ce soit qui la coupe dans son élan.

— Mais cela me passait aussi vite que c'était venu. Il est parti, il n'a pas jugé bon de me connaître, de me donner ma chance. Je n'ai rien à attendre de lui. J'ai déjà trop souffert…

Sa dernière phrase fut à peine audible. Puis elle releva la tête, plongeant son regard mélancolique dans le mien.

— Et toi ?

C'était un sujet sensible, que je n'abordais avec personne. Mais là, sans savoir pourquoi, j'étais bien, détendu, et j'avais envie de lui parler. De lui montrer des morceaux de moi dont personne ne soupçonnait l'existence. Enfin, rien qu'un peu.

— Non. C'est presque pire. Je l'ai connu. Je l'ai appelé papa. J'ai sauté sur ses genoux, joué au foot avec lui, appris à faire du vélo… Il s'est cassé. Je ne veux plus rien avoir à faire avec ce type.

Mon ton sonnait désagréablement amer.

— Pourquoi j'ai l'impression que ce sont des conneries ? demanda-t-elle.

Parce que toi seule es capable de lire en moi.

— Parce que tu es nulle en psycho ?

Sa moue m'apprit qu'elle n'était pas dupe.

Mais je n'étais pas prêt à l'avouer. Ni à elle ni à moi.

Haïr s'avérait beaucoup plus simple que se sentir coupable, espérer et pardonner.

Traverser les couloirs du bahut devenait de plus en plus pénible. Toutes ces affiches à la gloire de l'équipe de base-ball me donnaient envie de vomir. Particulièrement parce que ce con de Kensington en était la vedette. Les gens commençaient à lui vouer un véritable culte et je commençais à perdre mes nerfs. D'autant que, si les Chargers avaient gagné la précédente rencontre, c'était de peu. Je n'avais pas la tête au ballon en ce moment.

— Alors, Wentworth, tu admires la nouvelle star ?

Sans m'en rendre compte, j'avais les yeux rivés sur l'une des affiches coupables. J'imaginais qu'il n'en fallait pas plus à cette vipère de Sheila pour se mettre à jubiler.

Elle n'avait toujours pas digéré le fait que je ne rampais pas à ses pieds comme les autres mecs.

— Ça ne te fait pas un petit quelque chose là, de ne plus être le roi du lycée ?

La main appuyée sur le cœur, elle prenait une pose théâtrale qui accentuait la méchanceté de ses propos. Elle se crispa légèrement quand elle avisa le regard assassin dont je la gratifiais.

Je me rapprochai d'elle au point de pouvoir compter les pores de sa peau pourtant lisse.

— Tu as vu une abdication ? Un couronnement ? Une destitution ?

Mon timbre glacial la fit ciller, et elle la ramena un peu moins.

— Le pouvoir est toujours au même endroit, Sheila, jusqu'à preuve du contraire. Tâche de ne pas l'oublier si tu veux rester en un seul morceau.

Elle blêmit tout à coup et la pointe de satisfaction que cela me procura fut agréable.

En revanche, Mike et Raf avaient raison, la situation devenait critique, il allait falloir agir.

Chapitre 32

Hope

Thanksgiving, cette fête si populaire pour tout Américain qui se respecte…

Une dinde dorée bien croustillante, des éclats de rire, des embrassades, des souvenirs, bref, la joie de se retrouver en famille.

Si pour la plupart d'entre nous Thanksgiving était une fête sacrée, ce n'était clairement pas le cas pour moi. J'avais même ce jour en horreur, puisqu'il me rappelait ce dont j'étais privée.

Chez nous, c'était donc un jour comme les autres. Parfois, notre mère était là, parfois non. Pour ce que cela changeait…

Cette année, elle avait décidé de rendre visite à une amie en Californie du Nord. Et Dieu sait pourquoi, elle nous avait proposé de venir, à Trixie et moi.

Perso, j'avais décliné. Et, de façon tout à fait inhabituelle, elle avait quand même voulu emmener Trixie pour le week-end.

J'étais donc complètement seule, n'ayant pas ma petite sœur à chouchouter.

Rita fermait le restaurant et allait retrouver sa famille au Mexique, je ne pouvais même pas travailler pour noyer ma solitude. La perspective de ce week-end prolongé pourri avait de quoi me faire déprimer.

Cela faisait bien vingt minutes que j'étais sous la douche, et je n'avais pas envie d'en sortir. Les autres élèves devaient être partis depuis longtemps, tout à la joie des quelques jours de repos qui nous attendaient.

J'essayais de ne pas être amère. C'était difficile. Pourtant, la jalousie n'avait jamais fait partie de mes défauts. Mais ce soir c'était différent. Ce soir, j'avais une énorme boule dans la poitrine, et rien ne semblait la dissoudre. Bien au contraire, je la sentais enfler de seconde en seconde, prenant possession de mon corps comme un mauvais virus.

Il n'était pas venu au lycée aujourd'hui. Pourquoi ? Je n'en savais foutrement rien.

Comme d'habitude ces derniers jours, nous devions nous retrouver à la pause déjeuner pour ce fameux devoir.

Si au départ j'avais été folle de rage, je me rendais compte que j'attendais nos petites séances avec impatience. Contre tout bon sens, j'aimais parler avec lui. L'écouter, aussi, car il avait été fair-play ; il se confiait. Un peu seulement, mais c'était déjà un début.

Il me restait un milliard de questions à lui poser.

Avec lui, je vibrais d'énergie, mon corps s'électrisait, et je me sentais plus vivante que jamais.

Je savais que je n'aurais pas dû. Je savais qu'il était nuisible pour moi. Mais c'était plus fort que moi, j'étais irrésistiblement attirée, comme par un aimant.

J'avais essayé de m'éloigner, on ne pouvait pas me le reprocher, n'est-ce pas ? Sans ce foutu Pr Murray, j'aurais réussi. Enfin, peut-être.

Même si mon cœur qui tambourinait chaque fois que je le croisais me disait le contraire.

Bref, je n'avais pas eu le choix. Et je m'étais laissé prendre au jeu.

Comme la crétine que j'étais. Et maintenant il me jetait comme une vieille chaussette.

Ce midi, j'avais attendu trois quarts d'heure devant la cafèt'. Rien. Pas un SMS. Pas un appel, pas un message.

J'avais bien aperçu Mike et Raf, mais plutôt mourir que de leur demander quoi que ce soit, je n'étais pas descendue si bas.

Ma respiration déjà difficile ne s'améliora pas avec la vapeur d'eau qui s'accumulait et m'obstruait la vue, j'avais l'impression de me trouver en pleine campagne anglaise un mois de novembre.

Bien que je n'en aie pas envie, il était temps de sortir si je ne voulais pas faire un malaise alors qu'il n'y avait personne. Il ne manquerait plus que je tombe contre le carrelage usé des vestiaires.

De mauvaise grâce, je tendis donc la main pour attraper ma serviette.

Mince, j'avais dû la mettre plus à droite. Je tâtonnai, mais… rien.

Un élan de panique me traversa et, sans me préoccuper de l'éventuelle présence d'autres personnes, je quittai carrément la douche.

Je regardai partout autour de moi. Pas de serviette. Nulle part.

Malgré la chaleur ambiante, je commençai à frissonner. Je n'imaginais que trop bien ce qui s'était passé.

Mue par un sentiment d'urgence, je me précipitai vers mon casier comme une dératée.

Manque de bol, je glissai sur le sol mouillé et partis la tête la première en avant. Instinctivement, je mis les mains devant mon visage. Mais cela n'empêcha en rien une douleur cinglante de me fracasser le crâne.

Un peu étourdie, je me retrouvai sur le carrelage du vestiaire, nue, avec l'envie de vomir. Un liquide chaud s'écoulait de mon front. Mes genoux n'étaient pas dans un meilleur état.

Au bord de la crise de nerfs, je rampai vers le casier dans lequel j'avais rangé mes vêtements.

Déjà ouvert, il me narguait, avec à l'intérieur une espèce de string rose fuchsia d'un goût particulièrement douteux.

Le cri de rage que je poussai me parut inhumain.

Des heures étaient passées ; des jours peut-être ?

Amorphe, le corps douloureux, je ne savais plus trop bien où j'étais. Cet état de semi-conscience avait quand même quelque chose de confortable. Je ne me sentais obligée de rien. Ni d'être forte ni de faire semblant d'être une fille comme les autres. Toute volonté m'avait quittée, et je me laissais bercer par le silence assourdissant qui m'entourait, uniquement troublé par le ronronnement des néons empêchant que je sois plongée dans le noir.

Même si je m'en moquais un peu, honnêtement. À force de pleurer, mes yeux bouffis avaient tout sauf envie de lumière, je ne les rouvris donc pas.

Si seulement je pouvais ne plus exister, là maintenant, je n'hésiterais pas. Alors, autant faire comme si.

Soudain, dans les brumes de l'inconscience, il me sembla entendre des voix.

Génial, voilà que j'hallucine.

Une note nous avait informés que les gars de l'entretien passeraient uniquement lundi matin, avant la reprise. C'était donc le personnel de direction qui se chargeait de fermer le lycée avant, comme tout le monde, de filer en week-end de fête. 19 heures max, ils avaient dit.

Aucune idée de l'heure, mais impossible qu'il soit 19 heures, non, je n'avais pas végété là seulement depuis une heure.

Les voix se rapprochaient. Étaient-elles dans ma tête ? Est-ce que je devenais folle ?

Un éclat de rire grave et chaud aux notes très masculines. Il m'était familier.

Mon cerveau engourdi cherchait, mais je ne parvenais pas à déterminer à qui il appartenait.

Soudain, les sons se firent beaucoup plus proches.

— … blié la lumière dans le vestiaire des nanas.

Des pas. Puis…

— Bordel, Raf, ramène-toi !

Immédiatement, je me sentis soulevée. La chaleur inattendue qui m'enveloppait était plus qu'agréable, mais malheureusement cette sensation fut occultée par la douleur qui explosa dans mon corps, m'arrachant un gémissement pathétique.

— Tu lui fais mal, sois un peu plus délicat, mec, tu ne vois pas dans quel état elle est !

L'autre s'énerva.

— Je fais ce que je peux, on dirait qu'un tracteur lui est passé dessus.

Tiens ? C'est exactement ça ! Comment il a fait pour deviner ?

On me couvrit de quelque chose ; devrais-je en éprouver du soulagement ? Ce n'était pas le cas. Je ne sentais pas grand-chose à vrai dire.

— Y a pas un putain d'endroit un peu confortable dans ce putain de bahut ? pesta la voix la plus proche.

— Assieds-toi par terre, garde-la sur tes genoux, j'appelle Jace.

Jace. Ce seul mot me caressa comme une plume. D'abord heureuse, j'eus l'impression d'être déchirée de l'intérieur. Je tentai de bouger, je tentai de parler.

Non, je ne voulais pas que Jace vienne. Pas qu'il me voie dans cet état. Je pouvais à peine remuer, mon corps m'élançait et… les images me revenaient.

— N… noon, ânonnai-je.

Mes cordes vocales avaient sacrément morflé.

— Chut, Hope, ne bouge pas, tout va bien maintenant.

Son ton habituellement arrogant était doux, presque tendre. Qu'arrivait-il à Mike ?

Car je les avais reconnus, finalement. Mike et Raf.

Aucune idée de ce qu'ils fichaient ici et, pourtant, c'étaient bien eux qui étaient en train de prendre soin de moi.

Qui m'avaient vue nue. Complètement nue.

Cette pensée me fit m'agiter. Je pris conscience qu'ils m'avaient recouverte, peut-être avec l'un de leurs manteaux, mais j'étais toujours en tenue d'Ève en dessous.

Les sensations me revenaient peu à peu, et c'était un déferlement de souffrance. À force d'être restée immobile, j'avais des fourmis dans les jambes, dans les mains. Ma tête me faisait mal. En tentant de déplier mes poings, je crus défaillir.

— Arrête, ma belle, tu vas saigner à nouveau.

Ma belle ? C'était nouveau ça, ni l'un ni l'autre ne m'avaient particulièrement montré d'attention auparavant. Je laissai cette pensée de côté pour me focaliser sur l'autre mot.

Saigner. C'était ça, ce truc craquelé que je sentais, alors. Du sang.

Comme dans un rêve, je me repassai les images.

La voix de Raf me ramena à la réalité.

— Ouais mais, mon pote, on a un problème, c'est Hope.

Il y eut un infime blanc.

— Rien de grave, enfin je crois, mais elle est dans un sale état.

Il se tut.

— Vestiaire des filles, lâcha-t-il avant un nouveau silence. OK, on bouge, magne-toi.

Jace arrivait. Quoi qu'il fût en train de faire, Jace allait venir, pour moi. Mon cœur se gonfla d'un seul coup comme un ballon à l'hélium.

Mais la honte prit bientôt le dessus. Je tentai de me défaire des bras qui m'entouraient, voulant à tout prix me remettre sur pied.

M'habiller. Peut-être un de ces deux-là me prêterait-il ses fringues ?? Après tout, se balader en caleçon pour un mec, ce n'est pas la mort. Moi, je n'avais même pas ma culotte.

La prise sur mon corps se resserra. Je sentis une infime caresse sur mes cheveux.

— Ne bouge pas, Hope.

Puis je sombrai.

Chapitre 33

Jace

Je l'avais bien dégommé, celui-là.

Toutefois, elle était toujours là. Cette rage qui couvait depuis des semaines et avait atteint son summum aujourd'hui.

Il me faudrait encore quelques têtes à casser avant de l'apaiser. J'essuyai le sang sur mon arcade sourcilière – seul coup que j'avais concédé à mon adversaire –, prêt à remettre ça avec le suivant.

Mon téléphone vibra.

Le nom de Raf s'afficha en lettres capitales sur l'écran. Je fronçai les sourcils. Je les avais prévenus de m'oublier aujourd'hui. Ils savaient pourquoi.

Agacé, je décrochai. Il avait intérêt à ce que ce soit important.

— Je rêve ou je vous avais dit de pas me faire chier aujourd'hui ?

— Ouais mais, mon pote, on a un problème, c'est Hope.

Je me figeai. Toute ma colère s'évanouit pour laisser place à un sentiment que je gérais beaucoup moins facilement.

— Quoi, Hope ? C'est grave ?

Je ne reconnus pas le timbre de ma voix tant l'angoisse me dévorait soudain les entrailles.

— Rien de grave, enfin je crois, mais elle est dans un sale état.

Ma vue se brouilla, mais ce n'était pas le moment de perdre son sang-froid. Il fallait que je me casse d'ici en vitesse.

— Où ?

— Vestiaire des filles, lâcha-t-il.

— Emmenez-la chez moi, les clés sont au même endroit que d'habitude.

— OK, on bouge, magne-toi.

Le temps de récupérer mes affaires, et je me dirigeai vers la sortie.

— Hé ! Tu crois que tu vas où comme ça ?

Je considérai un moment l'énorme main velue qui m'enserrait le bras et relevai les yeux vers son propriétaire. Siento, le boss ici, celui qui organisait les rencontres clandestines dans le coin.

Il avait l'allure de celui qu'il ne valait mieux pas emmerder. En temps normal, je me serais fait un plaisir de lui rentrer dedans. En temps normal, je n'aurais pas eu peur d'être blessé.

Oui mais, là, Siento était accompagné de quelques potes baraqués peu engageants, et je n'arriverais pas à les battre tous sans morfler.

D'autant que la foule en délire n'était pas prête à me voir lui filer entre les doigts après le spectacle que je venais de lui offrir, donc j'aurais aussi ce problème à gérer.

Tandis que je considérais mes options, le candidat suivant avança sur le ring.

OK, celui-là, je devrais me le faire vite fait, bien fait.

— Ce combat. Après je me casse.

Je rivai mes yeux aux siens ; ma détermination lui fit comprendre que je ne céderais pas sans mettre le bordel.

— Ce combat, acquiesça-t-il malgré l'indéniable envie qu'il avait d'en découdre.

Si ça partait en vrille, plus de paris, moins de fric, et ce qui motivait par-dessus tous les gens comme lui, c'était les dollars, rien de plus.

Comme prévu, je pliai l'affaire rapidement. Le pauvre mec en face se retrouva K-O en quinze secondes chrono ; le spectacle n'étant pas de mise, cette fois-ci.

Je roulai comme un dingue, espérant juste ne pas me faire attraper. Mais je ne pouvais pas raisonner correctement, pas en sachant qu'elle était blessée.

Au-delà de l'inquiétude qui m'étouffait, je vibrais de fureur.

Qui l'a mise dans cet état ?

Mes mains serrèrent le guidon à m'en faire mal aux phalanges. Les choses que j'avais envie de faire aux coupables… Mieux valait pour eux que je ne tombe pas dessus de sitôt.

Je garai la moto dans un crissement de pneus et entrai en trombe dans la maison.

Tout était sombre et silencieux. Ma mère, Lucas et mon beau-père étaient partis passer Thanksgiving dans la famille de ce dernier, en Utah. Évidemment, pour moi, il était hors de question de fêter quoi que ce soit. Cela faisait bien longtemps qu'ils ne me demandaient plus de les accompagner.

La dernière fois, j'avais quatorze ans. Il leur avait fallu un moment pour remettre le salon en état. Au moins, ils avaient compris. Plus personne ne s'essayait à me parler de Thanksgiving. Même Lucas, de façon tacite, ne mouftait pas. Maman avait dû bien le briefer.

Je montai quatre à quatre les marches menant vers ma chambre et le filet de lumière qui filtrait sous la porte m'apprit que j'avais visé juste.

L'ouvrant aussi délicatement que ma fébrilité me le permettait, j'entrai et embrassai la scène du regard.

Elle était allongée sur mon lit *king size*, recouverte d'un grand plaid confortable que je gardais pour nos virées camping. Et elle était… nue en dessous ?

J'avançai d'un pas menaçant quand Raf, assis par terre, se redressa d'un bond, m'opposant un geste apaisant de la main tandis qu'il posait l'index de son autre main sur ses lèvres. Cela me calma aussitôt.

Elle paraissait si vulnérable, perdue dans l'immensité des draps blancs, si fragile, alors que sa poitrine se levait et s'abaissait à un rythme heureusement régulier et que l'entaille sur son front violacé ressortait comme une tache incongrue.

La blessure avait été nettoyée et, si j'avais eu un doute, le tas de gaze pourpre trônant au pied du lit à côté de l'antiseptique m'aurait renseigné. Raf avait assuré.

J'en étais soulagé et en même temps agacé. C'est moi qui aurais dû m'occuper d'elle.

Il me fit signe de le suivre hors de la chambre.

— C'est quoi ce bordel ? grognai-je en chuchotant.

— Elle est dans un sale état.

— Merci, j'avais remarqué.

Surpris par mon ton véhément, il releva la tête. Une lueur de compréhension traversa ses traits.

— On l'a trouvée comme ça dans le vestiaire des filles. Elle sortait de la douche.

Voilà qui expliquait en partie les choses.

Je passai une main nerveuse dans mes cheveux en désordre.

— Visiblement, on lui a vidé son casier. En tout cas, ajouta-t-il en fouillant dans la poche arrière de son jean, il ne restait que ça.

Accroché à son index, un bout de tissu tout ce qu'il y avait de classe. Ma fureur atteignit son paroxysme. Je pliai et dépliai les poings, pas loin de les enfoncer dans le mur.

— Elle a besoin de calme, me prévint-il. Elle est… très affectée. Ça va être coton de lui remonter le moral.

Je m'abstins de lui dire que c'était une évidence. Après tout, lui et Mike s'étaient occupés de tout, il aurait été injuste de passer ma rage sur eux.

— Sa tête ?

Je me sentais incapable d'aligner plus de trois mots.

— Elle a glissé, s'est cognée contre les casiers. Ça saignait pas mal mais, franchement, je ne pense pas que ce soit grave. Tu verras mieux demain.

J'acquiesçai, m'apprêtant à entrer dans la chambre.

Sa paume sur mon bras me freina, et je l'interrogeai du regard.

— Ce n'est pas tout, reprit-il. Elle a comme qui dirait pété un câble. J'ai passé une heure à désinfecter ses mains, elle s'est éclaté les jointures. Elle a morflé, Jace. Si j'étais toi, je ne la quitterais pas des yeux. Elle… elle semble brisée.

Ne l'était-elle pas déjà ?

En cet instant, mon corps tout entier abritait une lutte infernale. Colère, chagrin, rage et d'autres choses non identifiées me pressaient le cœur comme un citron, je me sentais vide et démuni. Ce sentiment d'impuissance… un triste retour en arrière.

Mais je ne pouvais pas me permettre de faiblir. Elle était là, à côté, elle comptait sur moi. Et, si ce n'était pas le cas, elle allait devoir faire avec.

Car je n'avais pas l'intention de la laisser partir. Jamais.

Une main repliée derrière la tête, je fixais le plafond comme si j'espérais y découvrir les solutions. À ma vie merdique. À sa vie merdique.

Les cartes étaient distribuées selon un principe qui m'échappait. Pourquoi certains s'en sortaient-ils brillamment sans faire le moindre effort tandis que d'autres peinaient à respirer, mouraient à petit feu, s'accrochant désespérément à une vie qui ne voulait pas d'eux, luttant chaque jour pour trouver leur place ?

Soudain, je sentis qu'elle gigotait à l'autre bout du lit. Ses paupières battirent à la faible lueur de la lampe de bureau que j'avais laissée allumée, et elle grimaça aussitôt.

— Évite de remuer la tête, murmurai-je doucement pour ne pas l'effrayer.

Elle eut quand même un mouvement de recul et se redressa un peu trop vivement, le plaid qui la recouvrait s'affaissant à hauteur de sa taille.

Merde. Bouge tes yeux, Jace, bouge tes putains d'yeux de pervers.

J'étais comme hypnotisé, mon regard ne pouvant se décoller de sa petite et magnifique poitrine ronde et ferme. Ce n'était pas la première fois que je matais ses seins, mais c'était tout comme. Ils étaient parfaits, elle était parfaite.

Et abîmée, en pleine détresse psychologique, en train de se faire reluquer par un enfoiré notoire pas même capable de respecter son intimité dans un moment pareil.

Réalisant que je buguais sur un endroit bien précis de son anatomie, elle baissa les yeux, laissa échapper un cri d'animal blessé et se recouvrit aussitôt farouchement.

— Désolé, soufflai-je en tournant enfin la tête, maintenant qu'il n'y avait plus rien à voir.

Bravo, Wentworth, t'es un champion !

Mais je l'étais vraiment. Désolé. Si je crevais d'envie de la contempler toute nue, ce n'était certainement pas dans ces circonstances.

Méfiante, elle m'observa un instant, ainsi que les alentours.

J'étais couché sur le lit, certes, mais entièrement habillé, et je m'étais sciemment écarté afin de lui donner de l'espace. Elle dut en arriver à la même conclusion quand ses traits se détendirent légèrement.

— Tu es chez moi, tu n'as rien à craindre, Papillon, lui expliquai-je.

Sa tête bougea presque imperceptiblement, et elle lâcha un soupir.

Bien sûr qu'elle le savait, puisque Raf lui avait un peu parlé tout en nettoyant ses blessures.

— Ramène-moi chez moi.

Sa voix enrouée n'en était pas moins implacable.

— Papillon, il est 4 heures du matin et...

— Ramène-moi chez moi MAINTENANT, et ne m'appelle plus comme ça. Jamais.

J'eus l'impression de recevoir un uppercut en pleine tête. Je m'attendais à trouver une fille fragile et en larmes, au lieu de quoi j'étais face à un bouledogue très, très en rogne.

Et j'avais une très bonne idée de la raison du regard meurtrier qu'elle me lançait.

À mon tour de lâcher un soupir.

— Je suis désolé.

— Tu l'as déjà dit.

— Je suis désolé de t'avoir posé un lapin.

Silence.

Je ne m'étais probablement jamais autant excusé en si peu de temps. En fait, c'était tout vu, étant donné que je ne m'excusais jamais, sauf parfois auprès de Lucas ; je battais mon record.

— Et... je suis désolé de ne pas avoir été là pour toi, hier.

Seul un léger tressaillement m'indiqua qu'elle m'avait entendu.

J'espérais qu'elle se ferait une raison, car il était hors de question qu'elle s'en aille maintenant, surtout après ce qui s'était passé. Quant à moi... j'avais besoin de sa présence.

Elle enroula cependant le plaid autour d'elle et s'assit sur le bord du lit, prête à se lever.

Un vent de panique s'empara de moi, et je lâchai sans réfléchir :

— J'étais parti voir mon frère.

Le temps se figea, et moi avec. Qu'avais-je dit, bordel ?

Elle parut décontenancée un instant, puis tourna la tête en fronçant les sourcils d'un air méprisant.

— Tu te fous de moi ? fit-elle, cinglante. Tu crois que je ne sais pas que Lucas était à l'école et que ta mère le récupérait à la sortie pour filer en week-end ? D'ailleurs, on se demande pourquoi tu n'es pas avec ta parfaite petite famille, à faire la fête et te gaver.

Sa pique m'atteignit pile là où cela faisait mal, mais elle se trompait sur mon compte.

— Pas Lucas. James, mon grand frère.

— Tu as un autre frère ? s'étonna-t-elle.

Je serrai les poings et hochai à peine la tête. C'était tellement douloureux.

— Pourquoi ne m'en as-tu jamais parlé ? C'était quand même pas dur de me dire que tu partais voir ton frère, si ? Un SMS, n'importe quoi qui aurait fait que je ne poireaute pas comme une désespérée pendant deux heures devant la cafèt'.

Je fermai les yeux et me pinçai le nez, dans l'espoir de chasser le début de migraine qui menaçait de s'étendre. Je n'avais pratiquement pas dormi ces derniers jours, comme chaque fois à cette période.

— Personne n'est au courant, à part Mike et Raf.

— Qu'est-ce qu'il a, ton frère ? la gale ? Il est en taule ?

Le silence qui suivit manqua de m'étouffer. J'ouvris la bouche autant pour répondre que pour inspirer un peu d'oxygène.

— Il est mort.

Chapitre 34

Hope

Cette impression que le ciel s'ouvre et abat toute sa merde sur vous, c'est exactement ce que je ressentis en cet instant. Mort ? Il avait bien dit mort ? Jace avait perdu un frère ?

Aussitôt, je songeai à Trixie. Que ferais-je s'il arrivait malheur à ma petite sœur, la seule personne qui ait jamais compté pour moi ? C'était impensable.

D'un seul coup, je me sentis minable et me ratatinai sous le plaid. Cet élan bravache, dû uniquement au ressentiment que j'avais envers lui pour m'avoir laissée tomber la veille, m'avait donné un regain d'énergie au réveil, mais soudain j'eus l'impression d'être vidée.

Je ne me rendis compte que j'avais tourné de l'œil que quand je me retrouvai dans les bras d'un Jace tendu comme un arc.

— Hope, tu vas bien ? Réponds-moi, insista-t-il.

Je levai une main tremblante, ce qui apparemment lui suffit.

— OK, attends, je t'installe mieux.

— C'est bon, soufflai-je. Désolée…

J'étais épuisée, au bord des larmes, mais malgré l'envie que j'avais de me rouler sous la couette je pivotai vers lui.

Ses cheveux noirs en bataille tombaient sur son front, révélant par intermittence l'éclat torturé de ses yeux. Semblant lire dans mon esprit, il les remit en place d'un mouvement gracieux. La courbe en amande de ses yeux me fascina comme chaque fois.

Les traits de son visage se durcirent, et je devinai ainsi que le trouble qui m'habitait ne l'épargnait pas.

Un peu honteuse, je tournai brusquement la tête.

— Jace… qui es-tu ? Je me rends compte que je ne sais rien de toi.

Il pinça les lèvres.

— Il n'y a pas grand-chose à savoir. J'avais un frère, James. Nous avions quatre ans d'écart. Il est mort quand j'avais huit ans. Chaque année, à la date anniversaire de sa disparition, je vais le voir à Yuma… Là où il est enterré.

Chaque mot qui sortait de sa bouche semblait le mettre au supplice, et je m'en voulus de remuer le couteau dans la plaie.

Huit ans… Il était donc mort à douze ans ! Mon Dieu, moi qui me plaignais de ma vie… Mourir si jeune, c'était tellement injuste.

Il ne me donna pas davantage de détails, et je n'en demandai pas. Cependant, j'avais envie qu'il sache qu'il pouvait compter sur moi.

J'élevai lentement une main à hauteur de son visage et je frôlai sa pommette aux contours parfaits.

Il cilla et me serra un peu plus, je réalisai que j'étais toujours dans ses bras. La sensation de bien-être qui m'envahit fit s'alourdir mes paupières.

— Dors, Papillon, chuchota-t-il en caressant mes cheveux.

Quand je rouvris les yeux, il faisait déjà jour. Je tournai la tête pour regarder le réveil qui trônait sur sa table de chevet et regrettai aussitôt mon mouvement brusque, l'élancement dans mon crâne me rappela douloureusement les événements de la veille.

J'étais seule dans la chambre, mais j'entendais le bruit caractéristique de la douche dans la pièce attenante.

Je ne sus trop quoi faire, car d'une part j'étais toujours nue, et d'autre part j'avais une folle envie d'aller me rincer l'œil à son insu, ce qui me fit rougir.

Bah, quoi, Hope Sanders, Jace Wentworth à poil, ça doit valoir le détour !

Levant les yeux au ciel en réponse à ma petite voix intérieure – la « diabolique », évidemment –, je me redressai, le plaid enroulé autour de moi.

Une douche ne me ferait certainement pas de mal non plus. Déjà pour masser mes muscles endoloris, ensuite pour me débarrasser du sang et de la sueur.

Arrivée devant une commode couleur miel, j'hésitai. Pas très longtemps. Après tout, je ne comptais pas fouiller.

J'ouvris le premier tiroir, qui contenait toute une collection de boxers, et je m'apprêtais à le fermer en grognant quand je me dis que finalement cela allait m'être utile. Car évidemment je ne trouverais pas de petite culotte dans sa chambre.

Un moment plus tard, j'avais aussi enfilé un T-shirt noir, qui, bien que propre, portait toujours cette odeur si enivrante qui le définissait.

Il choisit cet instant pour sortir de la salle d'eau. Je ne sais lequel de nous deux dévora le plus l'autre du regard. La tension monta d'un seul coup, chargeant l'air d'étincelles crépitantes. Le voir ruisselant avec pour tout vêtement une serviette blanche enroulée en dessous de la taille me fit un effet bœuf, et ce malgré les circonstances et mon état.

La tête à l'envers, je ne me privai pas d'admirer son torse puissant, les muscles fins et déliés de son ventre plat, qui continuaient de courir plus bas, là où il m'était interdit (fichue serviette !) d'observer. J'eus la nette impression qu'il étouffait un grognement.

Dans un mouvement brusque, il mit fin à notre échange muet et se tourna pour enfiler le T-shirt posé sur la chaise de son bureau. Un laps de temps suffisant pour que j'aperçoive le magnifique tatouage sur son dos, celui qui m'avait tant intriguée.

Sans m'en rendre compte, je parcourus la faible distance qui nous séparait et l'arrêtai d'un geste, remontant doucement l'ourlet du vêtement. Il se figea, mais ne protesta pas.

Subjuguée, je fis courir mes doigts sur sa peau humide, le long des volutes d'encre noire. Je pris mon temps, appréciant chaque courbe, chaque muscle ferme et saillant qui me donnait une envie irrépressible de prolonger mon investigation.

Tout un tas de sensations m'assaillirent d'un coup, et je me sentis aussi vaillante qu'une guimauve. Je n'aspirais qu'à me coller à lui, à me fondre en lui.

Sans réfléchir, je posai la tête contre son dos et fermai les bras autour de lui. Un sentiment de satisfaction m'emplit aussitôt, et j'inspirai avec délice l'odeur virile de sa peau.

Il se dégagea et fit volte-face à une vitesse surhumaine. L'instant d'après, il me couvait d'un regard intense. Il tint mon visage en coupe, ne laissant qu'une infime distance entre nous.

Je me rappelai les sensations provoquées par ses baisers dans le cagibi et, malgré moi, un gémissement étranglé m'échappa.

Sa bouche s'écrasa brutalement sur la mienne. J'eus l'impression de pouvoir enfin respirer. Il était mon oxygène, ma source d'énergie, et j'allai y puiser tout ce dont j'avais besoin. Notre baiser fut sauvage, éperdu, désespéré, à l'image de nos âmes qui s'accueillaient l'une l'autre. Car, au-delà des sensations physiques et de la chaleur dévorante qui se propagea au creux de mon ventre, c'est bien de cela qu'il s'agissait : l'union de deux êtres qui se reconnaissaient en l'autre, de deux êtres qui souffraient et ne trouvaient pas leur place dans le monde tel qu'il fonctionnait. Je perçus sa détresse, son chagrin, sa faim, son désir et mille autres choses qui m'étourdirent alors que ses mains s'inséraient sous mon T-shirt – ou, devrais-je dire, son T-shirt.

Elles étaient douces, elles étaient habiles, elles étaient brusques, elles étaient tout ce dont j'avais besoin.

J'étais consciente de ce qui se passait, qu'il était à moitié nu et que je n'étais guère plus habillée. Je savais précisément où j'allais.

Mon cœur tambourinait à cent à l'heure, j'avais peur, les jambes tremblantes. Mais, avant tout, j'avais terriblement envie de ça. Me fondre en lui, lui appartenir tout entière et le posséder tout entier. Sans fard, sans entraves, rien que nous deux.

Lui aussi en avait terriblement envie ; impossible de le rater alors que nos corps se pressaient l'un contre l'autre.

Pourtant, sans prévenir, il s'écarta. Le souffle court, perdue, je tentai de comprendre.

Il me rejetait ? Pourquoi ?

Il passa les mains dans ses cheveux mouillés en expirant bruyamment. Ses yeux m'observèrent par-dessous ses longs cils noirs, et j'y lus un maelstrom d'émotions.

Il tira l'ourlet de son T-shirt, saisit un short, et ce fut tout. Je demeurai abasourdie et frustrée, les bras le long du corps.

Avant de sortir de la pièce, il lança par-dessus son épaule :

— Petit déj' dans cinq minutes, Papillon. Dépêche-toi, tu en as besoin.

Ma mâchoire en tomba. Je me retins de lui balancer un truc au visage, mais pas de l'insulter à l'intérieur de ma tête.

La douche me fit un bien fou. La tension qui m'habitait ne

se dissipa pas, mais j'accueillis avec délice le jet chaud sur mes muscles endoloris, tentant tant bien que mal de ne pas mouiller mes bandages.

Cela me permit aussi de réfléchir à ce qui venait de se passer. Pourquoi m'avait-il rejetée ? Il en avait envie autant que moi, je l'avais senti.

Une idée sournoise s'infiltra dans mon esprit. Et si finalement je le dégoûtais ? Et si finalement il me voyait à l'image de ma mère sur la vidéo ? Je pressai inutilement mes paupières pour chasser cette vision d'elle en train de se déhancher outrageusement.

Non, impossible, j'avais ressenti la force de son désir au plus profond de moi. Il y avait même plus d'ailleurs, une sorte de respect, de tendresse… Est-ce que j'étais tellement déconnectée des relations sociales que j'avais tout interprété de travers ?

Après tout, jusqu'à maintenant, je n'avais jamais laissé personne m'approcher. J'étais fermée comme une huître et je n'avais jamais baissé ma garde. Presque jamais, en fait. Mais je n'avais pas envie d'y penser tout de suite.

Lasse de me torturer, je finis de me laver, me séchai et remis les vêtements de fortune que j'avais empruntés ce matin.

Remontée à bloc, je quittai la chambre et descendis l'escalier menant certainement à la pièce de vie. Jace Wentworth ferait mieux d'avoir une explication qui tienne la route.

Chapitre 35

Jace

Le roi des pancakes, c'était moi. Et, ce matin, j'y mettais une telle application qu'ils avaient intérêt à être les meilleurs pancakes du monde.

Bordel, quand je pensais à ce que j'avais failli faire ! Je secouai la tête, exaspéré, et fis tomber de la farine sur le plan de travail.

Trop de choses s'étaient passées en si peu de temps. La mort de James qui me revenait en pleine face, l'adrénaline du combat, la peur panique que j'avais éprouvée pour Hope, sans parler de la retenue dont j'avais dû faire preuve alors qu'elle était lovée contre moi toute la nuit.

Lorsque je l'avais vue si fragile dans le lit, quelque chose en moi s'était brisé. J'aurais facilement pu tuer à mains nues la personne responsable de son état. Comment allait-elle ressortir de tout cela ? Je n'étais pas très optimiste, mais une chose était sûre, je serais à ses côtés. Personne ne m'en empêcherait.

Je bénis Patrick et sa famille pour avoir fait déguerpir tout le monde ce week-end.

Hope avait besoin de calme et d'attention. Habituellement, je n'étais pas la personne indiquée pour cela, mais pour son bien-être je prendrais sur moi, même si j'avais envie de tout fracasser. Elle était plus importante que mes pulsions.

Des pas feutrés se firent entendre, et je la vis entrer dans la salle à manger. Elle avait toujours mes vêtements sur le dos et sentait mon gel douche à la pomme.

Ses lèvres pincées n'auguraient rien de bon, mais je fis mine de n'avoir rien remarqué.

D'un geste habile, je pris l'assiette de pancakes tout chauds et l'invitai à s'asseoir à table.

— Sirop d'érable ou Nutella ? m'enquis-je.

— Les deux, grommela-t-elle.

Je la laissai manger sa première bouchée, et son visage se détendit légèrement. A priori, elle n'avait rien dans le ventre depuis hier midi alors qu'elle avait besoin de toutes ses forces pour se remettre.

— Papillon…

Son regard farouche se riva au mien.

— On parle de ce qui s'est passé hier ?

— On parle de ce qui s'est passé ce matin ? répondit-elle du tac au tac, un rien hargneuse.

Un duel de regards s'instaura.

— Si je te dégoûte au point que tu n'as pas envie de coucher avec moi, je me demande ce que je fais ici. On sait pas, quoi, je pourrais souiller ta baraque. Oh ! à moins que tu attendes un strip-tease en guise de remerciement ?

C'était ça qu'elle pensait ? Alors que je bandais quasiment non-stop depuis cette nuit ? Si j'avais pu, j'en aurais éclaté de rire.

— Bonne idée. Vas-y, ne te gêne pas, dis-je en me renfonçant avec décontraction sur ma chaise.

Comme prévu, je crus qu'elle allait me sauter dessus, et cette fois pas pour faire des choses indécentes.

— Alors, tu te dégonfles ? Pas de promesse que tu ne tiens pas, Papillon, lui susurrai-je mielleusement.

Elle se leva brusquement, faisant tomber au passage le verre de jus d'orange que je lui avais servi. Le liquide se propageait sur la table, mais aucun de nous deux ne se préoccupait de limiter les dégâts.

Au bord des larmes, elle se détourna et détala.

Je la rattrapai d'une main ferme mais douce.

— Hope, tu crois vraiment que j'allais coucher avec toi dans l'état dans lequel tu es ?

Elle sursauta, et je sus que je m'étais mal exprimé.

— Je parle de ton état d'esprit, Papillon.

— Je suis tout à fait consciente de ce que je fais, cracha-t-elle.

— Ah oui ? Donc tu as bien intégré qu'hier, encore une fois, quelqu'un a voulu t'humilier ? Que tu t'es retrouvée à poil dans le lycée et que, si par miracle Mike et Raf n'avaient pas décidé de se faire une petite brasse, tu y serais encore ?

À mesure que je parlais, ses épaules se voûtaient.

— Tu as aussi conscience que tu as pété les plombs et que tu as cogné tes poings contre le mur jusqu'à te faire éclater la peau ? Tes mains sont salement amochées, Hope, on ne fait pas ça quand on a toute sa tête.

Et j'étais bien placé pour le savoir. Je poursuivis, impitoyablement :

— Tu as conscience qu'hier tu étais BRISÉE ? Tu avais abandonné, Hope ! Quand Mike et Raf t'ont retrouvée, ils auraient pu faire n'importe quoi de toi, tu n'aurais pas protesté.

Ses épaules tressautèrent, et elle se mit à sangloter.

Je repris doucement :

— Tu étais au bout du rouleau, tu ne voulais plus te battre. Papillon, jamais je ne te laisserai abandonner. Jamais.

Un long cri déchirant s'échappa de sa poitrine, un cri de bête blessée qui me toucha jusqu'au plus profond de mon âme.

Tandis que sa douleur faisait écho à la mienne, je refermai mes bras sur elle et la serrai contre moi.

Enfin, elle avait ouvert les vannes. Toute cette souffrance qui s'accumule à l'intérieur n'a rien de bon. La laisser macérer et libérer insidieusement son venin tout en pensant gérer ses émotions et s'en débarrasser… Une saleté de piège ! La vraie douleur, celle qui change notre vie, celle qui la rend intenable, si difficile à supporter qu'on a parfois envie d'abdiquer, cette douleur-là ne s'en va pas comme par magie, juste parce que vous avez décidé qu'elle ne vous atteindrait pas. Elle patiente, elle grignote, elle grossit, attendant son heure, jusqu'au moment où elle devient si dure à ignorer qu'elle mène à des actes irréfléchis, parfois désespérés.

Hope Sanders était forte, je n'en doutais pas. Une véritable petite guerrière qui avait tout porté sur ses épaules. Après ce qui était survenu hier, elle aurait dû être en vrac. Elle allait se relever, j'en avais la certitude.

Le harcèlement dont elle faisait l'objet avait atteint son summum. Personne ne peut supporter d'être sans arrêt écrasé sous le talon des autres.

Le déni dont elle faisait preuve m'avait alarmé.

Évidemment, je n'avais pas été exemplaire, perdant un instant le peu de contrôle que j'avais sur moi quand nous étions dans la même pièce. J'avais passé la nuit à ses côtés, son corps doux et chaud contre le mien alors que j'avais rêvé… quoi ? une centaine de fois ? (au moins) de lui faire tout un tas de trucs indécents qui me mettaient sur les dents.

Pourquoi elle ?

Aucune idée.

Mais j'avais compris qu'il ne servait à rien de lutter. L'attraction qu'elle exerçait sur moi surpassait de loin tout ce que j'aurais pu imaginer. Sa voix, son odeur, sa manière de se mouvoir avec légèreté… Son air buté lorsqu'elle n'était pas contente et qu'elle avait bien l'intention de le faire savoir… Tout, absolument tout chez elle réveillait en moi des pulsions animales.

Je rêvais de presser sauvagement mon corps contre le sien – nu de préférence –, de lécher chaque parcelle de sa peau si pâle, d'y planter les dents, juste pour y laisser ma marque, de la faire crier, de la faire pleurer et supplier de n'oublier aucun recoin.

Je voulais qu'elle se donne à moi complètement, avec autant de férocité que les sentiments qu'elle avait éveillés au plus profond de moi, là où tout était noir et glacé depuis si longtemps.

Je voulais la protéger. D'elle, des autres, de moi.

Je voulais tout d'elle, sans concession.

Ce constat, je l'avais fait cette nuit tandis que s'échouait sur mon visage son souffle caressant, ivre de promesses, et que j'avais toutes les peines du monde à ne pas me l'approprier sur l'instant.

Et, quand elle avait posé la tête sur mon dos, refermé les mains sur mon ventre en une invitation explicite, j'avais perdu les pédales. C'était juste… trop.

Putain, j'avais failli en crever quand j'avais dû la repousser. J'avais eu l'impression qu'on m'écorchait vif au fur et à mesure que je m'éloignais d'elle.

Mais je l'avais fait quand même.

Hors de question de profiter de la situation.

Comme moi, elle était cabossée par la vie. Les fils qui nous y accrochaient étaient plus ou moins solides selon les phases.

Après les événements de la veille et sa réaction hystérique, je les soupçonnais d'être tendus à se rompre.

Elle était perdue, blessée, cassée de l'intérieur ; elle avait besoin d'oublier, de remplacer le trou béant dans sa poitrine par autre chose d'aussi explosif.

Quoi de mieux qu'une bonne baise pour ça ? Ce n'est pas moi qui dirais le contraire. Sexe et violence, deux exutoires si proches… Mais en fin de compte tout aussi inefficaces sur le long terme.

Parce que la rage finissait toujours par rappliquer.

Alors oui, bordel, je rêvais de la plaquer contre le mur et de la posséder jusqu'à ce qu'on n'ait plus d'oxygène. Ça me bouffait même depuis des semaines. Seulement, pas comme ça.

Je souhaitais que soit gravé dans sa mémoire le moment où nos deux corps s'uniraient, où elle tremblerait tellement de désir que ses jambes ne la porteraient plus.

Mais, surtout, je voulais qu'elle m'ouvre son âme, qu'elle soit pleinement consciente de ses actes… et des miens.

Alors qu'elle était secouée de sanglots, je la gardai contre moi, le temps qu'il fallait pour qu'elle vomisse tout ce qui la rongeait ; ou presque, je n'étais pas si présomptueux.

Chapitre 36

Hope

Dans la chaleur réconfortante de ses bras puissants, je me calmai peu à peu. Il était temps. Je revenais à la vie, une inspiration après l'autre.

Il avait fini par me porter sur le canapé, m'invitant tacitement à me blottir contre lui. Je sentais ce parfum de pomme et de menthe qui m'était désormais familier. J'étais bien. J'étais en sécurité. J'étais… acceptée.

Alors, je me mis à parler sans plus m'arrêter. Comme si toutes les digues avaient sauté et que la pression, trop forte, emportait les souvenirs, bons et moins bons, qui avaient jalonné ma vie.

Je lui racontai comment j'avais toujours été le vilain petit canard à l'école. Comment j'étais moquée, méprisée et pointée du doigt avec une constance effrayante. Les enfants sentent immédiatement si l'un de leurs camarades est plus faible ou manque d'assurance. Quand j'étais petite, c'était ma façon de m'habiller qui attirait l'attention, mes vêtements élimés, et aussi le fait que, souvent, j'étais la dernière devant le portail à la sortie de l'école.

Je lui expliquai comment, lors de chaque déjeuner, les fortes têtes venaient se servir sur mon plateau, me laissant juste ce dont elles n'avaient pas envie. Parfois, je rentrais à la maison le ventre vide depuis la veille.

Au départ, j'avais tenté de me rebeller, mais cela avait été pire. À chaque détour de couloir, on me pinçait, mes affaires d'école m'étaient régulièrement volées. J'aurais pu faire une liste de tout ce que j'avais subi, mais je n'en voyais pas l'intérêt. J'avais vite compris que, si je faisais profil bas, c'était un peu plus facile.

Alors, je jouais la victime, même si au fond de moi je hurlais de rage, et je me promettais de me venger plus tard, quand j'aurais réussi et que je leur en mettrais plein la vue, quand je leur ferais ressentir ce qu'eux m'infligeaient. Cette colère m'aidait à tenir, je m'y accrochais.

Puis, quand j'avais grandi, les choses s'étaient corsées. Les gens parlaient, les rumeurs circulaient, et il y avait toujours une bonne âme pour lâcher le scoop de l'année : la mère de Hope Sanders est une vulgaire strip-teaseuse. Du pain bénit pour les mauvaises langues, je devenais le sujet de discussion favori et ne comptais plus les insultes et humiliations en tout genre. Plus d'une fois, je m'étais fait coincer dans les toilettes, toujours par des gars très courageux persuadés que je n'attendais que ça. Comment je m'en étais sortie jusque-là, c'était un mystère.

Un jour, lorsque nous étions dans le Michigan, j'avais bien cru que j'allais y passer. Ils étaient deux, populaires, propres sur eux, sûrs d'avoir le monde à leurs pieds. Ils n'avaient pas apprécié que je les rembarre. C'était inconcevable. Comment la petite traînée du lycée osait-elle leur dire NON ? L'un d'eux avait arraché ma culotte tandis que l'autre commençait à déboutonner son pantalon. J'étais terrifiée, horrifiée à la perspective de perdre ma virginité ainsi. La seule parcelle de dignité qu'il me restait, celle à laquelle je me raccrochais quand, sur les murs des toilettes, mon nom était souillé, méprisé.

Moi, je savais qui j'étais. Je savais que je n'étais pas ma mère. Je savais aussi qu'elle ne s'adonnait pas qu'au strip-tease.

Les temps étaient durs, la drogue était chère. Son maigre salaire ne suffisait pas à ses besoins de plus en plus conséquents.

Je savais ce que, elle, elle était. Ce que jamais je ne voulais devenir.

Est-ce que je la détestais ? Oui, la plupart du temps.

Mais j'avais eu si peu d'affection, si peu d'attention, que je ne pouvais m'empêcher de garder précieusement en mémoire les rares moments où, quand j'étais petite, elle s'était comportée comme une vraie maman. Je m'y accrochais pathétiquement, comme la fille désespérée que j'étais. Par exemple la fois où elle m'avait fait la surprise d'un super petit déjeuner avec des tartines au Nutella. Nous avions fait une bataille de chatouilles sur le lit, roulant l'une sur l'autre, maculant les draps et riant toujours plus.

Ou encore cette fois où je n'arrivais pas à dormir et où elle m'avait prise dans ses bras, m'entourant de sa chaleur. Le nez dans le creux de son cou, je m'étais laissé bercer par son odeur de vanille.

Des instants si rares. Mon petit cœur asséché n'aspirait qu'à cela. Amour, tendresse.

Est-ce que j'étais si mauvaise que personne ne pouvait s'intéresser à moi ou m'aimer ? Longtemps, je l'avais pensé.

Jusqu'à l'arrivée de Trixie. J'avais pratiquement élevé ma sœur toute seule. Cette magnifique petite chose, comment ne pas l'adorer ?

C'est là que j'avais compris. Je n'avais rien à me reprocher. Trixie n'avait rien à se reprocher.

Le problème, c'était elle. Notre mère s'était laissé consumer par le désespoir, engluer dans le marasme de la vie, ne se levant le matin que pour sa dose. Héro, coke, ecsta... Elle avait dû tout tester.

Je détestais les drogues, quelles qu'elles soient. Je les haïssais de toutes les fibres de mon être, car elles m'avaient volé ma mère, mon enfance et toute trace de ce qui aurait pu être mon bonheur.

La drogue était la première préoccupation de ma mère, loin devant ses filles. Quand elle en manquait, elle était tour à tour agressive, violente et pathétique, se traînant par terre dans la déchéance la plus totale.

D'abord paniquée, terrorisée, j'avais appris à ignorer ces crises, par instinct de protection. Je me blottissais sur le canapé et fermais les yeux, imaginant que j'évoluais dans un monde ensoleillé avec de l'herbe verte, un ciel azur et des mamans aimantes. C'était mon monde à moi, celui dans lequel je m'enfermais et qui me permettait de supporter la situation. De ne pas voir, de ne pas entendre.

Puis j'avais dû m'occuper de Trixie et faire diversion pour qu'elle aussi trouve son refuge dans ces moments-là.

— Mais comment en est-elle arrivée là ?

La voix basse de Jace me ramena à la réalité. Je haussai une épaule.

— Elle n'a pas supporté l'abandon de mon père. Elle s'est retrouvée mère célibataire très jeune... Mais, si j'ai bien compris, elle était folle de lui. C'était l'amour de sa vie.

— C'est quand même dégueulasse de quitter une femme enceinte, fit remarquer Jace avec amertume.

— Oui, je n'ai pas été gâtée côté parents... Mais elle aurait pu se battre, elle m'avait, moi.

— Elle aurait dû, oui, on ne laisse pas tomber ses enfants.

Je crus déceler un soupçon de douleur dans sa voix, mais n'eus pas le temps d'approfondir.

— Maintenant c'est à toi de te battre, Papillon. Tu es une personne à part entière, pas le produit de ta camée de mère et de ton lâche de père. Une belle personne, qui a des choses à vivre, à donner et recevoir. Fini de prendre les coups sans broncher. Tu dois les rendre.

Sa colère était manifeste, et il avait raison. Ce que l'on m'avait fait la veille était impardonnable.

Jusqu'à présent, j'avais tout encaissé, pensant être forte en ignorant la méchanceté des autres. J'avais tout faux. Le harcèlement ne s'arrêtait pas tout seul. Les enfants, les ados, consciemment ou non, tiraient sur la corde jusqu'à ce qu'elle craque.

Certains étaient vraiment mauvais et y prenaient plaisir, asseyant leur popularité sur l'autel de la détresse de ceux qu'ils malmenaient – de simples outils –, d'autres suivaient comme des moutons, par peur ou manque de réflexion. C'est aux premiers que j'allais m'attaquer.

Je n'allais plus les laisser m'abîmer ; ils n'en avaient pas le droit.

Ma vie m'appartenait, et j'allais la leur reprendre.

Cette résolution me galvanisa.

Chapitre 37

Jace

Mon Dieu, l'enfer qu'avait vécu cette fille.

Mais c'était fini. La lueur farouche dans son regard tandis qu'elle levait la tête vers moi m'en convainquit.

Son corps soudain tendu me parut brûlant.

Je l'avais assise sur mes genoux en travers du canapé, blottie contre moi le temps que la crise passe. Cela m'avait semblé la chose à faire, sur le moment.

Maintenant, je percevais avec une acuité toute nouvelle chaque point de contact entre nous. Elle portait mes vêtements, sentait mon gel douche. Elle m'excitait carrément. Je ne pensais plus à ce qu'elle avait subi, juste à ce que j'avais envie de lui faire subir.

Je ne pensais plus à son passé sordide, juste à ses formes pleines qui se pressaient contre des parties de mon corps ne demandant qu'à être réveillées. D'ailleurs, ça ne loupait pas.

Elle dut le sentir, car elle prit une inspiration, me dévisageant avec une surprise teintée d'embarras que je trouvai craquante.

Brusquement, je la soulevai comme si elle ne pesait rien et la reposai sur le canapé.

— Je vais nous préparer des pop-corns.

Et débander avant que je te saute sur ce putain de canapé.

Voilà pourquoi toute vérité n'est pas bonne à dire.

Bref, j'allai faire ces satanés pop-corns et je revins m'asseoir à côté d'elle dans des conditions plus sereines. Enfin presque. J'étais toujours excité comme un dingue et les regards énigmatiques qu'elle me lançait n'arrangeaient rien, mais au moins avais-je recouvré un semblant de maîtrise.

— On se fait quoi ? dis-je en allumant le gigantesque écran plat face à nous.

— Tu as Netflix ?

Je levai les yeux au ciel.

— Évidemment, Sanders, tu me prends pour qui ?

— C'est que je… Je n'ai pas Netflix, moi.

Connard !

— Désolé, je ne voul…

Son rire argentin me secoua tout entier.

— Laisse tomber, Jace, et mets-nous *Lucifer.*

Re-yeux au ciel.

— Encore une siphonnée de Tom Ellis.

— Ouaip. Il est trop craquant.

— Dis donc, Sanders, les *bad guys,* c'est ton trip, on dirait.

— Seulement quand ils ont de longues queues fourchues, Wentworth.

Et nous éclatâmes de rire à l'unisson.

Blottis l'un contre l'autre, on s'enquilla une saison entière. Je n'avais pas vu *Lucifer,* ce n'était pas forcément ma came, mais à la façon dont elle riait et s'extasiait comme une gamine j'en vins à l'apprécier, cette foutue série.

— Humph, est-ce que tu crois que Chloe et Lucifer vont finir ensemble ? demanda-t-elle en enfournant une autre bouchée de pop-corn.

Je haussai les épaules, blasé.

— Évidemment. Le grand méchant diable, la jolie détective honnête et pure, rien de mieux pour exciter toutes les nanas, ricanai-je. C'est d'un cliché.

— Ha ha, parce que toi tu regardes des trucs très intellectuels, j'imagine. C'est quoi, ta série préférée, d'ailleurs ?

— *Game of Thrones.*

— Très original.

— Attention à ce que tu dis sur cette série, c'est la meilleure de tous les temps !

— C'est sûr, un frère et une sœur qui couchent ensemble, tout ça tout ça, c'est très… profond.

Elle éclata de rire sous mon regard faussement mauvais.

— Ouh là là, je devrais me méfier, un Wentworth paye toujours ses dettes ! plaisanta-t-elle en m'ébouriffant les cheveux.

Surpris par ce geste qu'elle n'avait eu qu'à des occasions bien identifiées où sa bouche collait la mienne, je tournai la tête.

Nos yeux s'accrochèrent, son rire mourut sur ses lèvres. À la place, elle fixa les miennes avec une avidité qui me fit crisper les mâchoires. Nos visages étaient si proches que je sentais le souffle sucré du pop-corn me chatouiller les narines.

Mon envie d'elle atteignit des sommets inégalés. Et je lâchai prise, m'apprêtant à fondre sur elle comme un animal affamé.

— Jace, tu me montres ton tatouage, s'il te plaît ?

Surpris et un peu frustré, je battis des cils deux ou trois fois, le temps pour mon cerveau de reprendre le dessus et d'intégrer ses paroles.

Putain, je ne savais pas si j'étais soulagé ou agacé, mais je fis passer mon T-shirt par-dessus ma tête.

Face à ses yeux écarquillés, mélange étrange de candeur et de désir, j'esquissai un sourire en coin.

— Dans trente secondes, c'est payant.

Elle me donna une bourrade sur l'épaule.

— Jace Wentworth, tu es officiellement un sale con.

— Hum, insulte-moi encore, ça m'excite.

Son soupir exaspéré fut sa seule réponse. Elle était davantage occupée à tracer des lignes imaginaires dans mon dos, ses doigts frôlant délicatement ma peau au point de m'en faire frissonner. La vérité, c'est que je tentais de cacher ma nervosité derrière une désinvolture que j'étais loin d'éprouver.

— C'est un phénix ?

J'acquiesçai en silence, tendu comme un arc, assailli par des images qui m'avaient trop souvent torturé ces jours derniers.

— Pourquoi ? Il a une signification ? Et les autres ?

J'eus soudain envie de remettre mon T-shirt et m'éloigner d'elle le plus possible. Qu'est-ce qu'elle me faisait chier avec ses questions à la con ?

Cependant, je m'entendis répondre.

— C'est un rappel.

Elle patienta, me laissant le temps de décider sans pression si je souhaitais continuer. C'était tout elle. Finesse, pudeur, empathie.

— Je suis mort une fois. Ce jour-là, avec mon frère. Et pourtant je suis là.

— Tu souffres toujours autant, n'est-ce pas ?

Si je souffrais ? C'était chaque jour pire que le précédent. Les remords, la culpabilité et les regrets me rongeaient chaque putain de seconde de ma vie depuis neuf ans.

La douleur ne s'apaisait pas, bien au contraire, elle continuait à brûler de ce feu vif qui me dévorait lentement et sournoisement.

Je me rendis compte que les seuls moments où ma souffrance s'était atténuée étaient précisément ceux que j'avais passés avec cette fille.

Troublé, je ne répondis pas, la laissant poursuivre la danse gracile de ses doigts. Ils s'appesantirent un instant sur mon flanc droit.

— Oh ! Jace…

Ce n'était pas de la pitié que j'entendais. Juste une parfaite compréhension de ce que je vivais, une vision parfaite de la souffrance qui était la mienne. Ma gorge se serra.

Je perçus soudain une nouvelle sensation, plus douce, plus… lisse. Avec stupeur, je réalisai que ses lèvres avaient pris le relais, parcourant ma peau avec une tendresse infinie.

Pas besoin de mots pour me dire qu'elle savait, qu'elle comprenait. Elle avait touché mon âme, l'avait reconnue. Elle pleurait avec moi, souffrait avec moi.

Lentement, je me retournai. Comme dans un rêve, je saisis son visage en coupe et cueillis la larme qui venait mourir sur sa joue.

Cet instant d'intimité dépassa tout ce que j'avais pu connaître jusqu'à présent. Pas de mots, de logique ou de raison. Seulement nous et ce dont nous étions faits, ce que la vie avait fait de nous.

Dans un soupir, j'effleurai ses lèvres des miennes. Nous nous frôlions, nous nourrissant de nos respirations, nous imprégnant l'un de l'autre. Avec une infinie douceur, je finis par goûter à sa bouche enivrante. Ma langue s'enroula langoureusement à la sienne pour un long et profond baiser porteur de tous les sentiments qui nous animaient.

Nous nous endormîmes dans la chaleur réconfortante de l'autre, délestés, l'espace d'un instant, du fardeau permanent de nos vies.

Il était tard lorsque j'ouvris les yeux. La nuit avait étendu son grand manteau sombre, faiblement éclairé par un quart de lune argenté.

J'étais serein. S'il y avait bien un sentiment qui ne m'était pas familier, c'était celui-ci. La plénitude. Se sentir léger, à sa place, le cœur pour l'instant vide du poison de l'amertume, le corps libéré de la colère.

Le nez sur le sommet de son crâne, je humai son parfum avec délice. Un quart de pomme, trois quarts de Hope Sanders. C'était grisant, excitant, bandant. Et ce n'était pas qu'une expression. Je fis mon maximum pour ne pas bouger.

Tout à l'heure, j'avais failli craquer et jeter mes bonnes résolutions au feu. Si elle se réveillait, elle ne manquerait pas de remarquer mon état, vu que son corps se moulait au mien. Ses grands yeux s'écarquilleraient probablement, et je ne donnais pas cher de ma résistance.

— Jace ?

Merde !

Je retins ma respiration.

— Tu es réveillée depuis longtemps ?

— Deux minutes.

Ah.

Elle ne s'était pas manifestée. Était-elle embarrassée ?

— L'espoir est un phénix qui renaît de ses cendres en nous consumant chaque fois un peu plus.

Elle marqua une pause, et je me raidis sans le vouloir.

L'habitude. Personne, à part Mike et Raf, ne me posait de questions personnelles et ceux qui s'y étaient essayés n'avaient pas renouvelé l'expérience. Hope Sanders était un ovni dans ma vie.

Comme je ne répondais pas, elle insista :

— Est-ce la disparition de ton frère qui te fait renoncer à tout espoir ? Pourquoi as-tu ressenti le besoin de graver ça sur ta peau ? Pourquoi n'en parles-tu jamais ?

— Ça fait beaucoup de pourquoi.

Mon instant de sérénité venait de voler en éclats. Je ne discutais jamais de mon frère. C'était un sujet tabou. Mes potes le savaient, ma mère le savait, je ne pouvais pas.

Hope était certainement la personne à laquelle je m'étais le plus ouvert, mais étais-je prêt à la laisser aller plus loin ?

— Tu sais… Tu m'as demandé combien j'avais eu de… petits copains.

Sa voix n'était qu'un souffle à peine murmuré.

Je retins le mien.

— Aucun, je n'en ai eu aucun, sauf si l'on compte Stan.

Perplexe, j'attendis qu'elle poursuive.

— Évidemment, ce n'était pas les propositions qui manquaient. La profession de ma mère en excitait plus d'un, je ne te fais pas un dessin, les mecs ne m'abordaient jamais en finesse. J'avais fini par ne plus y faire attention. Et puis, l'an dernier, j'ai fait la connaissance de Stan. Il était en terminale. Populaire, un physique de tombeur, brillant élève… et surtout il me respectait. Waouh, tu te rends compte, une personne qui m'estimait, pour qui j'existais en tant que personne… C'était tout nouveau comme sensation.

Pressentant que j'allais l'interrompre, elle serra ma main, je compris qu'elle souhaitait que je la laisse continuer.

— C'étaient de petites attentions, un sourire, un clin d'œil, un café le matin… Puis il m'a invitée à sortir avec lui. Honnêtement, je n'attendais que ça. Moi qui ne m'étais jamais préoccupée des garçons, les tenant au maximum à distance, je me levais chaque jour en priant pour qu'enfin il franchisse le pas. Nous sommes allés au cinéma, puis avons flâné sur le marché de Pike Place, c'était magique. J'avais perdu espoir d'avoir un jour une vie normale et là, tout à coup, cette possibilité s'offrait à moi, pleine de promesses.

« Toute la semaine suivante, nous étions collés ensemble au lycée. Les gens, les mêmes qui m'avaient craché dessus, me regardaient d'une autre façon… du moins, c'est l'impression que j'avais.

« Le week-end d'après, j'étais de repos le samedi. Stan m'a invitée chez lui, il avait la maison pour lui tout seul ce jour-là. J'étais excitée comme une puce. Il me faisait rentrer un peu plus dans sa vie. Je sais que c'était stupide et bien trop rapide, mais j'étais amoureuse de Stan. Quand personne ne t'a jamais prêté attention, le premier garçon qui le fait devient une sorte de super-héros.

« Bref, ce soir-là, Stan avait sorti le grand jeu. Nous étions… Nous nous embrassions sur son lit, et c'était de plus en plus *hot.* »

Elle se tortilla, un peu gênée, évitant de me regarder.

— Ses gestes se faisaient plus pressants, plus assurés, et je n'avais ni l'envie ni le courage de l'arrêter. Évidemment, je me doutais qu'il avait prévu d'aller jusqu'au bout ce soir-là. Avec lui, j'avais touché du doigt la normalité. Je m'étais sentie vivante. Je n'avais pas le droit de lui refuser ce qu'il me demandait. Je ne pouvais pas le perdre. Le perdre, c'était redevenir persona non grata : les moqueries, les vacheries. Je ne voulais plus être seule, cela me semblait donc insupportable à envisager.

« Alors, j'ai laissé ses doigts s'aventurer sous mon T-shirt. J'éprouvais toujours autant de plaisir à ses caresses, mais quelque chose me freinait, rendant la situation gênante. Sans que je m'en rende compte, tous mes vêtements se sont envolés. Et tout à coup tous mes sens ont été agressés. Sa bouche, ses mains sur ma peau, son souffle, je percevais tout avec une acuité qui me faisait l'effet d'un plongeon dans l'eau glacée. Ce n'était pas ce que je voulais… »

Elle s'interrompit, puis reprit :

— Je m'étais voilé la face pour ne pas être rejetée, je m'étais convaincue qu'enfin je serais comme les autres. Car la plupart avaient déjà perdu leur virginité, pas moi. Et pourtant j'avais cette réputation de me faire passer dessus par tout le monde. Évidemment, ma mère gagnait sa vie en se mettant à poil ; elle et moi n'avions aucune chance d'échapper à l'étiquette qui nous était collée au front.

« La concernant, ils n'avaient pas tout faux. Mais, pour moi, ils étaient loin du compte. J'avais préservé cette partie de moi et je comprenais brutalement que je ne voulais pas la perdre.

« J'ai demandé à Stan de ralentir. Ses mains se sont faites plus pressantes. Mais là, comme je ne les désirais pas, c'était désagréable. Je me suis écartée de lui. Je lui ai dit que je n'étais pas prête, pas maintenant, que j'avais besoin de plus de temps. »

Elle se raidit. Je sentais déjà que la suite ne me plairait pas.

— Je pensais qu'il comprendrait, il était si bienveillant d'habitude. Mais, dans ses yeux, j'ai découvert une fureur teintée d'un tel mépris que j'ai eu l'impression de recevoir un coup de poing à l'estomac. Il m'a dit : « Tu crois quoi ? Que je vais encore me faire chier avec toi ? Soit tu couches, Sanders, soit tu dégages. » J'étais anéantie. C'était fini… mais pas tout à fait. Le lendemain, une vidéo a circulé. Il avait filmé nos… ce moment, avec son mobile. Bien sûr, elle se terminait avant que je lui demande d'arrêter. Et le lundi tout le monde parlait de Stan Devred, qui avait baisé Hope Sanders, je te passe les détails.

Le silence s'éternisa. J'étais en vrac, au bord du pétage de plombs. Sans m'en rendre compte, je m'étais redressé. Assis à côté d'elle, vibrant de colère, je tentai de mettre de l'ordre dans mes idées.

La façon dont elle m'avait raconté cela, comme s'il s'agissait d'une autre personne. Quelqu'un de moins attentif aurait pu rater les fêlures de sa voix, mais pas moi.

Elle était vierge. Chaque jour depuis que son secret avait été dévoilé, elle avait supporté les insultes, les gestes obscènes, les suggestions scabreuses… et elle était vierge ! Je n'en revenais pas, j'étais complètement soufflé. Honnêtement, je ne m'y attendais pas, elle devait être la seule fille d'Archer's à n'avoir jamais couché, chaque soirée ici se terminait avec du sexe.

À l'idée de ce que ce connard lui avait fait endurer, une fureur destructrice parcourut mes veines. Je lui jetai un regard en coin. Elle fixait un point du carrelage avec insistance.

Elle méritait tellement mieux. Tellement plus.

Chapitre 38

Hope

Jamais je n'avais confié à quiconque ce calvaire que j'avais vécu. J'avais tout gardé, tout encaissé.

Le silence s'éternisa. Je n'osais pas le regarder.

Que pensait-il ? Se moquait-il de ma naïveté lui aussi ? de mon inconséquence ? Ou croyait-il que je n'étais qu'une vulgaire allumeuse ?

— Mon père est parti quand mon frère nous a quittés.

Je sursautai.

Sa voix rauque me sembla sortir d'outre-tombe. Je discernai dans ses mots sa peine, sa souffrance et sa colère. Sa carapace s'était fissurée. Enfin.

— Quelques mois après, à peine. J'ai perdu un frère et un père ce fameux jour. Je ne comprenais pas. J'ai attendu, encore et encore, des jours puis des mois, qui se sont transformés en années. Et un jour j'ai arrêté d'espérer. J'ai pris l'espoir pour ce qu'il était, une promesse malhonnête, qui nous rongeait sans répit. Mon père me manquait, je souffrais de son absence. Chaque lieu, chaque objet me rappelait les moments partagés, l'amour échangé, les rires, les pleurs, à jamais envolés.

Il avait vécu bien pire que moi. Je sentis que ce n'était pas tout, qu'il n'avait pas fini. Toutes ces années, ces moments de folie, de solitude, de désespoir… Il souffrait trop, il n'était pas encore prêt.

Lentement, je passai une main caressante dans ses magnifiques mèches ébène. Il n'avait pas besoin de tout me dire maintenant. Il s'était ouvert, j'étais patiente, le reste suivrait.

J'abandonnai la douceur soyeuse de ses cheveux pour entremêler mes doigts aux siens.

— Hum, que dirais-tu de spaghettis à la carbonara ? Je ne sais pas quelle heure il est, mais je meurs de faim !

Il me regarda préparer le repas, accoudé au bar de la cuisine, une lueur malicieuse dans les yeux.

— Quoi ?

— On dirait que tu as fait ça toute ta vie.

— Ce n'est pas qu'une impression… Et toi, à part les pancakes, tu ne sais pas cuisiner ?

— J'ai d'autres talents.

La manière dont il déclara cela avec un clin d'œil ravageur manqua de me faire défaillir. Il avait remis son T-shirt, mais je percevais encore sous mes doigts la merveilleuse sensation de sa peau satinée. Ce type me faisait perdre la tête.

Un grand éclat de rire me sortit de ma transe. Incrédule, je battis des cils plusieurs fois pour me rendre compte que j'avais éclaboussé mon T-shirt (enfin, le sien) de la moitié de la crème fraîche.

Inutile de tenter une justification pour réhabiliter ma dignité ; je levai donc les yeux au ciel et montai lui voler un autre T-shirt.

Après avoir ouvert la commode, je fis passer le haut par-dessus ma tête et m'apprêtais à enfiler le premier de la pile lorsque je m'aperçus que, dans sa course, le vêtement avait fait tomber quelques feuilles volantes sur son bureau. Je les ramassai en me maudissant pour ma maladresse et les remis en place, même si j'ignorais s'il fallait les ranger dans un ordre précis.

Mon œil fut attiré par un cahier à demi recouvert grâce au remue-ménage que j'avais déclenché. Sur la première page, un croquis. Est-ce que Jace dessinait ? C'est ce que j'avais pensé le jour où il avait décoré mon casier.

Cela ne collait pas avec son profil de gros dur, mais je savais maintenant que cet homme était doté d'une sensibilité à fleur de peau.

Intriguée, j'avançai la main pour découvrir le dessin, mais je m'arrêtai à mi-chemin. Avais-je le droit de fouiller dans ses affaires ? Évidemment que non.

Jace s'était ouvert à moi, probablement plus qu'à quiconque, ce serait trahir sa confiance. Cependant, une petite voix diabolique me chuchotait qu'il n'y avait rien de grave en soi. La curiosité l'emporta, je soulevai la feuille et m'emparai du cahier.

Mes yeux s'écarquillèrent, et je sentis mes jambes se dérober sous moi. Une magnifique jeune femme, mélancolique et pourtant radieuse, me retournait mon regard. Ma gorge se serra. Je fis tourner les pages, toutes noircies par des croquis similaires. Seule la pose changeait, mais invariablement l'aura lumineuse du personnage flambait sur le papier.

Sans que je puisse le contrôler, j'eus les larmes aux yeux. Il m'était impossible de me tromper, il m'avait dessinée, bien que je n'aie rien de la beauté aveuglante de cette femme.

Est-ce ainsi qu'il me voyait ? Fragile et forte ? Il avait un réel talent, ses croquis étaient pleins de vie et d'émotion.

La seconde pensée qui me traversa m'emplit d'un bonheur électrisant. Le T-shirt toujours à la main, je frissonnai, malgré la température agréable de la chambre.

La porte s'ouvrit à cet instant.

— Dis donc, c'est pour dem…

Il se figea, ses yeux rivés à ma poitrine exposée s'assombrissant dangereusement.

J'arrêtai de respirer. Un muscle de ma mâchoire tressauta, et je le vis serrer les poings à s'en faire blanchir les jointures. Comme s'il s'agissait de la chose la plus pénible au monde, il détourna le regard et avisa le cahier que je tenais toujours.

Je déglutis avec difficulté, en proie à la culpabilité, mais aussi à une chaleur incandescente qui se propageait dans tous mes membres.

L'éclat métallique qui traversa ses prunelles me coupa le souffle quand ses yeux se rivèrent à nouveau sur moi. J'y lus un désir brut, à peine contenu, un feu sauvage et dangereux ressemblant à s'y méprendre à celui que j'avais perçu lorsqu'il s'était battu. J'aurais dû prendre mes jambes à mon cou.

Au lieu de quoi, je posai doucement le cahier, laissai tomber le T-shirt et lui fis face, droite et résolue.

C'était de la pure folie, je le savais. Jace Wentworth était un lion, splendide, majestueux, mais implacable et sans attaches. Néanmoins cela ne changea pas ma décision, je voulais qu'il soit le premier, celui à qui j'allais offrir ce que j'avais conservé précieusement.

Mon corps tendu vers lui, vibrant d'impatience, était en parfaite harmonie avec mon esprit. Je n'étais pas en situation de faiblesse, je savais ce que je voulais. Et, ce que je voulais, c'était lui.

Il dut le lire sur mon visage, car brusquement sa retenue vola en éclats. Il fondit sur moi avec la grâce puissante du prédateur qu'il était.

Sa bouche s'écrasa sur la mienne, impitoyable. Un voile de frissons, délicieux et perturbant, dévala mon corps jusqu'à la pointe de mes orteils. Je vibrais littéralement, parcourue d'une impulsion électrique qui me grillait le cerveau.

J'eus l'impression qu'il s'ingéniait à ôter toutes les couches de protection que j'avais revêtues, une par une. Sa langue chaude et habile s'enroulait avec passion autour de la mienne, et je lâchai un petit soupir lorsqu'il pressa son corps viril contre le mien.

Sa chaleur m'enveloppa aussitôt, m'embrasant tout entière, et instinctivement je basculai mon bassin contre lui, savourant son désir de moi. Un grognement rauque lui échappa, résonnant jusqu'au creux de mon ventre.

Sans tarder, il me souleva et me déposa sur son lit. Ce lit où nous avions dormi côte à côte, où il m'avait veillée et réconfortée.

Bientôt, nous fûmes peau contre peau. Ses mains étaient partout sur mon corps, caressant les zones sensibles, qui frémirent à son contact. Étourdie, je m'abandonnai à son étreinte, mes doigts fouillant sa chevelure indisciplinée, ma bouche s'abreuvant de son souffle saccadé.

Dieu qu'il était beau. Indompté, puissant, bousillé et fou de désir.

Ses lèvres dévalèrent le long de mon cou pour atteindre le sillon entre mes seins. Il ralentit son exploration, effleura les creux et les pleins de ma poitrine qui se soulevait à un rythme effréné. Lui-même semblait en peine de réguler sa respiration et l'idée de lui faire perdre le contrôle agit sur moi comme un euphorisant.

Sans réfléchir, je me cambrai en une invitation silencieuse. Il releva légèrement la tête et ancra son regard au mien, inspirant brusquement. Le reflet métallique de ses prunelles m'emmena loin, très loin dans cet océan d'un bleu abyssal.

Alors, avec une douceur à peine maîtrisée, Jace Wentworth s'empara de moi. Je lui donnai tout. Il prit tout ce que j'avais à lui offrir, mais ne m'en rendit pas moins en retour.

Front contre front, yeux dans les yeux, comme deux pierres abîmées et ébréchées qui s'accordaient parfaitement, nous nous unîmes dans un déferlement de sensations, nos corps aussi liés que nos âmes.

Chapitre 39

Jace

Torse nu, j'accueillis le froid mordant de la nuit avec un délice à la limite du masochisme. Je fis quelques pas dans le jardin, histoire de me calmer un peu.

Hope m'avait offert sa première fois. Mais cela ne nous avait pas suffi. Il nous était impossible de rester à proximité de l'autre sans avoir l'envie de se dévorer. Alors, nous avions recommencé, encore et encore, faisant danser nos corps jusqu'à épuisement.

Depuis le début, je savais que cette fille était à part. À tous les niveaux.

Je ne m'étais pas trompé. La passion qu'elle mettait en toute chose la transcendait, et cette nuit avait été un choc pour moi.

La vérité, c'est que j'avais une certaine appréhension. Ce n'était pas la première fois que je déflorais une fille, mais avec elle tout était différent. La peur de lui faire mal m'avait tendu comme un arc, et je n'avais commencé à respirer que lorsque, l'instant redouté passé, elle m'avait saisi la nuque et avait plaqué violemment sa bouche contre la mienne. Une sorte de remerciement silencieux, éloquent et terriblement excitant, qui m'avait remué jusqu'au fond des tripes. Entre elle et moi, les mots étaient superflus. Elle m'avait autorisé à lâcher la bête en moi. Ou était-ce plutôt un ordre ?

Nous avions fini par nous endormir, nos membres enchevêtrés et luisants de sueur.

Étais-je rassasié pour autant ? Visiblement pas, et si j'étais resté dans le lit avec elle, étourdi par l'odeur de sexe qui y régnait, je l'aurais réveillée et lui aurais sauté dessus sans cérémonie. Ce qui n'était pas une option, vu l'état de fatigue dans lequel elle se trouvait.

Je jouai avec la cigarette que j'avais piquée sur la table basse et finis par la porter à mes lèvres et l'allumer, perplexe.

Quand avais-je été aussi prévenant ? La réponse fusa : jamais. Jamais je ne m'étais soucié des nanas que je sautais.

Arrête de te mentir, Wentworth, c'est pathétique.

J'inhalai longuement, tentant de remettre de l'ordre dans mes pensées. C'était le chaos, mais une chose était sûre, ce que j'avais fait avec Hope Sanders, je ne l'avais jamais fait avec aucune autre fille. En définitive, c'était ma première fois à moi aussi.

Je recrachai lentement la fumée, qui, à la lueur des réverbères de la rue avoisinante, sembla prendre vie.

Tout était parfait chez elle. Ses yeux, ses lèvres, son corps, l'odeur de sa peau, les gémissements de plaisir qu'elle laissait échapper… C'était comme si tout avait été conçu pour me faire craquer. Du sur-mesure.

Le pire, c'est que j'en avais encore envie. Un tiraillement au creux de mon ventre me rappela à l'ordre. Non, pas envie. Besoin.

Tandis que je relâchais une autre taffe, mon téléphone se mit à vibrer dans la poche de mon short. Je regardai l'écran et fronçai les sourcils. Il était 6 heures du mat'.

Je décrochai sans un mot.

— Tu nous ouvres ? On est devant.

Mike et Raf s'affalèrent sur le sofa, l'air un peu crevés, mais relativement sobres.

— Et vous êtes là pour ?

Ils avaient rapporté les affaires de Hope ainsi que son téléphone, jetés dans une poubelle du lycée, mais nous savions tous trois que cela pouvait attendre. Au moins le lever du soleil.

Raf ricana.

— Juste pour t'emmerder. Et pour avoir des nouvelles, bien sûr, ajouta-t-il après que je l'eus incendié du regard.

Tous deux me dévisagèrent sans un mot, avec un léger sourire en coin.

— D'après ce que je vois, tout va pour le mieux.

Comment ils étaient au courant, aucune idée, mais c'était comme ça entre nous. Pas besoin de parler, on savait, c'est tout.

Je répondis tout de même à Raf en allumant une autre clope :

— Mec, mêle-toi de ton cul.

— Oui, surtout que le tien a l'air assez occupé.

Je n'avais aucun doute sur le double sens de la brillante réflexion de Mike, et je commençais à m'énerver sérieusement. Je n'avais qu'une envie, retourner au chaud sous la couette avec Hope.

Et peut-être que je ne la réveillerais pas. Enfin, pas tout de suite.

Par chance, ils saisirent qu'ils ne devaient pas pousser le bouchon plus loin.

— On est allés à la soirée des Ghettas, ça nous a permis d'écouler un paquet.

— Toujours ça de moins, renchérit Raf sombrement. Et, ajouta-t-il, comme mon père est rentré plus tôt que prévu, on est venus squatter chez toi.

— Ça ne te dérange pas, mec ? On s'est dit que tu aurais besoin d'aide avec Hope et tout.

Son sourire carnassier eut raison de ma retenue. Tous les trois, nous étions impulsifs, prêts à la bagarre, n'importe où, n'importe quand. C'était notre exutoire.

Le poing qui rebondit sur la mâchoire de Mike ne les surprit donc pas. Ce dernier partit d'un grand éclat de rire, qui finalement fut contagieux.

Quand le silence revint, nous entendîmes un craquement et nous retournâmes de concert vers l'escalier.

Hésitante, Hope se tenait sur les premières marches. Elle exhalait le sexe par tous les pores de sa peau. Cheveux emmêlés, lèvres gonflées, regard fiévreux.

Le sourire goguenard qui apparut sur les visages de mes invités surprises ne me trompa pas : eux aussi l'avaient senti.

— Viens t'asseoir avec nous, petite chose, dit Raf en tapotant la place qu'il avait dégagée entre lui et Mike.

Amusé, je la vis se renfrogner.

— C'est quoi cette manie des surnoms bidon chez vous ? J'ai un prénom, grommela-t-elle en descendant, ce serait sympa de l'utiliser.

— Mais beaucoup moins drôle, répliqua Mike avec un clin d'œil taquin.

Quand elle arriva à notre niveau, je m'empressai de l'attraper par la taille et de l'asseoir sur mes genoux.

La provoc de Raf était grosse comme une maison et, si je n'y avais pas répondu, il n'était cependant pas question qu'elle s'installe entre ces deux bêtes de sexe.

Non pas que je n'avais pas confiance en eux, jamais aucun de nous n'aurait piqué la nana de l'autre. En revanche, on partageait sans problème.

Une bouffée de rage m'envahit quand j'imaginai un autre mec

posant la main sur Hope. Instinctivement, je resserrai ma prise sur sa taille, ce qui n'échappa pas au regard acéré de Mike.

Un sourire satisfait aux lèvres, il donna une bourrade sur l'épaule de Raf.

— Si c'est pas mignon, il a peur qu'on lui pique sa fée Clochette.

— En même temps, il n'a pas tort, toi et moi réunis, il n'a aucune chance.

Bien qu'ayant conscience qu'ils plaisantaient, je ne pus m'empêcher d'être agacé.

Hope répondit à ma place :

— Ouais, je suis là, les play-boys de mes deux. Je ne sais pas comment je résiste à votre charme dévastateur. Oh ! attendez, fit-elle, l'air faussement perplexe, c'est peut-être qu'il est caché derrière votre ego titanesque ? On ne vous a jamais dit qu'il valait mieux avoir de grosses couilles que de grosses chevilles, Castor et Pollux ?

Un rire puissant naquit au creux de ma poitrine, et je ne pus le réprimer plus longtemps. Regarder Mike et Raf n'arrangea rien, car les voir si ahuris déclencha une nouvelle crise d'hilarité. De mémoire, personne ne leur avait jamais parlé de la sorte.

Raf reprit contenance le premier.

— Hope Sanders, tu n'as pas fini de m'étonner.

Elle sourit.

— J'y compte bien. Et Raf, ajouta-t-elle, espiègle, si l'envie te prend à l'avenir de m'affubler d'un surnom gracieux comme tu les aimes, garde en mémoire que j'en ai tout un stock à votre intention.

Mike et Raf restèrent jusqu'à midi. Nous discutâmes de l'épisode pénible qu'avait vécu Hope, et tout le monde s'accordait à penser que n'importe qui pouvait en être à l'origine. Bien sûr, le nom de

Sheila flottait sur nos lèvres mais, vu que tout le lycée s'était retourné contre la petite nouvelle, impossible de l'affirmer avec certitude.

Sachant que cette nuit serait la dernière avant que Hope rentre chez elle, nous la passâmes à explorer nos corps et nos limites.

À l'aube du dimanche matin, j'eus la conviction que j'étais foutu. J'avais cette fille dans la peau et j'étais prêt à tout pour la garder près de moi.

Chapitre 40

Hope

Son regard inquiétant, de ses grands yeux lagon en amande, ne me quittait pas. Toute la soirée et la nuit qui suivit, je me repassai en boucle les instants torrides du week-end. Je n'étais pas préparée à cela. Ce déferlement de sensations, ce désir brûlant.

Je m'étais promis de ne jamais y attacher d'importance, me moquant des filles qui en faisaient tout un plat. Je m'étais promis de toujours rester maîtresse de moi-même, de ne pas être l'esclave de mon corps. Voir ma mère en faire usage à outrance m'avait assurément écœurée. Mais que faire lorsque mon corps et ma tête me criaient la même chose ?

Je poussai un léger soupir en pensant au monde que ses mains et ses lèvres m'avaient ouvert. Un monde magique, fait de sensualité, d'extase douce et sauvage à la fois.

Bien entendu, j'étais nerveuse, j'étais aussi morte de trouille. Mais j'avais levé les yeux vers lui, admirant la façon dont ses longues mèches soyeuses retombaient sur son front. Le désir qu'il avait éveillé en moi avait tout balayé, ne laissant rien d'autre derrière lui qu'une tension grandissante et dévorante.

Il avait su me faire oublier l'inconfort et m'emporter dans un tourbillon de volupté si intense que tout le reste m'indifférait.

Ses caresses, ses soupirs, ses crispations rythmaient mon univers, un univers où il n'y avait que lui et moi et un milliard d'étoiles aveuglantes.

Un coup de klaxon discordant me fit sursauter. Retour brutal à la réalité. Avec un geste d'excuse tout à fait justifié en direction de la voiture à laquelle j'avais refusé la priorité, je manœuvrai pour me garer. J'étais complètement dans la lune et, ça, c'était un problème.

Hier soir, quand Trixie était rentrée, elle m'avait sauté dans les bras et abreuvée d'un babillage incessant auquel j'avais répondu par des « oh » et des « ah » faussement exaltés.

Au bout d'un moment, ma petite sœur s'était tue. Tête penchée, elle m'avait observée un moment pour finalement me demander : « Hope, t'as les yeux qui brillent. T'es amoureuse ? »

Je l'avais regardée, la bouche ouverte en un o parfait. Constatant que je restais silencieuse, elle m'avait sauté au cou, supposant qu'elle avait tapé dans le mille. Ce n'était pas très grave.

En revanche, au lycée, je préférais garder toute ma tête. Comment y parvenir sachant que plus j'avançais, plus le désir de le voir me dévorait ? Je grognai de frustration tout en accélérant le pas, car j'allais finir par arriver en retard.

Entre deux réflexions, j'aperçus Will et Sheila à l'angle du bâtiment, visiblement en pleine dispute. Les mâchoires serrées, il la fusillait du regard tandis qu'elle semblait se défendre à grand renfort de gestes de la main.

Bref, j'étais bien trop dans ma bulle pour me préoccuper de ces deux-là, même si savoir que Will fréquentait Sheila ne m'enchantait pas. Il ne pouvait jamais rien découler de bon avec cette garce.

Je me dirigeai vers mon casier, me laissant bercer par le brouhaha du couloir. Chacun racontait son week-end prolongé et pour une fois, songeai-je en souriant de façon tout à fait idiote, moi aussi j'avais des choses à dire.

Évidemment, pas que des positives. J'étais toujours choquée par ce qui m'était arrivé, mentalement et physiquement – j'avais encore quelques bandages et contusions pour le prouver –, mais toute ma vie j'en avais bavé, alors aujourd'hui mon cerveau ne souhaitait retenir que le bon.

Une tornade s'abattit soudain sur moi.

— Hope ! Comment ça va ?

Mon amie savait que je redoutais ce week-end et tout ce qui me rappelait à quel point une famille aimante et unie me manquait. Elle m'étreignit avec force, se recula pour me scruter et fronça les sourcils.

— Tu t'es blessée ? Comment tu t'es fait ça ? demanda-t-elle, inquiète en voyant mon état.

— Ce n'est rien du tout, je suis tombée sur du bitume, répondis-je en mentant avec effronterie. J'ai eu la honte de ma vie, mais rien de grave. Comment s'est passé ton week-end ?

Aubrey leva les yeux au ciel.

— Comme d'habitude, un week-end en famille, quoi.

La confusion gagna aussitôt son visage.

— Oh ! désolée, ma puce, je ne voulais pas…

Je balayai sa remarque d'un geste de la main.

— Ne t'en fais pas, Aubrey, c'est comme ça, et je préfère que tu restes nature. Tu es ma seule véritable amie, pas question que tu réfléchisses quinze ans avant de parler pour savoir si tu vas me blesser.

Tout en prononçant ces paroles, je me rendis compte à quel point j'étais hypocrite, moi qui ne lui avais pas avoué la vérité.

Je la lui dirai plus tard, me promis-je avant que mon attention soit aspirée comme par un trou noir.

Aubrey me donna une petite tape sur le bras.

— Hey ! C'est quoi ces yeux ! On dirait que tu as vu Chris Hemsworth à poil !

C'était presque ça. Mais en mieux.

Jace venait d'arriver. Nerveuse, je me demandais s'il allait m'ignorer ou étaler notre relation au grand jour. Quand nos regards s'accrochèrent, je compris que je n'avais rien à craindre. Mon estomac fit un looping digne des montagnes russes les plus folles, et je me sentis aussi fragile qu'un nouveau-né.

Nous fîmes chacun un pas vers l'autre, mais deux agents de police sortis de nulle part se mirent en travers de son chemin. Le proviseur Janes suivait de près, l'air très contrarié.

— Jason Wentworth ?

Jason ? Jace n'était donc qu'un diminutif ? Cela me fit drôle de le connaître depuis des mois et de ne pas savoir son vrai prénom. Cela dit, j'avais d'autres préoccupations en cet instant.

— Monsieur Wentworth, nous aimerions jeter un œil à votre casier. Ouvrez-le, je vous prie.

Sa mâchoire se crispa, et son regard s'assombrit, signes de la tempête intérieure qui l'agitait.

Son beau-père, visiblement tendu, ne pipa mot.

Nerveuse, je tentai de me rapprocher, jouant des coudes, car évidemment tous les élèves s'étaient agglutinés autour de lui pour suivre la scène avec intérêt.

— Vous avez un mandat, quelque chose qui vous y autorise ?

Ses paroles sonnaient comme des coups de hachoir.

L'un des agents, un blond très maigre, répondit :

— Non, monsieur Wentworth, mais nous ouvrirons ce casier, que ce soit maintenant avec votre collaboration ou plus tard.

Jace sembla évaluer la situation, finit par hausser les épaules et ouvrit le fameux casier.

Un grand silence se fit tandis qu'il pâlissait à vue d'œil. Un muscle tressauta sur sa joue et ses poings serrés n'auguraient rien de bon.

Je m'avançai pour voir ce qui avait déclenché cette tension à couper au couteau au moment même où le second agent mettait la main à l'intérieur.

Un concert de murmures se fit entendre tandis que j'eus l'impression qu'on m'arrachait le cœur de la poitrine.

Hébétée, j'observai le gros sachet transparent, rempli d'une poudre immaculée que je ne connaissais que trop.

La nausée m'assaillit. Je laissai mon regard osciller entre le sachet et son visage, ne sachant que croire, éprouvant tour à tour de la surprise et de la colère.

Je me détendis légèrement. Il semblait sonné, c'est donc qu'il ne s'attendait pas à découvrir un énorme sachet de coke dans son casier.

Oui, il devait y avoir une erreur. Et Jace était au courant que je détestais la drogue. Elle avait fait de ma vie un enfer. Je ne voulais pas en entendre parler, ni de près ni de loin.

Ses yeux trouvèrent les miens au moment où les deux agents l'emmenaient sans qu'il montre aucune résistance, Patrick Janes complètement défait sur leurs talons.

Les regrets teintés de honte que j'y discernais me coupèrent le souffle, une douleur fulgurante m'étreignit la poitrine.

Chapitre 41

Hope

À la fin du cours d'histoire, je me précipitai dehors comme si j'avais le diable aux trousses. Jamais une heure ne m'avait paru aussi longue.

J'étais à l'agonie, partagée entre l'envie de pleurer et la colère. Les questions tourbillonnaient dans ma tête.

Cette drogue lui appartenait-elle vraiment ? Vu la quantité, il ne se contentait pas de la consommer, il devait forcément la vendre. Et où étaient Mike et Raf ce matin ? Eux aussi étaient-ils dans le coup ?

Vertiges et nausées m'assaillirent à nouveau. Il fallait que je sorte, que je prenne un peu d'air frais, sinon j'allais m'écrouler.

Quelqu'un me saisit le bras pendant ma course, et je faillis trébucher.

— Hope, attends !

Will, puisque c'était de lui qu'il s'agissait, grommela en me rattrapant.

— Merde, désolé. Où tu vas comme ça ? On a cours de bio !

Si je lui avais pardonné le regrettable épisode de la fête de Chloe, je n'étais pas pour autant aussi à l'aise avec lui qu'auparavant. Une gêne subsistait, bien plus encombrante maintenant que Jace et moi étions ensemble.

Cette réflexion me donna un nouveau coup au ventre.

Je me dégageai un peu sèchement.

— Will, ce n'est pas le moment.

Je fis un pas pour repartir quand il mit une main sur mon épaule.

— Hope… Si tu as besoin, je suis là, quand tu veux.

Je marquai un temps d'arrêt et inspirai brusquement. Savait-il de quoi il retournait ou constatait-il juste que j'avais une sale tête ? Will, comme tout le monde, avait assisté à la scène de ce matin. D'ailleurs, les gens ne parlaient que de ça, mais aucun n'était censé s'apercevoir à quel point cela m'avait affectée. Décidant de botter en touche, je le remerciai d'un infime signe de tête, puis filai comme une fusée avant de vomir sur ses chaussures.

L'air un peu frais de cette fin novembre me fit du bien. Je marchai sans savoir vraiment où j'allais. Je finis par me rendre compte que mes pas m'avaient conduite sous cet arbre, celui-là même où dernièrement Jace et moi nous étions installés pour notre devoir de littérature.

Avec tristesse, je réalisai que, si je devais rendre ma copie aujourd'hui, elle serait vierge.

Jace ou plutôt Jason était un dealer. Il vendait de la drogue pour quelques billets.

Où était l'homme qui avait esquissé avec tant d'émotion des dizaines de croquis d'une fille paumée, qui par la force de son crayon lui avait rendu la grâce et l'éclat que la vie avait ternis ? Avec un pincement au cœur, je me rappelai comment il m'avait expliqué, nos corps enlacés, que le dessin, depuis qu'il était tout petit, était sa passion. Il avait un véritable don.

Quelque temps après le décès de son frère, il avait tout arrêté, jusqu'à notre rencontre. La magie avait à nouveau opéré, il avait noirci des pages et des pages, juste de moi.

La façon dont il me voyait m'avait bouleversée, à tel point que je m'étais dit qu'il avait peut-être raison. Peut-être cette fille lumineuse était-elle ce moi potentiel. Je l'avais considéré comme une sorte de renaissance, mettant un terme à toutes les calamités qui m'étaient tombées dessus depuis ma venue au monde.

C'était compter sans le karma.

— Hope.

Doucement, je repris contact avec la réalité. Sans m'en apercevoir, je m'étais assise par terre, dos au tronc. La sensation d'humidité sur mes joues m'apprit que je pleurais, et pas qu'un peu.

Mike se tenait devant moi, un air grave sur son visage d'adonis. J'eus un infime temps de réaction et je bondis tel un ressort, ivre de rage.

— Tu étais au courant, n'est-ce pas ?

Nerveux, il se passa une main dans les cheveux.

— Ce n'est pas ce que tu crois.

— Ce n'est pas ce que…

Le rire qui sortit de ma gorge était amer.

— Ah, j'avoue que, celle-là, je ne m'y attendais pas, répondis-je, un goût acide dans la bouche.

Parce que quoi ? Il en avait besoin pour faire sa potion magique en cas d'attaque des Romains ?

Je lui lançai un regard noir.

— Te fous pas de ma gueule, Mike. J'ai déjà donné.

D'un pas rageur, je m'apprêtais à partir, mais deux mains sur mes épaules me retinrent fermement.

— Cette drogue ne lui appartient pas, Hope. Tu crois qu'il serait assez bête pour laisser un sachet de dope comme ça dans son casier ?

Pas faux, c'est ce que je m'étais dit, jusqu'à ce que je croise son regard chargé de remords. Après, le doute n'était plus permis.

Je pris cependant le temps de la réflexion et choisis soigneusement mes mots.

— Est-ce que Jace se drogue ?

Il ouvrit la bouche, puis la referma.

— C'est bien ce que je pensais, fis-je avec un mauvais sourire avant de détaler.

Mike ne s'avoua pas vaincu et me suivit au pas de course.

— On se fume de temps en temps quelques joints tous les trois, Hope. C'est pas la mort, tu ne peux pas réagir comme ça pour si peu.

Je pilai net et me retrouvai le nez face à son torse en me retournant.

— Si peu ! OK, j'aurais pu pardonner les joints, et encore, s'il avait tenu à rester avec moi, il aurait fallu tout jeter aux chiottes. Mais là, Mike, on parle de drogues dures. De drogues qui tuent des gens. De drogues qui bousillent la vie des gens.

Plus je continuais, plus ma voix tressautait, l'émotion prenant le dessus. Comment ne pouvait-il pas voir à quel point c'était mal ?

Quelques mèches aux reflets blonds caressèrent son front au rythme d'une légère brise. Percevant ma détresse il mit délicatement une main sur mon épaule.

— Cette drogue n'était pas la sienne, Hope. Quelqu'un l'a forcément déposée dans son casier. Je ne sais pas comment cette personne s'y est prise, mais elle a réussi son coup. Viens, il faut qu'on parle.

Au bout du rouleau, je ne trouvai pas la force de me rebeller ni de résister.

Pour plus de discrétion, Mike avait tenu à ce que nous nous éloignions du lycée. Vu mes yeux bouffis, ce n'était pas une mauvaise idée, j'étais sous le choc.

Nous étions à présent assis sur le muret dominant la plage. Insensible à mes tourments, l'océan charriait ses vagues avec force, créant une atmosphère qui d'ordinaire m'aurait paru apaisante, mais pour l'heure je n'entendais que les sanglots d'une personne désespérée et les vocalises des mouettes ressemblaient à des cris d'agonie.

Je jetai furtivement un coup d'œil à Mike, ne pouvant effacer de mon esprit ce que je venais de voir. Il avait bien sûr rabattu son sweat – douze degrés, il pelait – et son regard se perdait à l'horizon.

« Parfois, il faut savoir gratter. » Je comprenais de mieux en mieux cette phrase qu'il avait lâchée il y a quelque temps.

Gratter, cela faisait mal, cela rouvrait les cicatrices, c'était s'exposer, et il l'avait fait. Pour moi. Ou plutôt, je ne me leurrais pas, pour Jace, son ami, et cela m'allait très bien.

Même après toutes ces années, sa cicatrice était impressionnante et n'avait de cesse de se rappeler à lui.

Mike, Raf et Jace avaient chacun leur histoire. Je ne les connaissais pas, même si j'avais eu un aperçu de celle de Jace. Les ados désinvoltes et invulnérables qu'on imaginait tous n'existaient pas. Cette façade, c'était une protection, un mode de survie.

À quatorze ans, ils étaient déjà très liés et traînaient toujours ensemble. Ils étaient aussi déjà populaires et en imposaient à leurs camarades. Sauf qu'ils avaient besoin de se prouver qu'ils étaient de vrais *badass* à qui rien ne résistait.

Un jour d'ennui, ils s'étaient lancé un défi, comme peuvent le faire des mômes de quatorze ans, pour jouer à qui a la plus grosse. Malheureusement, cela n'avait pas tourné comme prévu.

Mike m'avait tout raconté. Comment chacun était parti de son côté avec pour mission de chaparder le trophée qui impressionnerait les autres. Comment lui, bien décidé à gagner, s'était sciemment dirigé vers une ruelle malfamée, histoire de la jouer à l'envers aux caïds du coin.

Le petit trapu à l'allure inquiétante qui avait croisé sa route avait tiré le gros lot, au sens propre comme au figuré. Car il n'était rien de moins que le bras droit du gang local Los Desgarradores. « Les Éventreurs », pour ceux qui ne parlent pas espagnol. Tout un programme.

Ces gens-là se moquaient qu'il soit juste un enfant. Sans états d'âme, l'homme lui avait planté son couteau dans le flanc.

Tout le corps de Mike s'était crispé à cette évocation. J'avais eu mal pour lui. Impuissant, le regard plongé dans celui d'un assassin sans pitié, il avait senti sa vie lui filer entre les doigts. Au moment où le poignard s'était abaissé à nouveau pour le coup fatal, Jace s'était jeté sur l'homme, sans songer aux conséquences. Tout ce qui lui importait était de sauver son ami.

Évidemment, même à deux, ils n'auraient pu venir à bout d'un tueur de gang. Jace le savait. Il avait réussi à obtenir les dix secondes d'attention dont il avait besoin. Depuis, Jace était contraint d'écouler de la drogue pour Los Desgarradores. Sa liberté contre leur vie, voilà ce que Jace avait négocié.

J'inspirai une bouffée d'air iodé.

— Mais pourquoi n'êtes-vous pas allés voir la police, il doit bien y avoir un moyen de vous sortir de là ?

Mike ricana.

— Si tu le trouves, surtout, ne te fais pas prier.

Il tourna la tête vers moi et plongea ses yeux saphir dans les miens. Mike avait cette beauté qui hypnotisait tout le monde, hommes et femmes sans distinction. C'était le plus abordable des trois, il avait un côté doux. Mais je ne me laissais pas abuser : sous cet air angélique, il était aussi implacable que ses deux amis.

— On a retourné le problème dans tous les sens, Hope ! À moins que le gang se fasse décimer, ou que quelqu'un reprenne notre dette, on est condamnés à bosser pour ces enflures. Le moindre faux pas, et ils nous crèvent comme des chiens. C'est déjà un exploit d'avoir obtenu ce deal. Tu comprends pourquoi jamais je ne laisserai tomber Jace ? Il m'a sauvé la vie. Je lui dois tout.

Le silence s'abattit sur nous, uniquement troublé par le bruit des vagues.

— Et Raf ? demandai-je. Tu as dit tous les trois, pourtant, lui n'était pas présent au moment de l'altercation.

— Non, il aurait pu y échapper.

Il marqua une pause.

— Mais pas moyen de raisonner cette tête de con.

L'émotion de ses paroles suffit à occulter l'insulte. Ces trois-là étaient liés à vie. Presque avec envie, je me demandais quel effet cela ferait d'avoir un ami prêt à se sacrifier pour moi. Mais j'étais contente pour Jace. Il avait perdu un frère et en avait récupéré deux autres. Ce n'était pas une compensation, mais c'est toujours mieux que d'être seul.

Sa confession m'avait bouleversée au-delà de ce que j'aurais pu imaginer. Je les plaignais tous les trois et aurais donné n'importe quoi pour les délivrer de cet enfer. Un enfer sans billet de retour.

Le problème m'apparaissait dans toute sa complexité. Étais-je prête moi aussi à y mettre un pied ? La drogue était l'incarnation de ce que je détestais, pourrais-je être avec Jace alors qu'elle était omniprésente dans sa vie ?

Il me fallait vérifier un dernier point.

— Mais vous n'en consommez pas ? À part les joints, je veux dire, ajoutai-je en pinçant les lèvres.

Mike secoua la tête.

— Non, plus maintenant.

Cette réponse ne me satisfaisant pas entièrement, je haussai un sourcil. Il parut hésiter.

— Jace a déjà plongé. L'an dernier, à la même époque. C'était un… passage difficile pour lui, une phase d'autodestruction. Mais je te jure qu'il s'en est remis, Raf et moi, on s'en est assurés.

Je le crus, mais cela ne fit pas disparaître cette gêne persistante, celle qui me disait de fuir à toutes jambes.

Tout en me dirigeant vers la sortie, je ressassais les paroles de Mike. Ma tête abritait une véritable tempête, et je regrettais déjà de devoir travailler ce soir. J'étais épuisée, inquiète et toujours en colère. À quoi pensait Jace en ce moment ? Était-il désespéré ? En colère lui aussi ?

Car, comme l'avait souligné Mike, quelqu'un l'avait piégé. Ce quelqu'un, ses deux amis avaient bien l'intention de découvrir son identité. Par tous les moyens.

Je n'aurais pas aimé être à la place du type lorsqu'ils le choperaient. En même temps, ce serait mérité, il ne s'agissait pas d'une plaisanterie anodine, cette personne souhaitait réellement lui nuire. Je réalisai d'ailleurs que cela pouvait aussi bien être une fille. Jace ne s'embarrassait pas de manières pour les éconduire et certaines, comme Sheila, avaient la rancune mauvaise.

J'aurais misé sur elle, mais je n'étais pas très objective ; s'il ne tenait qu'à moi, Sheila serait responsable du réchauffement climatique.

Machinalement, je passai la main sur ma poche pour sentir mon portable. Je pilai net et me maudis intérieurement. Je fis demi-tour vers le gymnase au pas de course, car j'allais être en retard pour aller chercher Trixie si je ne me dépêchais pas.

Persuadée de l'avoir laissé dans les vestiaires, je priai pour qu'il y soit toujours. Les aventures de ce mobile mériteraient un sonnet à elles toutes seules.

Dans le silence, j'entrai dans le gymnase. Les derniers cours étaient finis, c'était carrément désert. Un nœud se forma dans mon estomac, et je m'astreignis à respirer doucement pour ne pas paniquer. L'épisode était encore trop frais.

J'avançai en tremblant dans les vestiaires, me maudissant pour ma faiblesse. Un frisson dévala ma colonne vertébrale.

Alors que je tentais de me calmer, je sursautai violemment. Je venais d'entendre un bruit. Une sorte de murmure étouffé qui me fit me demander s'il s'agissait ou non d'une bonne nouvelle. Je ne supportais pas d'être seule à cet endroit.

À pas de loup, j'avançai vers mon casier, pressée d'en finir et de déguerpir. Avec un intense soulagement, je vis mon mobile sur le sol, sous le banc. Je me dépêchais de le récupérer quand les bruits se firent à nouveau entendre.

Soupirs, grognements étouffés, un son sec et répétitif... Inutile de faire preuve de trésors d'imagination pour deviner ce qui se passait.

Au moins, je n'avais rien à craindre. Il allait falloir travailler sur ma paranoïa.

Je m'apprêtais à filer aussi sec quand une petite voix intérieure – celle qui était sournoise et machiavélique – m'incita à en savoir plus. Qui donc pouvait s'envoyer en l'air dans les vestiaires ? C'était strictement interdit, et chacun était au courant qu'il encourait l'exclusion.

J'activai mon mode ninja et je me rapprochai, car j'entendais des mots indistincts d'où je me tenais.

Le spectacle me figea sur place. Une intense déception me submergea, vite remplacée par la rage. Car maintenant j'avais l'image et le son.

— Hum, bébé, c'est bon, continue. Tu n'as plus l'air en pétard, dis-moi, lâcha la fille d'une voix lascive.

Le garçon remonta la jambe de sa partenaire et redoubla de virulence. Je voyais son fessier musclé s'activer sans relâche, comme s'il se défoulait plutôt que de vouloir la satisfaire.

— Ta gueule, Sheila ! Je t'ai dit qu'elle était hors de ta portée. Ne l'approche plus, ou je t'étrangle de mes propres mains.

Une ombre venimeuse apparut dans les yeux de Sheila tandis qu'elle empoignait ses cheveux avec force.

— Dis donc, tu la ramenais moins quand tu m'as demandé de passer la vidéo à la soirée de Halloween ? Et qu'est-ce que vous avez tous à ramper devant cette salope ? susurra-t-elle, mauvaise. Elle sort de nulle part, elle s'habille comme un sac et n'a aucune distinction. C'est sa strip-teaseuse de mère qui vous fait bander ?

Un immense froid m'envahit. Jamais je ne m'étais à ce point trompée sur quelqu'un.

— Elle est à moi, dit-il comme si cette explication suffisait.

Ses coups de reins se firent plus pressants, presque violents.

— Maintenant que Wentworth a disparu de la scène, je vais en faire ce que je veux. Et, une fois que je l'aurais sautée, ça va le finir, cet enfoiré.

Sheila émit un petit rire de gorge.

— Tu lui donnes trop d'importance, William chéri. Ton coup avec la drogue, ça, ça va l'anéantir.

Rita me fixa d'un œil contrarié. J'étais un véritable zombie et je faisais connerie sur connerie. Honteusement, je venais de renvoyer un burger en cuisine. La cliente avait commandé un *burrito* végétarien…

Ce que j'avais découvert m'avait bouleversée, je ne savais même pas comment je tenais encore sur mes jambes tellement elles flageolaient.

Will et Sheila étaient à l'origine de tout. Will, que j'avais pensé être un ami. Will, qui m'avait fait croire que j'étais spéciale, que je valais le coup. La question qui tournait dans ma tête était : pourquoi ? Sheila agissait par dépit, elle n'avait pas supporté le rejet de Jace. Mais Will ? Pourquoi cet acharnement ?

Visiblement, c'était lui qui lui avait demandé de balancer la vidéo qui m'avait humiliée devant tout le lycée. Quel était réellement son but ? Punir Jace ? Mais de quoi ?

Je n'y comprenais rien, cependant la colère me brûlait les veines. Car l'arrestation de Jace avait été orchestrée par ce bouffon de Kensington. Pour l'instant, bien trop chamboulée, je n'avais rien dit à personne.

— Hope ?

Je sursautai, manquant de renverser mon plateau.

Sourcils froncés, Rita me dévisageait.

— Je peux te parler un instant ?

Je déglutis difficilement puis acquiesçai, réalisant que j'allais me faire passer un savon. Au mieux.

Rita me conduisit à l'arrière, à l'écart.

— Rita, je s…

— Qu'est-ce qui t'arrive, Hope ? Tu es dans tous tes états, on dirait que tu as vu un mort-vivant, ma fille.

Le ton de Rita n'avait rien de cinglant, au contraire. Ce fut peut-être ce qui me fit craquer. Mes yeux s'embuèrent, et je ne rechignai pas lorsqu'elle me prit dans ses bras.

J'étais une vraie mauviette ces derniers temps, jamais je n'avais autant pleuré. Mais cela allait changer. Je me le promis tandis que je déballais tout à Rita, laquelle m'écouta d'une oreille attentive et réconfortante.

Quand j'eus terminé, elle posa une main chaude sur mon bras. Son contact était doux, apaisant et, encore une fois, je me surpris à espérer avoir une mère comme elle.

— Es-tu amoureuse de Jace, ma fille ?

Sa question me prit au dépourvu. J'ouvris et je refermai la bouche plusieurs fois sans qu'aucun son sorte.

Rita me regarda d'un air entendu qui me fit réagir.

— Il y a trop de zones d'ombre en lui, si encore il jouait franc-jeu…

— La confiance, c'est important, acquiesça-t-elle. Mais parfois il faut du temps pour se confier à quelqu'un. Surtout quand on a tout gardé pour soi pendant si longtemps.

— Tu me conseilles de lui donner sa chance ? dis-je, surprise.

Rita se fit pensive.

— Je te conseille de bien réfléchir… mais aussi d'écouter ton cœur. Seulement après, tu pourras prendre ta décision. Et, ajouta-t-elle après une infime hésitation, je dois t'avouer quelque chose. Le jour où tes amis étaient là et que tu es tombée… Franchement, je n'étais pas sûre de te garder. Si Jace n'était pas venu me dire ce qui s'était réellement passé avec cette odieuse blonde…

J'en restai bouche bée. Jace m'avait défendue auprès de Rita ? Les remords m'assaillirent aussitôt quand je repensai au chapelet d'insultes dont je l'avais affublé ce jour-là. J'avais cru qu'il s'était réjoui du spectacle, voire qu'il en était l'instigateur. Il était demeuré impassible et n'avait pas bougé le petit doigt.

Je secouai la tête lentement. Jace Wentworth était une véritable énigme.

Chapitre 42

Jace

La lumière du soleil m'aveugla, et il me fallut un moment pour m'y habituer. Je n'avais qu'une envie, filer dans la douche aussi vite que possible. Trente-six heures de détention, ce n'était franchement pas une sinécure.

Ma mère et mon beau-père se tenaient tous deux à mes côtés, les dents serrées et le regard dur. Évidemment qu'ils ne me croyaient pas… après mes démêlés avec la drogue l'an dernier, pouvais-je leur en vouloir ?

Pourtant, ils avaient payé ma caution, et si je n'étais pas sorti d'affaire je ne croupissais plus dans ce commissariat pourri. Je mis donc ma fierté de côté.

— Merci à tous les deux, pour la caution.

Le regard de ma mère s'adoucit un instant, mais celui de mon beau-père resta de granit. Je ne pus m'empêcher de réagir.

— Cette drogue ne m'appartient pas, je ne sais pas comment elle est arrivée dans mon casier.

Notez que je n'avais pas affirmé être innocent car, s'il était un qualificatif que je ne pouvais m'attribuer, c'était bien celui-là.

— Nous verrons cela plus tard, répondit abruptement mon beau-père. Pour l'instant, tu as de la visite.

Je suivis son regard et aperçus mes deux amis adossés à la voiture de Raf. Un franc sourire, le premier depuis trente-six heures, se dessina sur mes lèvres.

Ils étaient là, comme toujours. Je remerciai ma mère d'un signe de tête, car c'était elle qui devait les avoir prévenus.

Alors que je m'approchais, la portière passager s'ouvrit. Je ralentis, cette fois vraiment surpris par cette apparition.

Nos regards s'accrochèrent, et un long échange muet s'ensuivit.

— Tu es bien la dernière personne que je m'attendais à trouver ici, Papillon.

J'affichais un sourire et une décontraction que j'étais loin d'éprouver. La dernière fois que nous nous étions vus, une foule d'émotions avaient défilé sur ses traits et j'étais pratiquement sûr d'y avoir décelé du mépris. En même temps, qui pourrait l'en blâmer ?

Cette daube n'était pas la mienne, mais cela ne me rendait pas blanc comme neige pour autant. Elle vouait un dégoût à la drogue, et je lui avais tout caché de mes activités extrascolaires, forcées, certes, mais bien réelles.

Son visage fermé ne m'apprit rien sur son état d'esprit.

Raf coupa court à mes interrogations.

— Monte, on se ramène tous chez moi.

Le trajet se fit dans un silence de mort. Heureusement qu'il ne dura pas.

Une fois installé sur son sofa, j'entrai dans le vif du sujet.

— Bon, venons-en au fait, parce que j'ai une douche à prendre.

Hope plissa les yeux version serpent prêt à attaquer.

— Tes états d'âme hygiéniques vont devoir attendre. On sait qui t'a piégé.

Je me raidis instantanément.

— Je t'écoute.

Tout le long de son récit, je dus me faire violence. Apprendre que Kensington avait tout manigancé m'emplit d'une fureur qui crépitait littéralement sous ma peau. J'avais tout de suite vu que quelque chose clochait chez ce type, son regard sournois, sa façon d'évaluer les gens comme s'il jaugeait leur dangerosité… C'était sans aucun doute un fouteur de merde. En revanche, je n'aurais pas pensé qu'il irait jusque-là. Particulièrement avec Hope. Cela dit, s'il souhaitait se rapprocher d'elle, sa tactique était nickel ; après la diffusion de la vidéo, elle était à point.

Avec l'intervention de Sheila et ses menaces de dénonciation, il m'avait mis hors jeu d'office. Ce salaud ne perdait rien pour attendre. Il s'était attaqué à la mauvaise personne.

Je restai quelques instants silencieux, étouffant ma colère, tandis qu'une idée germait dans mon esprit.

Prudents, mes amis patientèrent. Je finis par lâcher :

— Et il n'a rien dit sur la raison qui le pousse à vouloir me faire tomber ?

Raf haussa les épaules.

— C'est peut-être juste une histoire de domination, n'oublie pas qu'on tient le bahut depuis des années. Il veut la place du roi…

Je plissai les paupières, pensif.

— Nan. Dans ce cas, il voudrait vous niquer aussi. Visiblement, je suis sa cible privilégiée, et Hope un dommage collatéral.

Je me mordis la lèvre inférieure, sûr de moi.

— C'est personnel. Je n'ai aucune idée de ses motivations, mais il se met en quatre pour m'atteindre.

— Alors il va falloir lui faire cracher la vérité.

Mike ne pouvait pas avoir plus raison.

— J'ai un plan, leur annonçai-je avec un sourire machiavélique.

L'espace d'un instant, je savourai le fait de les voir tous les trois suspendus à mes lèvres. Surtout elle. Sa tête haute et son attitude de guerrière lui allaient à ravir. Le souvenir de son corps moulé au mien me fit perdre quelques secondes de concentration.

J'exposai ensuite à mes amis le plan qui avait germé dans mon esprit. La lueur d'espoir qui illumina leurs visages me convainquit que je ne pouvais pas échouer. Sans le savoir, Kensington serait notre salut.

Je restai un long moment dans la douche de Raf. Déjà parce que, après un séjour en détention, c'était loin d'être superflu. Ensuite parce que j'avais besoin de remettre de l'ordre dans mes idées. Ces derniers jours avaient été denses. Ma relation avec Hope me sortait de ma zone de confort. Je ne savais pas réellement où nous en étions, qui nous étions l'un pour l'autre. Comme je n'avais jamais eu à me poser ce type de questions, cela faisait beaucoup pour un seul homme. Malgré la gravité de la situation, je n'avais pu m'empêcher d'avoir envie d'elle comme un fou. C'est elle qui avait peuplé mes nuits au poste. Son corps soyeux et réactif, ses lèvres douces, ses cris de plaisir… Une femme étonnante, entière et tellement désirable.

La conclusion était inévitable : elle méritait mieux que ce que j'avais à lui offrir. Étais-je seulement capable de lui rendre sa liberté ?

Lorsque je sortis de la douche, je la trouvai debout dans la chambre de Raf. Elle respirait la méfiance.

— Mike n'aurait pas dû avoir à me raconter pour le gang.

Cela expliquait sa présence aujourd'hui. Elle me voyait sûrement comme une victime. Avec tout ce dont j'étais coupable, elle ne pouvait être plus loin de la vérité.

— En effet.

Surprise, elle haussa un sourcil interrogateur.

— Tu regrettes ?

— Qu'il te l'ait dit, oui.

Ses yeux lancèrent des éclairs.

— Tu ne peux pas…

Je me déplaçai si vite qu'elle n'eut pas le temps de réagir et se retrouva plaquée contre le mur, les poignets relevés au-dessus de la tête.

En réalité, elle se tenait contre le poster d'un Vegeta rugissant. Raf était un fan inconditionnel de *Dragon Ball* et il me tuerait probablement si je l'endommageais.

— Je ne peux pas quoi ? murmurai-je à son oreille avant de lui lécher le cou, là où sa veine battait si fort que je pouvais presque l'entendre.

Elle aurait dû me repousser et s'enfuir. Mais, avec satisfaction, je sentis son corps se cambrer instinctivement contre le mien alors qu'un faible gémissement s'échappait de sa gorge. Bien, le feu qui me consumait de l'intérieur ne l'épargnait pas.

Fini de jouer. Ma bouche trouva la sienne avec tant de force que nos dents s'entrechoquèrent. Je me délectai de son goût suave et réalisai à quel point son contact m'avait manqué. C'était démentiel.

Ma serviette tomba d'elle-même alors que je la débarrassais avec fièvre de ses vêtements sans cesser de torturer sa langue, qui de son côté me dévorait avec une avidité égale. D'une main, je la soulevai et enroulai ses jambes autour de ma taille.

Je rompis brutalement notre baiser, et rivai mon regard au sien, emporté par ce besoin irrépressible de m'immerger en elle de toutes les façons possibles.

À bout de souffle tous les deux, frémissants, nous plongeâmes dans un abîme de débauche sensuelle.

— Raf ne va pas mal prendre qu'on lui ait piqué sa chambre ?

J'émis un rire ironique.

— Ne t'en fais pas pour ça. En revanche, je te conseille de décamper avant qu'il découvre le sort de son poster adoré.

Hope se releva sur un coude, la tête tournée vers l'objet de nos méfaits.

— Ne me dis pas qu'il regarde encore ce truc débile ! s'exclama-t-elle, incrédule.

— Chut, gloussai-je, tu risques la peine de mort, malheureuse !

Nous éclatâmes de rire, et cela nous fit un bien fou.

D'un geste souple, je la retournai et m'assis sur elle à califourchon, observant avec convoitise sa poitrine aux courbes parfaites. Ses yeux se voilèrent.

— Jace… Il faut qu'on parle, lâcha-t-elle en se dégageant doucement pour se couvrir.

OK, l'interlude était terminé. J'attendis qu'elle développe.

— Écoute, reprit-elle nerveusement, j'ai compris que tu étais piégé et que tu ne dealais pas pour le plaisir. Je…

Fébrile, elle tritura une mèche de ses cheveux, puis inspira un grand coup.

— Je ne sais pas si j'arriverais à vivre avec ça si cela devait se prolonger.

Finalement, elle allait peut-être s'enfuir.

— Tout ce que je peux te promettre, c'est de faire de mon mieux. En revanche, ajouta-t-elle après une infime pause, je suis au courant que tu en as consommé.

— Hope, c'est du passé…

— Mike me l'a précisé.

Je serrai les dents. Décidément, Mike avait été bavard. Je savais bien pour qui et pourquoi il l'avait fait, mais en toute mauvaise foi cela m'agaçait.

— Mais je vais être honnête, jamais je ne pourrais être avec quelqu'un qui se drogue. Même de la fumette.

Je partis d'un grand éclat de rire, soulagé.

— C'est ça qui te fait peur ? Oublie, ça m'est complètement égal de ne plus y toucher, Hope. C'était juste un passe-temps entre potes.

— Ce n'est pas tout, dit-elle en s'asseyant dos au mur.

Je lui lançai un regard interrogateur.

— J'ai besoin que tu t'ouvres à moi, Jace. De ne pas apprendre ton vrai prénom par un agent de police. Ou tes ennuis avec un cartel par ton meilleur ami parce qu'il y est contraint. Je ne veux plus de zones d'ombre, Jace.

Exactement ce que je n'avais pas envie d'entendre. Je me fermai aussitôt.

— Je t'ai raconté pour mon frère.

Mes mâchoires crispées libéraient les mots au compte-gouttes.

— Et je t'en remercie. Mais je ne sais même pas précisément ce qui est arrivé. Visiblement, cela a un énorme impact sur toi, sur la façon dont tu t'es construit et la personne que tu es aujourd'hui. Comment veux-tu que je te comprenne si tu me caches ce genre de choses ?

J'émis un clappement de langue agacé et je me levai d'un bond pour enfiler mes vêtements. Cette discussion devait s'achever au plus vite. J'avais tout encaissé pendant des années, je m'étais un peu confié à elle, et maintenant c'était la Gestapo. Je me sentais acculé, toute ma bonne humeur s'était envolée.

— On couche seulement ensemble, Hope, t'es pas ma psy, putain.

Je regrettai aussitôt mes paroles, mais ne dis rien pour amortir le choc. Au contraire. J'avais un besoin pervers de lui faire mal, irrité qu'elle n'accepte pas ce que je lui donnais.

Hébétée, elle dut s'y reprendre à deux fois pour parler.

— C'est ça pour toi ? Des parties de baise ?

— Ça n'avait pas l'air de te déplaire tout à l'heure, rétorquai-je sèchement.

Du coin de l'œil, je la vis pâlir. Elle était blessée, et tout son corps en témoignait : son visage crispé, cette posture de repli… Je savais que je n'étais pas juste. Je savais que je rouvrais des cicatrices toutes fraîches.

Pourtant, je ne fis rien pour combler le fossé que je venais de creuser entre nous.

Je n'avais pas pour habitude qu'on me pousse dans mes retranchements, je détestais cela. Parmi tous les sujets qu'elle aurait pu choisir, le décès de mon frère était le pire. Je n'en parlais jamais. À personne. Et, si j'avais fait une exception pour elle la semaine dernière, cela ne signifiait pas pour autant que j'allais m'épancher et raconter toute ma putain de vie.

Je la vis se lever et s'habiller par gestes saccadés. L'ambiance dans la pièce s'était considérablement alourdie.

Au moment où elle ouvrit la porte, je réagis.

— Hope, attends.

Elle examina ma main sur son bras et braqua son regard sur moi. Dur, inflexible.

— Lâche-moi, Jace. Tu avais raison la dernière fois : je ne suis pas ma mère. Merci de me l'avoir rappelé.

Elle se dégagea brutalement et partit. J'entendis le bruit de ses pas précipités dans l'escalier, et mon cœur qui suivait le même rythme.

Chapitre 43

Hope

J'avançai d'un pas décidé. J'étais fière de moi. De mes résolutions. Hier, je n'avais pas versé une seule larme.

En fin de compte, Jace m'avait rendu service. Ses paroles m'avaient blessée au plus profond de moi, mais grâce à lui j'étais à un tournant de ma vie. La vraie Hope Sanders avait enfin émergé. Et elle allait s'imposer, pas plus tard que maintenant.

Comme d'habitude, il y avait foule devant les casiers, et cette fois je m'en réjouis. Comme d'habitude, Sheila jouait son rôle de Queen B à la perfection. Le problème avec les reines, c'est qu'on peut leur couper la tête.

Regardant droit devant moi, je marchai vers elle avec détermination. Les gens commencèrent à se rendre compte d'un changement, car ils se mirent à chuchoter en me jetant des coups d'œil furtifs et intrigués.

— Salut, Sheila, dis-je une fois devant elle.

Étonnée de prime abord, elle se composa un visage mielleux.

— Hope, ronronna-t-elle, quelle mauvaise surprise.

Quelques imbéciles ricanèrent, je les laissai faire.

Je lui offris mon sourire le plus féroce.

— Tu n'as pas idée.

Et, là, je me lançai, tel un bulldozer enragé qui ravageait tout sur son passage.

— Sois bien attentive, car je ne me répéterai pas. Pour commencer, je ne veux plus que tu dises quoi que ce soit sur ma personne, rien, pas un mot, si ce n'est pour reconnaître à quel point je te suis supérieure. Ensuite, si je vois, si j'entends ou même si j'ai le soupçon que tu harcèles qui que ce soit ici ou ailleurs, tu auras affaire à moi. Et je te promets que tu le regretteras.

La stupéfaction qui déformait son visage de pétasse me réjouit. Cependant, elle n'était pas la seule à tomber des nues. Tout le monde était suspendu à mes lèvres, on aurait pu entendre une mouche voler.

Bien entendu, je ne m'attendais pas à ce qu'elle se couche facilement. Elle n'avait encore aucune raison pour courber l'échine. Je la lui donnai au moment où elle ouvrait la bouche pour probablement me lancer une réplique acerbe de son cru.

— À moins, bien sûr, que tu ne souhaites faire partager à tout le lycée ta passion pour les vestiaires embués ? Ce contraste avec le carrelage glacé, ça ne doit pas être agréable, si ?

Ses yeux s'arrondirent de surprise, et je sus que j'avais mis dans le mille.

Après tout ce qu'elle avait fait, j'aurais pu faire circuler la vidéo, cela aurait été exclusion et humiliation assurées. Mais cela m'aurait rabaissée à son niveau. Je désirais me battre contre le harcèlement, pas m'y adonner par vengeance. Trop de personnes comme moi en étaient victimes.

— Est-ce bien clair, Sheila ?

La dureté de ma voix m'étonna moi-même. Ses yeux lancèrent des éclairs, et elle sembla vouloir me foudroyer sur place, mais l'enjeu était trop important. Elle hocha légèrement la tête.

Cela ne me suffit pas. Je fis donc une pause et répétai, détachant mes mots comme si je m'adressais à une demeurée.

— Est-ce bien clair, Sheila ?

Sa mâchoire se contracta, mais elle capitula.

— C'est clair.

Satisfaite, je tournai les talons, épaules carrées et tête droite. Il était temps de passer au sujet numéro deux. William Kensington.

Je remarquai les Dark Angels au fond du couloir et allai les rejoindre. En chemin, j'entendis des applaudissements et je ralentis, balayant l'espace autour de moi. Troublée, je découvris des visages admiratifs, amicaux, soulagés – certains que je connaissais, d'autres moins –, tous tapaient des mains avec ferveur. J'en eus les larmes aux yeux, c'était surréaliste, et j'étais bouleversée. J'aperçus du coin de l'œil Jenny, la fille bègue qui avait osé prendre ma défense en début d'année. Son regard brillait d'excitation et de ce que j'interprétais comme de la reconnaissance.

D'un geste rapide du menton, elle me remercia, et je me dis que, si je voulais garder mon attitude de *badass*, j'avais intérêt à filer fissa.

Lorsque j'arrivai à hauteur des garçons, je dus me faire violence pour ne pas les observer trop longtemps. Surtout lui. Ce n'était pas le moment de flancher. Plus facile à dire qu'à faire quand il affichait cette posture décontractée qui mettait tout son corps en valeur. Il était époustouflant. Et je ne l'aurais plus jamais.

— Tu as enfin pris ton envol, on dirait.

Sa voix douce comme du velours rampa sur ma peau. Heureusement, Raf me dispensa de répondre.

— Bravo, terreur, c'est la classe, me félicita-t-il d'une bourrade sur l'épaule.

— Ouais, renchérit Mike, on t'a bien éduquée.

Je levai les yeux au ciel, blasée. Ils étaient toujours aussi arrogants.

— On passe aux choses sérieuses ?

Leur regard se durcit, nous ramenant à la réalité.

Raf afficha un petit sourire en coin.

— On ne devrait pas tarder à avoir de ses nouvelles.

Mike tourna la tête.

— Bingooo.

Je suivis la direction de ses yeux et vis Will arriver, furax. Il fit comme s'il ne m'avait pas remarquée, et cela m'irrita au plus haut point.

— Wentworth. Pas question de me prendre Kellian pour l'entraînement. Demain, on a match. Je me fous de savoir pourquoi tu as besoin de lui.

Will écumait, littéralement. Un sourire hideux transfigura son visage normalement harmonieux.

— T'es fini, mec. Tu ne mènes plus la danse ici. Qui va suivre un dealer qui s'est camé jusqu'à l'os ? Admets ta défaite et retire-toi avec dignité.

Toute personne qui ne connaissait pas Jace aussi bien que moi aurait pu se laisser abuser par cet air impénétrable qu'il affichait. Je n'étais pas dupe, le feu couvait sous la glace, et il ne tarderait pas à la faire fondre en fanfare.

— Ah ! et c'est toi qui comptes me remplacer, c'est ça ?

Le petit sourire méprisant qu'il adressa à Will avait de quoi faire grincer des dents, et ce dernier n'y coupa pas.

— Kellian ne viendra pas à l'entraînement ce soir. Et toi non plus.

Will ricana méchamment.

— Tu perds la tête, Wentworth, ouvre les yeux.

Nonchalamment, Mike sortit son mobile et le colla sous son nez.

— Non. Toi, ouvre les yeux.

Il les écarquilla, même. Et l'odeur de la peur envahit l'espace, au fur et à mesure qu'il visionnait la vidéo. Finalement, il daigna m'accorder son attention, cherchant vainement un appui.

Son visage devint aussi pâle que celui d'un mort, et une fraction de seconde j'eus pitié de lui.

— Copuler dans les vestiaires est passible d'exclusion, je suppose que tu le sais, dit Jace d'une voix traînante. Donc, si tu ne veux pas que le proviseur, mon beau-père, ait la joie de voir tes exploits, tu ramènes ton cul de merdeux à 18 heures dans la salle de Jenkins.

Le Pr Jenkins était en arrêt maladie en raison d'une chute de cheval. Sa salle, un peu à l'écart des autres, était idéale pour ce que nous avions à faire, et ce serait bien entendu un jeu d'enfant pour les Dark Angels de s'en procurer les clés.

Le reste de la journée se déroula au ralenti. Je me sentais mal, car Jace m'avait semblé en pleine forme, pas du tout affecté par notre discussion de la veille. J'avais rompu, et cela ne lui faisait ni chaud ni froid ; c'était dur à accepter. En réalité, même si je ne voulais plus avoir affaire à lui, la distance dont il faisait preuve m'accablait.

Je passai ma journée à répondre aux *high five* de tous ceux que je croisais et dont j'étais la nouvelle héroïne.

Versatilité quand tu nous tiens.

Honnêtement, je n'avais aucune envie de blablater, mais j'étais bien consciente que ce serait malvenu de ne pas le faire. Ces gens m'encourageaient, je ne pouvais pas leur fermer la porte, bien que ce soit ceux-là mêmes qui m'avaient lâchée. Aubrey était excitée comme une puce. Bref, je fis ce que j'avais à faire, le sourire aux lèvres, en attendant l'heure fatidique.

À 17 h 59, nous étions tous les quatre au rendez-vous. À 18 heures pile, la porte s'ouvrit sur un William qui n'en menait pas large.

Chapitre 44

Jace

Toute la journée, j'avais attendu la confrontation avec cet enfoiré. Je l'aurais bien encastré dans le mur sans cérémonie, mais certaines choses étaient plus importantes que la libération de mes pulsions.

Mince satisfaction, son éternel petit air suffisant avait disparu depuis qu'il avait pris conscience qu'on le tenait avec la vidéo.

Il tenta néanmoins de rester digne et s'assit à demi sur la table en face de nous.

— Très bien, Wentworth. Fais ce que t'as à faire. J'imagine qu'un passage à tabac à trois contre un ne te posera pas de problème.

J'affichai un sourire cruel. Les Dark Angels étaient connus pour leur justice expéditive. Toutefois, nous n'agissions jamais sans fondement.

Le type à qui nous avions brisé les jambes, par exemple, était loin d'être innocent. La fille à qui il avait versé du GHB dans le verre quelques jours avant pourrait en témoigner.

Nos actes étaient-ils pour autant moraux ? Certainement pas. Mais je m'en balançais complètement. Seule la justice importait.

— Rien ne me ferait plus plaisir que de casser ta petite gueule de jeune premier, lui assurai-je d'une voix suave. On y viendra peut-être plus tard. Pour l'instant, je suis curieux ; raconte-moi pourquoi tu tiens tellement à m'anéantir. Maintenant que ton plan ridicule est tombé à l'eau, qu'est-ce qui te retient ?

Les yeux de Will lancèrent des éclairs.

— Tu es sûr de toi ? ricana-t-il en regardant vers Hope.

Son ton haineux me mit mal à l'aise. Mike et Raf froncèrent les sourcils, ignorant visiblement à quoi il faisait référence.

— Crache le morceau, lâchai-je.

L'expression de Will devint soudain sérieuse et, l'espace d'un instant, j'y lus une intense détresse.

— Caroline Parker, ça te dit quelque chose ?

Pris de court, je battis des cils plusieurs fois.

— La fille qui s'est suicidée l'an dernier ? Quel rapport ?

Will se détendit comme un ressort, son visage, dont la haine irradiait, se trouvait maintenant à deux centimètres du mien. S'il pensait me faire peur, c'était raté, je ne bougeai pas d'un pouce. Ce ne fut pas le cas de Hope, que je vis sursauter du coin de l'œil. Elle esquissa un geste dans notre direction puis, constatant que Mike et Raf restaient en retrait, se ravisa. Je leur avais explicitement demandé de me laisser faire, quoi qu'il arrive, et s'ils avaient accepté je remarquais bien, aux muscles saillants de leurs avant-bras, qu'ils se faisaient violence pour ne pas broncher.

— La fille ? C'est comme ça que tu appelles la personne que tu as poussée à la mort ?

Un silence assourdissant s'abattit sur nous avec la force d'un ouragan. Il en fallait beaucoup pour me déstabiliser, mais Kensington avait réussi cet exploit. J'étais sonné.

Seul le souffle erratique de Will troublait le calme. Avec stupéfaction, je vis une larme rouler sur sa joue.

Soudain, il me balança son poing dans la figure. J'accusai

le coup. Raf et Mike firent mine de s'avancer, mais je les arrêtai d'un geste.

En temps normal, la personne qui aurait osé lever la main sur moi aurait déjà été méconnaissable. Mais toute cette situation était inhabituelle.

Finalement, j'inspirai brusquement.

— Que j'ai poussée à la mort ?

Ma perplexité n'avait d'égale que celle de mes amis.

Si la colère de Will se lisait toujours sur son visage, un chagrin profond lui damait le pion.

Mon cerveau tournait à plein régime, tentant d'assembler les pièces du puzzle.

— Elle s'est ouvert les veines le 2 janvier. Le surlendemain de la nuit qu'elle a passée avec toi. Elle était tellement excitée à l'idée de sortir avec toi.

D'une voix plus dure, il ajouta :

— Tu es une ordure, Wentworth. Je ne sais pas ce que tu lui as fait ou ce que tu lui as dit, mais ça l'a achevée.

Tout à coup, tout me parut limpide.

— Alors, c'était toi…, murmurai-je, atterré.

Comment était-ce possible ? Je comprenais mieux sa hargne et sa volonté de me détruire. Il n'allait pas aimer la suite…

— Je te conseille de t'asseoir, lui indiquai-je d'un geste de la main avant de le faire moi-même.

— Certainement pas. Si tu dois me casser la gueule, fais-le et je me tire.

Cette fois, je braquai mon regard sur lui. Un regard dur, inflexible.

— Assieds-toi.

Même si Will avait un caractère bien trempé, il n'était pas de taille à lutter contre les Dark Angels, et encore moins contre moi. Il obéit instinctivement.

Alors, j'entamai mon récit. Plus j'avançais, plus le visage de Kensington se décomposait. À la fin, un silence pesant s'installa. Les fils du destin s'entrecroisaient sans jamais épargner personne.

— Tu mens, finit par murmurer Will, sans grande conviction.

Son teint livide faisait presque pitié. Je ne répondis pas. Il ne croyait pas vraiment à ses propres paroles. Durant des mois, il avait fomenté sa vengeance, vouant une haine féroce à celui qu'il tenait pour responsable de la mort de sa meilleure amie.

Il voulait me briser, ni plus ni moins. Et Hope n'était que la cerise sur le gâteau, un moyen inattendu de remuer le couteau dans la plaie. Voyant que je lui portais un intérêt inhabituel, il avait tenté de la séduire et de coucher avec elle. Étape numéro un : la mettre en vrac avec la vidéo pour mieux se rapprocher d'elle tout en l'éloignant de moi.

S'était-il seulement demandé ce qu'elle avait ressenti cette nuit-là ? Certainement pas. Seul son plan machiavélique importait.

Personne ne disait non aux Dark Angels. Personne ne les affrontait. Et, si toutefois il y avait un fou pour s'y risquer, sa défaite était assurée. Pour Kensington, sortir avec la fille que Jace Wentworth convoitait était un gros coup. Il aurait suscité respect et admiration tout en affaiblissant ma position. D'autant qu'en tant que vedette de l'équipe de base-ball, sa cote de popularité avait fait un bond. La drogue était le point final de son plan. Il espérait que je serais viré, mais dans tous les cas j'étais fini. Tout était question d'ascendant et de domination. Je risquais de tout perdre, tout ce que nous avions construit depuis des années avec mes amis d'enfance.

Je serrai les poings. Kensington était anéanti par la mort de son amie, mais il n'avait aucun droit de s'en prendre à moi, et encore moins à Hope. Juste pour servir ses intérêts.

Hope s'agita, visiblement en proie aux mêmes réflexions. Lentement, il se tourna vers elle.

— Désolé, Hope, ce n'était pas personnel.

Sa remarque ne fit qu'empirer les choses. Ses regrets étaient sincères, et je voyais qu'il souhaitait expliquer ses actes. Mais je m'en moquais, Hope aussi.

— Ne te donne pas cette peine, William.

Son ton mordant le fit tressaillir.

Il se leva et tendit une main vers elle. Sa détresse était palpable.

— Hope, mes sentiments pour toi étaient réels. Ils sont réels, corrigea-t-il.

Avant qu'elle ait pu répondre par une insulte bien cinglante, je pris la parole. Rien que de l'entendre parler de ses sentiments envers elle me broyait l'estomac.

— Assez, Kensington. Tes actes, tes responsabilités. Tu as fait une erreur. Caroline était une fille comme on en trouve peu. Je compatis, mais je ne pardonne pas. Tu t'es laissé aveugler par ta soif de vengeance, maintenant il va falloir assumer.

Honnêtement, les révélations auxquelles il avait eu droit me paraissaient une punition suffisante. Caroline était comme une sœur pour lui, son amie d'enfance depuis l'âge des couches. Quand elle avait été contrainte de déménager à Encinitas, elle avait déprimé. Vivant avec un père qui lui portait moins d'attention qu'à un animal de compagnie, elle n'envisageait pas une vie loin de Will, le seul qui avait toujours été là pour elle. Bien entendu, Will avait encouragé son amie de son mieux, et ils se parlaient quasiment tous les jours.

Ce que Will ignorait, c'était que Caroline était folle amoureuse de lui, depuis le début. Elle espérait qu'un jour il se rendrait compte qu'ils étaient faits l'un pour l'autre. Entre-temps, elle patientait, cachant ses véritables sentiments.

La séparation avait été terrible, elle s'était laissé ronger par la dépression au point de devenir l'ombre d'elle-même. Un infime espoir la rattachait au fil de la vie, mais elle était fatiguée d'attendre.

Si Will avait eu des petites amies, elle s'était toujours réservée pour lui. Elle s'était finalement dit que, s'il croyait qu'elle passait à l'acte avec un autre garçon, il se rendrait enfin compte des sentiments qu'il avait pour elle. Alors, elle avait choisi de séduire le tombeur du lycée. Avant de se rendre à la soirée du nouvel an, elle avait appelé Will, feignant l'excitation. Maquillée et habillée avec soin, elle lui avait montré la robe qu'elle avait achetée spécialement pour l'occasion, lui précisant qu'elle allait passer la nuit avec Jace Wentworth, le roi d'Archer's.

Elle n'avait pas eu droit aux protestations tant attendues. La voyant si heureuse, Will s'était contenté de l'encourager tout en lui recommandant la prudence. S'il avait su qui j'étais réellement, il lui aurait certainement défendu d'y aller.

Ce soir-là, à travers l'écran de son mobile, elle n'avait lu que de la sincérité et une joie réelle pour son amie. Clap de fin pour ses rêves ; le château de cartes s'écroulait sans qu'il en reste rien.

Désespérée, elle s'était quand même rendue à la soirée, son objectif inchangé : séduire le mec le plus canon et coucher avec lui, cela lui ferait peut-être oublier le reste.

Sexy comme elle l'était, elle n'avait eu aucun mal à m'attraper dans ses filets, malgré une concurrence ardue. Caroline était différente. Elle dégageait cette aura unique qui attire comme un aimant, comme Hope. Elle intriguait, mettait les sens à l'envers rien que par sa présence.

Nous avions passé la nuit ensemble.

À parler.

Évidemment, ce n'était pas mon intention de départ. Je discutais rarement, et c'était toujours jambes écartées. Mais à peine l'avais-je embrassée que je l'avais senti, cette espèce de mur infranchissable, quelque chose clochait. Et je n'avais pas mis longtemps à découvrir les raisons de ses réticences.

Caroline avait craqué et s'était confiée, m'ouvrant son cœur, me parlant de ce garçon qu'elle n'aurait jamais, de ce père qui ne l'avait jamais aimée, de sa vie qui n'était qu'une vaste plaisanterie.

Nous avions discuté jusqu'au petit matin. Je pensais avoir trouvé les mots justes, je comprenais son mal-être. Malheureusement, les mots justes ne suffisent pas parfois.

Caroline s'était donné la mort le jour suivant. Beaucoup avaient été choqués à Archer's, et je n'étais pas le dernier. Cela avait été un coup dur, ses confidences étaient trop fraîches, j'avais eu l'impression d'avoir foiré quelque chose.

— Jace risque d'avoir de gros ennuis à cause de toi. Ta peine ne t'autorisait pas à bousiller sa vie, ni celle de Hope d'ailleurs, assena Mike.

Will répondit d'un ton las, presque désespéré :

— Je viens de découvrir que ma meilleure amie s'est foutue en l'air à cause de moi. Vous voulez quoi, en plus ?

Raf prit la parole :

— Soit tu te rends au poste et tu avoues que cette drogue t'appartenait.

Kensington ferma brièvement les yeux. Avec un père dans la politique, le scandale était assuré.

— Soit tu décides de sauver tes fesses et nous avons une proposition à te faire.

À la lueur qui traversa ses pupilles, je sus tout de suite qu'il choisirait la deuxième option, et j'étouffai la vague de soulagement qui menaçait de m'emporter.

Chapitre 45

Jace

— Je n'arrive pas à croire qu'on est libres.

Ce sentiment de délivrance qu'éprouvaient Mike et Raf, il était bien là pour moi aussi. Pourtant, c'était comme si je ne pouvais pas y goûter. Je réalisais tout ce que cela impliquait, mais ne ressentais qu'une satisfaction clinique, froide.

— Pas tout à fait, corrigeai-je. Je dois encore négocier avec Rico.

Mike haussa une épaule, enfoncé dans le sofa de Raf, notre QG habituel.

— On sait tous que c'est bouclé. Tout ce qu'il veut, c'est écouler sa came. Que ce soit toi ou un autre…

— Il pourrait faire chier juste pour le plaisir. N'oublie pas que tu as tenté de leur piquer de la poudre.

Mike se rembrunit.

— On a assez payé pour ça. Il a voulu marquer le coup et donner un exemple. Maintenant, tout ce qui l'intéresse, c'est sa merde et le fric que ça rapporte. Avec nous, c'est tout bénef, il garde tout, ricana-t-il.

Il était temps de passer la main.

Raf hésita, un bras en l'air, le goulot de la bouteille effleurant ses lèvres.

— Ouais. C'était un peu hard quand même. T'as vu la tête qu'il a faite quand il a compris que sa pote s'était taillé les veines à cause de lui ?

Je ne portais pas Kensington dans mon cœur, loin de là. Maintenant, je devais dire que mon regard sur lui avait quelque peu évolué. En réalité, toutes ses actions avaient été motivées par sa loyauté envers Caroline. Persuadé que j'étais l'instrument de sa perte, il était prêt à tout pour la venger.

Cela, je le respectais. Peut-être même aurais-je pu le lui pardonner, s'il n'avait pas mêlé Hope à ses embrouilles.

Mais ses actions directes et indirectes lui avaient causé trop de mal, et je ne pouvais le tolérer.

Alors, même si au fond de moi je plaignais Kensington et qu'il me faisait pitié, je n'avais pas hésité à alourdir son fardeau en lui proposant de reprendre ma dette auprès des Los Desgarradores.

S'il y avait un moyen de nous sortir mes amis et moi de cette situation, nous y aurions recours. Kensington devrait se démerder, il avait montré qu'il ne manquait pas de ressources.

Pour ma part, je devrais trouver une solution pour me débarrasser des charges qui pesaient contre moi. Il allait falloir la jouer serré.

— Hé, t'es avec nous ?

La main de Mike s'agitait devant mon nez. Je battis des paupières et repris mes esprits.

— Ouais.

Après avoir avalé une gorgée, Raf m'observa en biais.

— Je ne sais pas ce que t'as foutu avec Hope, mais vu ta tête de zombie, tu ferais mieux de te bouger le cul pour réparer tes conneries.

Je lui lançai un regard mauvais, mais ne trouvai rien à répondre. Pour la bonne et simple raison qu'il avait tapé dans le mille.

Nous nous étions à peine adressé la parole la veille. J'avais maintenu une distance glaciale, et elle n'avait pas cherché à la combler.

Cela m'avait rendu fou de la voir rembarrer Sheila comme ça. Une vraie guerrière, elle était sexy à mort ; et j'étais en feu. Une seule envie me gouvernait : lui faire l'amour jusqu'à ce qu'elle ne puisse plus bouger.

Ouais, j'étais vraiment un gros con. Demain, j'allais rattraper ça.

Je marchais tranquillement dans les couloirs alors qu'en réalité j'aurais aimé courir comme un dératé. Pour la retrouver, lui dire à quel point j'avais déconné.

Je croisai cette salope de Sheila, qui m'offrit un sourire aussi mauvais que tout le reste de sa personne.

— Alors, Jace, on a perdu quelque chose ?

Je lui lançai un regard blasé, mais ses paroles m'avaient intrigué.

Au bout d'un moment, son visage s'éclaira.

— Ah, mais tu n'es pas au courant !

Le rire qu'elle poussa me fit penser à celui des sorcières dans Disney. Un vent de panique souffla sur moi.

Je la plaquai violemment contre le mur.

— Hé, s'indigna-t-elle, tu me fais mal !

— Tant mieux, explique-toi.

Elle m'étudia un instant, ignorant les doigts plaqués sur son épaule.

— Hope Sanders a demandé sa mutation à Lowell.

Les mots planèrent entre nous, avant d'aller s'enfoncer dans mon cœur comme un millier d'aiguilles acérées.

Chancelant, je relâchai ma prise sur Sheila, laquelle se dégagea sans douceur.

— Connard, marmonna-t-elle avant de tourner les talons.

Je ne relevai pas. J'étais bien trop sonné pour cela.

Peut-être s'était-elle trompée ? Peut-être n'avait-elle inventé cela que pour me torturer et se venger ?

Mon cœur tambourinait tellement fort que je dus m'appuyer contre le mur. Un frisson glacé me dévala la colonne vertébrale, et pour la première fois depuis très longtemps, j'eus peur.

Cette foutue peur me vrillait l'estomac. J'allais la perdre.

L'excès d'adrénaline me fit sortir de ma léthargie, et je me dirigeai vers les casiers presque en courant. J'aperçus une chevelure brune tout au fond. Je fonçai et pilai devant elle.

— Où est Hope ?

Aubrey tourna la tête vers moi. De morne, son regard devint furieux tandis que ses lèvres se pinçaient.

— C'est à cause de toi, c'est ça ? Qu'est-ce que tu lui as fait, Jace ? Elle était bien ici, elle commençait à s'intégrer, à avoir des amis.

Trop choqué, je ne répondis pas. Sheila avait dit la vérité. Hope était partie. Elle m'avait abandonné. Un sentiment douloureux et familier me broya les entrailles.

Après un dernier regard méprisant, Aubrey me laissa en plan.

— Connard.

Ouais. Sans aucun doute.

Dévasté, je m'étais rendu dans le bureau de mon beau-père. Il devait certainement connaître les tenants et aboutissants de cette histoire.

J'espérais, au fond de moi, qu'il s'agissait d'une plaisanterie ridicule. D'un moyen de me punir, de me faire prendre conscience.

Parce que cela m'avait frappé comme un boulet de canon : je ne pouvais pas vivre sans elle. Impossible. Je l'avais dans la peau.

La souffrance que j'endurais était pire que tout ce que j'avais expérimenté ces dernières années.

Patrick m'avait confirmé la demande de Mme Sanders. Hope lui avait remis la lettre la veille. Je me doutais bien qu'elle n'émanait pas de sa mère, elle avait dû imiter sa signature, comme les dizaines de fois où l'incapacité de sa génitrice la contraignait à endosser des responsabilités qui n'étaient pas les siennes. Elle devait commencer à Lowell après-demain.

J'eus presque envie de rire. Un Dark Angel mis K-O par une nana.

Et pourtant... J'avais du plomb dans les jambes tandis que je rejoignais mes amis devant le bâtiment.

C'était une journée sans nuages, le soleil resplendissait dans le ciel azur. Dans mon corps, c'était la fin du monde.

Mike et Raf n'eurent pas besoin de me demander si mon beau-père avait confirmé. Leurs regards sombres et accusateurs m'achevèrent.

Mike posa une main sur mon épaule. Je ne bougeai pas, figé.

— Va la chercher, Jace. Ne la laisse pas partir, pas celle-là.

Un regain d'espoir fit enfler mon cœur. J'allais me battre, me mettre à genoux s'il le fallait.

J'enfourchai ma bécane et je fonçai chez elle. Je roulais vite, trop vite, mais je ne pouvais pas me contrôler. Heureusement, aucun flic ne croisa mon chemin.

Je sonnai à sa porte, gonflé à bloc. Personne ne répondit. Je commençais à désespérer quand j'entendis un faible bruit, puis la porte s'ouvrir.

Ce fut le choc de ma vie. Devant moi se tenait une reproduction de Hope. Cheveux blonds qui cascadaient dans le dos, yeux de biche, bouche sensuelle. Mais la ressemblance s'arrêtait là. Car la personne qui me faisait face semblait plus morte que vivante. Une version décatie de la fille dont j'étais fou. Avec effroi, je réalisai la torture que cela devait représenter pour elle. Cette femme, sa mère, n'était qu'une ombre, une parodie. Son regard vide, accentué par d'énormes poches violettes, me fit froid dans le dos.

Mon cœur se serra. Comment Hope avait-elle fait pour survivre ? Sa mère me détailla de la tête aux pieds et, enfin, une lueur apparut dans ses yeux ternes. Face à cette expression prédatrice que je ne connaissais que trop bien, j'eus la nausée.

— Tu veux entrer, mon chou ?

Je me contraignis à ne pas respirer, son haleine empestait l'alcool à des kilomètres.

— Hope est là ? demandai-je d'une voix peu amène.

Je haïssais cette femme qui avait bousillé la vie de sa fille.

Elle fit un geste vague de la main.

— Partie chercher Trixie. Tu veux entrer, alors ?

Ce que je voulais, c'était lui mettre mon poing dans la figure et sentir ses os craquer sous mes doigts. Malheureusement, on ne fait pas toujours ce que l'on souhaite.

Je déguerpis à la vitesse de l'éclair sans prendre la peine de répondre. J'arrivai en plein pendant la sortie de l'école. Par-delà les têtes des dizaines de parents qui discutaient devant le portail, je tentai de la repérer. Nerveusement, je balayai les environs, en vain.

Merde ! Je l'ai loupée !

Fébrilement, je fendis quand même la foule, ne voulant pas m'avouer vaincu. Mon besoin de lui parler me consumait de l'intérieur ; je ne pouvais plus attendre.

Soudain, je me figeai. Un rire familier s'enroula autour de moi, la plus douce mélodie que j'avais jamais entendue. Je tournai la tête vers la droite et l'aperçus, main dans la main avec sa petite sœur. Elle riait. Ses yeux étaient gonflés, son visage bouffi, mais elle riait.

Est-ce que cela me faisait mal ? Est-ce que j'en étais heureux ? Impossible de démêler les sensations qui m'envahirent en cet instant.

Je m'approchai, attiré comme un aimant. Trixie me vit en premier, ses traits s'animant soudain comme si elle observait le soleil. Mon cœur en fut réchauffé : si sa sœur m'appréciait, peut-être avais-je une chance ? C'était stupide comme raisonnement, mais je me raccrochais à tout ce que je pouvais.

— Hope, regarde qui est là !

Comme au ralenti, Hope releva la tête vers moi. Elle blêmit aussitôt, resserra sa prise sur la main de Trixie et fit mine de partir.

Je lui barrai le passage.

— Hope, je dois te parler.

— Non, Jace, tu m'as tout dit. Tu veux que je te rafraîchisse la mémoire ?

Trixie nous observait tour à tour, tentant du haut de ses cinq ans de comprendre ce qui se déroulait sous ses yeux.

— Inutile, je sais parfaitement ce que j'ai dit, des conneries.

Trixie leva un sourcil réprobateur.

— Tu as dit un gros mot !

Je réprimai un sourire, le premier depuis longtemps. M'accroupissant à son niveau, je lui tapotai le bout du nez de mon index.

— Tu as entièrement raison, Trixie. Et je vais sûrement être puni pour cela, déclarai-je en jetant un œil faussement apeuré vers sa sœur.

— Mais je ne veux pas que tu sois puni, je t'aime bien, Jace.

Sa petite voix fluette me fit fondre.

— Quand on fait une bêtise, il est normal d'être puni, Trixie. C'est comme cela que ça marche.

Hope serra les dents, mais n'ignora rien du sous-entendu gros comme une maison. Je jetai un œil sur ma gauche et aperçus mon salut.

— Dis, ma puce, regarde qui est là-bas.

Je tendis le doigt dans la direction en question.

— As-tu envie d'aller jouer avec Lucas à la maison ?

Trixie glapit de joie tandis que sa sœur me toisait.

— Ouiiii ! Hope, c'est bon, dis, je peux y aller ?

Piégée et mécontente de l'être, Hope hésita. Je répondis à sa place et fis un signe explicite à ma mère en lui désignant Trixie.

— Vas-y, fonce, l'encourageai-je.

Nous marchâmes un moment côte à côte, silencieux. Étrangement, elle ne semblait plus en colère. J'étudiai discrètement son profil, les lignes fines de sa mâchoire, ses longs cils dorés, son buste droit. Elle était fière, fière et magnifique. Et j'étais sur le point de la perdre.

— Hope, regarde-moi.

Je ralentis jusqu'à m'arrêter et lui faire face. Nous étions sur une petite falaise, en aplomb de l'océan, un coin peu fréquenté. L'or de ses cheveux, agités par une légère brise, scintillait de mille nuances sous les rayons du soleil. Je réprimai l'envie d'y plonger mes doigts.

Elle hésita une seconde puis se décida à lever les yeux. Je tressaillis, le souffle coupé. Hope dégageait une volonté de fer, une assurance et une force loin de la résignation lasse qui était sa compagne quotidienne.

Son regard croisa le mien, impérieux et déterminé. On y était. Mon papillon émergeait de sa chrysalide.

D'une main tremblante, je frôlai sa joue.

— Hope, je…

Doucement, elle pencha la tête pour chercher mon contact.

— Je sais, Jace. Je sais tout ça.

Je poussai un soupir.

— Mais cela ne te fera pas changer d'avis, n'est-ce pas ?

La réponse tant redoutée tomba comme un couperet.

— Non. Trop de choses se sont passées. Je dois partir, m'éloigner d'Archer's et de tout ce qui se rapporte à ma vie d'avant, recommencer à zéro. Je sais maintenant que je peux le faire.

Elle se mit sur la pointe des pieds et, comme dans un rêve, effleura mes lèvres des siennes. Si douces…

— Grâce à toi, Jace. Laisse-moi m'envoler, voler de mes propres ailes. J'en ai besoin. Après… on verra… Peut-être nos chemins se recroiseront-ils.

J'inspirai son souffle comme si ma vie en dépendait, conscient qu'il s'agissait de nos derniers instants d'intimité. J'avais mal à en crever, je ne voulais rien perdre, pas même une seconde.

J'aurais pu insister, me battre, argumenter, mais j'avais compris que c'était inutile. Elle avait pris sa décision et elle ne me concernait pas seulement moi, mais sa vie. Sa nouvelle vie.

Nous échangeâmes un long baiser, empreint de passion et de regret, porteur de tous les non-dits qui flottaient entre nous. Un baiser ravageur, qui consuma tout sur son passage, nous laissant pantelants et égarés.

Puis elle s'en alla, sans jamais se retourner.

Chapitre 46

Hope

Couper les ponts fut la chose la plus difficile que j'avais jamais faite. J'avais Jace dans la peau et l'impression chaque jour qu'on me l'arrachait.

Pourtant, c'était nécessaire, pour lui et pour moi. Il n'était pas prêt. Son passé pesait trop lourd, et il ne s'en était pas encore affranchi. Quant à moi, j'avais déjà assez à faire avec mes propres problèmes.

Mon but était clair : avoir les meilleures notes possible pour obtenir une bourse universitaire. J'avais trouvé ma vocation, je voulais être psychologue pour enfants. Rien de surprenant finalement.

Le jour de mes dix-huit ans, j'allais demander la garde de Trixie. Elle méritait mieux que ce que j'avais vécu, et je comptais bien le lui donner.

Le reste de l'année ne ressembla à rien de ce que j'avais connu. Certes, je cumulais toujours les jobs alimentaires – je n'avais pas quitté le Taco Rita malgré la peur d'y rencontrer Jace, ce qui ne se produisit pas –, je m'occupais de Trixie et bossais comme une malade.

Mais j'existais, je m'étais reconstruite. À peine arrivée dans mon nouvel établissement, j'avais informé tout le monde du métier de ma mère et ajouté que, si quelqu'un avait un problème avec ça, j'étais prête à le recevoir comme il fallait. La rumeur s'était répandue, j'avais eu droit à quelques coups d'œil intrigués, mais tout s'était bien passé.

Parce que jamais je n'avais baissé la tête. Parce que jamais je n'aurais laissé quiconque me manquer de respect.

J'étais fière du chemin accompli, fière de ce nouveau moi qui ne plierait plus face au harcèlement. Plus jamais ça.

Si j'étais l'actrice principale de cette métamorphose, je savais qu'il en était le déclencheur. Jace m'avait ouvert les yeux, et je me voyais à travers les siens. Une jeune femme libre, forte et désirable. Je ne le remercierais jamais assez.

Pas un jour ne passait sans que je pense à lui. Il me manquait, terriblement. Je m'endormais chaque soir, perdue dans le souvenir de ses yeux bleus. Si je lui étais reconnaissante de m'avoir laissée partir, je crevais de ne pas avoir de ses nouvelles, de ne pas entendre sa voix, ou de ne pas me noyer sous ses caresses.

Je ne lui en voulais plus, je savais que les mots qui étaient sortis de sa bouche ce jour-là chez Raf étaient dictés par la peur. Lui aussi avait un travail à faire sur lui-même.

En soupirant, je montai dans la voiture. Si je ne faisais pas attention, j'allais être en retard à ma propre remise de diplôme.

Au moment de démarrer, je me donnai une tape de la main sur le front.

Merde ! Mon portable !

Encore et toujours.

Je descendis en vitesse et croisai le facteur au passage.

— Bonjour, Franco !

— Bonjour, mademoiselle Sanders ! Tenez, une lettre pour vous.

J'attrapai l'enveloppe et je montai en courant. Quand j'ouvris la porte, mon regard glissa sur le courrier, et mon cœur s'arrêta de battre.

J'aurais reconnu son écriture entre mille.

Pourquoi m'écrit-il après tout ce temps ? Et, d'abord, qui écrit une lettre de nos jours ?

J'étais tétanisée, en panique et carrément excitée d'avoir entre les mains le papier qu'il avait lui-même touché récemment.

N'y tenant plus, je jetai un œil à ma montre, jugeai que je pouvais bien m'octroyer cinq minutes et claquai la porte de la maison.

Je m'assis brutalement sur le sofa et caressai la lettre d'un doigt tremblant. Tout se bousculait dans ma tête, je ne savais quoi penser. Rien de foncièrement grave, car Trixie aurait été au courant par Lucas. Mais alors quoi ?

Délicatement, presque avec révérence, j'ouvris l'enveloppe que j'avais pourtant envie de déchirer en vitesse, à l'image des enfants qui ouvrent leur cadeau.

Mes yeux me piquèrent. Jace s'était taillé une place dans mon cœur, et la distance n'y changeait rien.

Papillon,

Remise des diplômes aujourd'hui. Et, comme tu ne fais jamais les choses à moitié, avec les honneurs. Je suis tellement fier de toi, ma belle, de la magnifique jeune femme que tu es devenue. Je suis tombé amoureux de toi au premier regard, même si j'étais trop idiot pour le réaliser. Ta fraîcheur, ton innocence, ta franchise, cette façon que tu avais de prendre tellement de place en voulant t'effacer… Tu étais parfaite et pourtant incomplète.

Plus maintenant. Je te vois d'ici en train de froncer les sourcils et râler : « Qu'est-ce qu'il en sait ? Ça fait plus de six mois qu'on s'est quittés. » C'est là que tu as tort.

Je ne t'ai jamais quittée. Pas vraiment. Et probablement que je n'aurai jamais le courage de le faire. Tu as marqué mon cœur au fer rouge, Hope, il porte ton nom, et je crois bien que c'est à vie.

Rassure-toi, j'ai compris ce besoin d'espace. Je te l'ai accordé mais, maintenant je peux bien te le dire, j'ai triché : il ne s'est pas passé un jour depuis que tu es partie sans que je te voie. Je m'arrangeais toujours pour être invisible et ne pas t'imposer ma présence, mais j'étais là. À la sortie du lycée, au coin du café près de chez toi, lorsque tu allais courir tôt le matin. Je crois bien que je suis prêt à aller à Quantico ;-)

Je me rends compte que cela doit te paraître flippant, mais j'en avais autant besoin que d'oxygène pour respirer.

J'ai perdu le droit d'être acteur dans ta vie, au moins pouvais-je camper le rôle de spectateur. Et ce que j'ai vu m'a rendu heureux. Si je devais endurer mille peines pour que tu sois si lumineuse, si libre, alors tant pis, ce n'était pas cher payé.

Combien de fois ai-je été tenté de fondre sur toi ?

La douceur de ta peau, ton odeur, tout m'appelait, tout me manquait et ça faisait un mal de chien. Aussi mal que lorsque j'ai perdu James. Ce grand frère dont l'absence a rempli ma vie. Ce grand frère qui est mort par ma faute, Hope. J'ai tellement honte de te l'écrire, mais tu vois, maintenant, j'en ai le courage.

C'était le jour de Thanksgiving. Maman travaillait, et mon père était de corvée pour aller chercher la dinde et faire les courses. D'ailleurs, vu que ses horaires étaient plus souples, c'était lui qui s'y collait la plupart du temps et, comme ça le faisait râler, il nous obligeait à tour de rôle à venir avec lui.

Ce jour-là, c'était mon tour. Mais j'étais bien trop absorbé par ma console, j'ai refusé tout net. Mon père s'est énervé. C'était récurrent les derniers temps, mais je n'ai pas cédé. Quand il s'est mis à hurler, James s'est proposé pour y aller à ma place.

C'est moi qui aurais dû être dans cette voiture, Hope, moi qui aurais dû sentir la vie s'écouler entre mes doigts.

James est mort sur le coup. Mon père s'en est tiré avec quelques contusions. Je n'oublierai jamais le regard hanté qu'il a posé sur moi.

Son « j'accuse » silencieux éclatait dans ma tête comme un millier de bombes. Maman était anéantie, mon père était un zombie, et je me détestais.

Quelque temps après, il est parti. On ne l'a plus jamais revu.

Du haut de mes huit ans, j'étais l'homme de la maison. Ma mère avait besoin de moi, je devais être fort. Et j'ai essayé, Hope, j'ai essayé.

Mais toute cette haine, cette culpabilité me rongeaient comme de l'acide. Il n'y avait pas un matin où je ne me rappelais pas que je n'étais pas à ma place. Que mon père m'avait abandonné.

À plusieurs reprises, j'ai déraillé. Mike et Raf, que j'ai rencontrés en déménageant à Encinitas un an après, m'ont rattrapé, chaque fois. Quand c'était trop difficile, je partais vraiment en vrille. L'an dernier, c'était la drogue. N'importe quoi pour oublier, pour supporter. Pour me supporter.

Je m'en suis sorti, grâce à mes amis. Mais cette violence, cette rage, je devais l'expulser, je devais me punir aussi… Les combats ont pris le relais, tu connais la suite.

Quand tu liras cette lettre après ta remise de diplôme, je me serai envolé pour Salt Lake City. C'est là que sont morts mes grands-parents paternels, là qu'ils ont vécu toute leur vie. Qui *sait si je peux le retrouver, lui ? Je l'ai tellement maudit, tellement haï pour sa lâcheté. Le temps du pardon est venu. Je ne sais pas encore si j'en serai capable, mais je me dis que, maintenant que j'ai trouvé la paix, je dois essayer.*

Quand tu es partie, Papillon, j'ai été déchiré, anéanti. Te voir chaque jour m'a torturé mais sauvé. À plusieurs titres. Enfin, j'ai pu affronter mes démons.

Grâce à toi, aujourd'hui, je peux me regarder dans une glace sans avoir la gerbe. Je me suis accepté tel que je suis, ballotté par le destin qui m'a choisi moi plutôt que lui, mon grand frère.

Grâce à toi, je peux aller de l'avant.

Grâce à toi, je sais ce qu'est aimer.

Alors, je voulais te l'écrire, pas de SMS, pas de mail ou de Snap. Des mots, des vrais, que tu pourrais toucher, quelque chose de tangible, comme ce que je ressens pour toi.

Tu es mon tout, Hope, pour toujours,

Jace

Des taches s'élargissaient à vue d'œil sur le papier, déformant quelques lettres et le croquis final qu'il avait dessiné. Je touchai mon visage ; il était trempé. Je frissonnais, une énorme boule d'angoisse dans la gorge m'empêchait de déglutir.

Jace était parti. J'eus l'impression de recevoir un coup de poing dans le ventre et je me mis à gémir.

Puis je me figeai. Je repris fébrilement son courrier : « Quand tu liras cette lettre après ta remise de diplôme, je me serai envolé pour Salt Lake City. »

Après ma remise de diplôme ! Bon sang, quelle heure était-il ?

La cérémonie devait commencer dans dix minutes, Jace pensait que je verrais sa lettre en fin de journée.

L'excitation grandissait au même rythme que les battements effrénés de mon cœur. Minute, je n'avais pas fait de crise d'angoisse depuis plus de sept mois, pas question que ça me tombe dessus maintenant !

Je pris les quelques secondes nécessaires pour me remettre d'aplomb et fonçai comme une dératée vers ma voiture.

Chapitre 47

Jace

Comme d'habitude à cette époque de l'année, l'aéroport était bondé. Une demi-heure que je faisais la queue pour un vol interne, c'était n'importe quoi.

Vivement que je monte dans ce foutu avion, au moins ne serais-je plus tenté de faire demi-tour. La douleur était intolérable, comment allais-je la supporter si longtemps ?

Aujourd'hui était le premier jour où je ne verrais pas Hope. J'avais bien songé à faire un crochet par chez elle avant de partir. Raf m'avait superbement ignoré et avait continué sa route vers l'aéroport.

Il avait eu raison, j'aurais probablement loupé mon avion.

Mais là, à faire du surplace, je ne pouvais m'empêcher de penser à elle. Comment réagirait-elle à ma lettre ? M'avait-elle complètement oublié ? Serait-elle furieuse de cette intrusion alors qu'elle était passée à autre chose ?

Je ne me reconnaissais plus. Ça me rongeait, et cette foutue queue n'aidait pas à me changer les idées.

J'étais presque arrivé devant le point de contrôle et je tendis le bras pour prendre le bac en plastique où je devais déposer mon sac à dos et ma ceinture.

— Ils font grève à la mode française ou quoi aujourd'hui ? Ça n'a jamais été aussi lent.

Je tournai instinctivement la tête vers la personne qui râlait derrière moi. Une dame d'une soixantaine d'années qui paraissait particulièrement mécontente. Je m'apprêtais à mettre le bac sur le tapis roulant quand mon cœur fit une embardée.

Non, impossible, je devais rêver ; à force de penser à elle, j'allais devenir fou à en avoir des hallucinations. Je clignai des yeux, mais elle était toujours là, à scruter la queue d'un air angoissé, du rimmel coulant partout sur son visage.

— Dites donc, jeune homme, vous ne pourriez pas accélérer ? On n'a pas attendu suffisamment à votre goût ?

J'entendais la voix de ma voisine, mais je ne pus prononcer un mot.

Nos regards se croisèrent. Alors que le soulagement imprégnait son visage, je me sentis en état de choc.

Ma voisine finit par perdre patience et me passa devant en bougonnant un truc sur la jeunesse et l'éducation. Mais, moi, je m'en tamponnais.

Hope était là, en train de courir et de pousser tous ceux qui se trouvaient sur son passage, sans se préoccuper des regards assassins qu'elle récoltait. Une vraie guerrière. Ma guerrière.

— Jace, dit-elle à bout de souffle une fois qu'elle m'eut rejoint.

Émerveillé, je scrutai chaque partie de son corps, puis tendis une main vers son visage pour m'assurer qu'elle était bien réelle.

Mon cœur manqua un battement, et je me sentis exploser en un milliard de particules. Puis je réalisai.

— Hope, ta remise de diplôme !

Une ombre voila ses yeux, elle haussa les épaules.

— Qui crois-tu qui m'attend dans l'assistance ?

Nous nous dévorâmes du regard dans un silence qui n'appartenait qu'à nous. D'ailleurs, le reste des passagers nous avait gentiment poussés sur le côté sans même qu'on s'en rende compte.

Nous étions dans notre bulle, en apesanteur.

Comme dans un rêve, nos lèvres s'effleurèrent. Je fermai les paupières.

Elle était là, devant moi, bien réelle. Mon cœur éclata.

D'un mouvement brusque, je l'attirai fermement contre moi, son front collé au mien, et plongeai dans l'or de ses yeux.

— Je t'aime, Hope Sanders. Et je ne te laisserai plus jamais partir.

Épilogue

Hope

— Hors de question, Trixie, on est en pleine semaine !

— Mais toutes mes amies y vont, Hope ! Je vais avoir l'air de quoi moi, demain ?

Je soupirai, rompue à ce type de scènes.

— D'une élève en pleine forme pendant que les autres ronfleront en classe. Tu n'iras pas à cette fête ce soir, ce n'est pas négociable, jeune fille.

Elle me lança un regard noir.

— T'es pas ma mère, Hope, et franchement elle se serait mieux débrouillée que toi ! cracha-t-elle avant de tourner les talons avec rage.

Je cillai à peine, refusant de montrer à quel point ses mots me blessaient. Je savais qu'ils étaient dictés par la colère, je pouvais passer dessus. Je le devais, si je souhaitais traverser la tempête de l'adolescence sans grand dommage.

Le jour de mes dix-huit ans, j'avais demandé la garde de Trixie, que j'avais obtenue sans problème. Je m'étais démenée comme une folle pour étudier et faire bouillir la marmite. Rien de nouveau finalement. Si ce n'est que Jace m'avait aidée du mieux qu'il pouvait. Sans oublier Mike, Raf, Aubrey avec qui j'avais gardé contact et surtout Nicole. Elle avait été comme une seconde mère pour moi, je lui en serais à jamais reconnaissante.

Aujourd'hui, je menais la vie dont je n'aurais jamais osé rêver. Je contribuais à alléger le fardeau d'enfants en souffrance, et quand je rentrais le soir, je retrouvais un mari exceptionnel qui m'épatait chaque jour un peu plus. Évidemment, il y avait une petite ombre au tableau : Trixie était devenue adolescente, et j'en bavais ! Mon adorable sœur se métamorphosait parfois en affreuse harpie qu'on avait envie de baffer non-stop.

La scène que je venais de vivre ce soir en était l'illustration parfaite. Enfin, elle criait beaucoup, mais elle finissait par obéir, c'était déjà ça.

— Des ennuis avec Trix ?

Je souris, sans me retourner. J'avais reconnu le pas de Jace, il avait dû croiser ma sœur en furie. Comme chaque fois qu'il s'approchait de moi, mon cœur fit une embardée. Il vint se placer face à moi, devant la piscine. Excellente initiative.

Mon mari était époustouflant, un grand brun ténébreux sexy à mort, je ne m'en lassais pas. Cerise sur le gâteau, comme il revenait de sa journée de travail, il m'offrait un spectacle de choix. Dans son costume italien taillé à la perfection, il était à tomber.

Lui préférait largement ses jeans et T-shirts moulants, mais le monde de la finance ne s'y prêtait pas. Avec ses deux éternels amis Mike et Raf, il avait monté un business en gestion du patrimoine. En quelques années, leur cabinet était devenu une référence, et toutes les grandes fortunes se les arrachaient. Lorsque ces trois requins se pointaient dans leur costume sur mesure, les gens retenaient leur souffle.

— Tu veux que je monte lui parler ? dit-il en desserrant machinalement sa cravate.

Trixie était folle de Jace ; il suffisait à ce dernier d'ouvrir la bouche pour qu'elle s'amollisse comme une guimauve ; ce que cela m'insupportait ! Bien entendu, mon cher époux ne perdait pas ces occasions de me faire sortir de mes gonds. Mais bon, comme il le disait si bien, peu importe lequel de nous deux elle écoutait, tant qu'elle en écoutait un.

C'était très juste, mais je ne pouvais m'empêcher d'être blessée parfois ; Trixie était comme ma fille, surtout depuis le décès de notre mère. Une overdose, pas de surprise. J'avais mal vécu cette période.

Cette femme nous avait négligées, mises en danger, mais il n'en restait pas moins qu'elle m'avait donné la vie. Le plus dur à accepter quand elle nous avait quittées avait été de savoir que jamais je n'aurais ce qu'on est censé recevoir d'une mère : amour, tendresse, protection…

Non pas que je m'attendais à ce qu'elle change, mais sa mort rendait tangible cet état de fait. Et ça faisait mal.

Pour Trixie, cela avait été différent, elle n'avait pas autant été affectée, car depuis sa naissance, sa mère, c'était moi.

Tout en réfléchissant, je dévorais Jace du regard.

— Pas maintenant, répondis-je finalement.

Un sourire malicieux apparut sur son visage. Après toutes ces années, nous étions toujours fous l'un de l'autre, et rien ne pourrait jamais changer cela. Jace et moi étions des âmes sœurs, au sens mythique du terme.

Tandis que, les yeux brillants, je le regardais se débarrasser de ses vêtements coûteux comme s'il s'agissait d'une tenue de plage, je repensai à ce jour qui avait bouleversé nos vies.

Ce moment intense à l'aéroport, où nous avions baissé notre garde pour ne plus jamais la remonter.

Le destin peut parfois se montrer cruel ; il l'avait été avec moi, à de nombreuses reprises. Mais il s'était rattrapé ce jour-là, quand j'avais reçu cette lettre que je ne devais lire qu'après son départ.

Qu'en aurait-il été si tout s'était déroulé selon ses plans ? Nous serions-nous revus ? Il ne serait pas rentré avant deux mois… Qui sait où la vie nous aurait emmenés ? Pas au summum du bonheur que je connaissais maintenant, j'en étais persuadée.

Après cela, Jace avait tenu sa promesse : nous ne nous étions plus jamais séparés. Il avait reporté son voyage afin que je l'accompagne. Nous avions recherché son père, sans succès. Cela avait été difficile pour lui, mais il avait fait ce qu'il avait à faire, et nous avions une vie à construire. Certaines cicatrices ne se referment jamais, il faut savoir l'accepter.

Nous étions ensemble, nous pouvions tout affronter. Déjà, j'avais appris avec soulagement que les charges contre lui avaient été levées. Visiblement, l'inspecteur traînait quelques casseroles et Jace, dont le réseau était infini, les lui avait subtilement rappelées.

Je fus à nouveau sortie de mes réflexions lorsque Jace fit rouler ses muscles pour enlever sa chemise. Il se tourna un instant, et je pus contempler son magnifique phénix en flammes. Combien de fois avais-je suivi son contour des doigts ? Il m'avait intriguée aussitôt que je l'avais vu, quand nous étions dans la voiture pour chercher Trixie.

Et il me fascinait toujours avec la même force, d'autant que Jace y avait apporté un changement notable. Ces mots qui m'avaient serré le cœur, « L'espoir est un phénix qui renaît de ses cendres en nous consumant chaque fois un peu plus », il les avait effacés. Et remplacés durant notre séparation.

« *Hope is a waking dream*[1]. » J'en avais été bouleversée.

Une légère caresse sur mon ventre rebondi me fit frissonner.

1. « L'espoir est un rêve éveillé », Aristote.

— Bonjour, petit papillon, lui chuchota-t-il en y déposant un tendre baiser, ta maman et moi, on a plein de choses à se dire, là, donc ferme tes oreilles.

Je souris. Juste avant qu'il capture mes lèvres d'un baiser cette fois-ci sauvage qui nous enflamma tous les deux.